KB051895

Counterfeit

arte

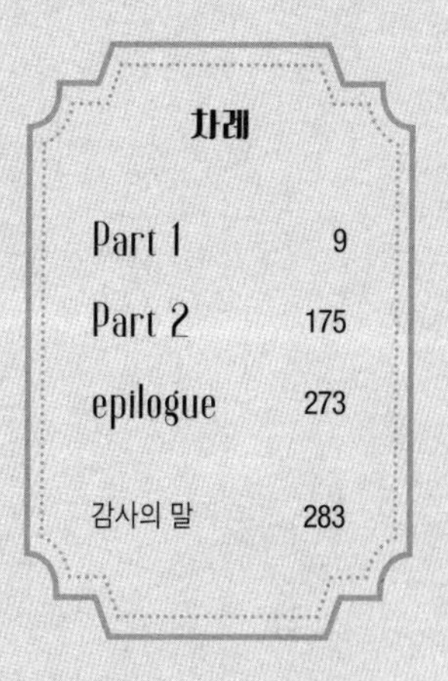

차례

할머니께 이 책을 바칩니다.

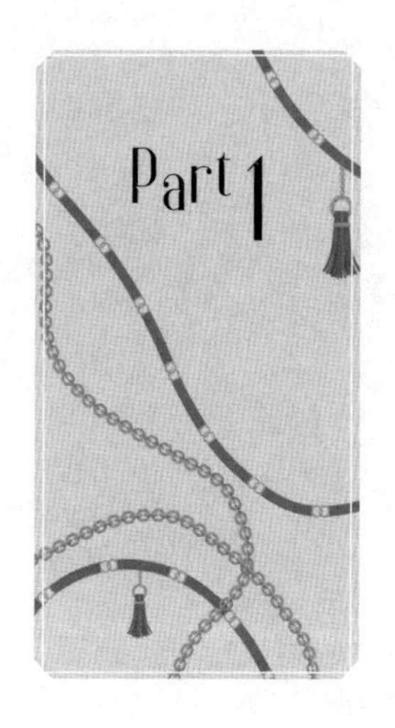
Part 1

1

제일 먼저 보인 건 눈이었어요. 눈이 무슨 애니메이션 캐릭터처럼 커다랬고, 쌍꺼풀이 진하게 진 눈두덩이에는 전문가 솜씨로 구릿빛 음영을 넣었더라고요. 눈 위아래 붙인 고급 속눈썹은 모피처럼 부드럽고 풍성했고요. 그다음으로는 머리가 눈에 띄었어요. 윤기가 흐르면서도 숱 많은 머리카락을 가슴까지 늘어뜨리고 물결 모양으로 웨이브를 줬더라고요. 새하얀 피부에는 모공 하나 없던데요. 의상은 또 어떻고요. 고가의 실크 블라우스에 루부탱 에나멜 구두라니. 절정은 가방이었죠. 이만한 오렌지색 버킨백 40사이즈요. 제품명이나 사이즈는 나중에 들어서 안 거지만, 그렇게 생긴 가방이 터무니없이 비싸고 구하기 어렵다는 것쯤은 저도 사람이라 알고 있었어요. 그러니까 제 말은, 집 근처 카페 앞에 서 있던 그 여자가 부자로 보였다는 거예요. 아시아 관광객들 같은 부자 있잖아요. 중국 본토 부자 말이에요. 진짜 부자.

당연히 놀랐죠. 아무리 20년 만에 처음 본다지만 대학 1학년 때 룸메이트 모습이 하나도 남아 있지 않았으니까요. 심지어 말투도 다르게 들렸어요. 스탠퍼드 시절에는 오르락내리락하는 억양이 심했거든요. 내뱉는 단어마다 끝이 양상추 잎사귀처럼 동그랗게 말리는 느낌? 특히 'th' 발음을 잘 못해서 mother는

모저, other는 **오저**처럼 들렸어요. 그런데 이제는 몇 문장을 들어야 중국에서 왔구나 싶겠더라고요. 전화로 자기가 누구인지 말하면서 'f' 발음을 제대로 내던걸요. 에이바? 너니? 나 위니 **파아앙**이야.

대체 무슨 속셈으로 연락을 했을까요? 애초에 내 전화번호는 어떻게 알아서? 지금 와서 생각해보면 뻔하죠. 사립 탐정을 고용해 나를 찾아냈을 거예요. 하지만 그때 위니는 제 질문에 별일 아니라는 듯 이렇게 대답했어요, 아, 동문 메일 리스트에서 너 찾아봤지.

더 캐물을 생각은 못 했어요. 만나서 커피 한잔하자길래 그러자고 했죠. 어떻게 변했는지 내심 궁금했거든요. 위니는 1학년 중간쯤에 갑자기 학교를 그만뒀어요. 연락하는 대학 동창은 한 명도 없었고, SNS도 안 했어요. 적어도 실명으로는요. 뭐, 가끔 소문이 돌기는 했네요. 고향인 중국 샤먼으로 돌아가 그곳에서 대학을 졸업했다는 둥, 병든 이모를 간호하러 버지니아로 왔다는 둥, 미국인과 결혼했다가 금세 이혼했다는 둥. 한 친구의 친구가 LA에서 학비 비싼 중국 국제학교 한 곳을 둘러보다 위니를 봤다는 얘기도 들었어요. 거기서 잠깐 애들을 가르쳤다나 봐요.

에이바, 카페 입구에 있던 여자가 저를 발견하고 외쳤어요. 쪼르르 다가오더니 포옹하자며 한쪽 팔을 내밀더라고요? 여행 가방만 한 버킨백에 짓눌린 팔 말고 반대쪽 팔을요. 괜한 호기심에 올려다봤던 카페 손님들은 그냥 인플루언서 중 하나라고 생각했는지 휴대전화 화면으로 고개를 다시 내렸어요.

저도 나름 신경 써서 꾸미고 나갔거든요. 교복 같은 레깅스

말고 지퍼가 올라가는 바지를 입었고, 눈 밑에 컨실러를 꼼꼼하게 발랐어요. 그런데 참, 그때는 길에 막 굴러다니는 종이봉투가 된 기분이 들더군요.

계산대에서 더블 에스프레소를 주문한 위니가 장난감 같은 컵과 컵받침을 들고 테이블로 돌아왔어요.

샌프란시스코에는 어쩐 일로 왔냐고 물으니까 사업차 왔대요. 핸드백 만들어, 재미없는 일이지. 위니는 에메랄드와 사파이어 반지를 주렁주렁 낀 손으로 손사래를 쳤어요. 과시하는 것처럼 보일까 봐 약혼반지를 집에 두고 온 저만 머쓱하게요.

내가 왜 전화했는지 궁금할 거야, 위니가 말했어요. 그러면서 설명하기를 중국에 있는 소중한 친구가 간 이식을 받아야 하는데 미국에서 수술했으면 한대요. 조사를 좀 하다가 우리 남편이 이식 전문 외과의로 잘나간다는 사실을 알게 됐다네요? 남편과 친구를 연결해줄 수 있냐고 하더라고요? 남편이 이쪽 세계에서 유명하다는 걸 알고 있었어요.

아까도 말했지만 20년간 소식 한 번 못 들은 애예요! 기막혀하고 있으니까 위니는 제 표정을 엉뚱하게 해석하고 이렇게 말했어요, 알지, 알아, 대선 이후로 외국인은 이식 수술 받을 길이 꽉 막힌 거, 그래도 네 남편이 내 친구와 상담만이라도 해줄 수 없을까?

남편에게 말은 해보겠다고 했어요. 위니는 연신 고맙다고 하더니 이런 말을 해요, 그래, 에이바, 너는 어떻게 지내? 하나도 빠짐없이 다 얘기해줘, 너무 오랜만이다.

기본적인 사실만 빠르게 읊었어요(사립 탐정에게 미리 전해 들은 정보를 위니가 모르는 척 연기하는 동안 말이에요). 남편에 대한 정보는 이미 아는 것 같았지만 올리비에, 그러니까 올리와 4년 전에 결혼했고 올리가 프랑스, 미국 혼혈이라는 이야기를 했어요. 두 살짜리 아들 헨리를 소개하면서 사진을 보겠냐고 물었고요. 우리 집 뒷마당에서 찍은 거야. 응, 바로 근처에 살아.

일은?

위니의 이 질문에는 상투적인 대답을 했어요. 헨리를 낳으면서 로펌을 그만뒀고 워라밸 등등의 이유로 사내 변호사로 들어갈까 고민 중이라고요. 말을 하면서 달라진 위니의 모습을 분석했어요. 쌍꺼풀 수술은 기본이고, 얼굴에 레이저와 미세전류로 하는 최첨단 시술도 받은 것 같았어요. 붙임 머리도 고급, 옷도 명품이었고요. 하지만 그게 전부는 아니었어요. 맞은편에 앉아 장난감처럼 조그마한 도자기 컵으로 커피를 홀짝이는 위니는 여유롭고 편안해 보였어요. 당연히 이곳에 있어야 할 사람처럼요.

그때 그 통통하고 착실했던 아이는 어디로 갔을까요? 여기저기 긁혀서 흠집 난 핫핑크 색 캐리어를 끌고 우리 기숙사 방에 들어왔던 아이 말이에요. 나중에 봤더니 그 가방은 아크릴 소재 카디건, 몸에 맞지 않고 촌스럽게 밑단을 접어 입는 폴리에스터 바지로 가득했어요. 처음 본 순간부터 그 애와는 친구가 될 수 없다는 걸 알았죠.

왜냐고요? 겉모습만 중요하게 생각하는 그 나이 또래 애들에게 뻔한 이유들 때문이지 뭐겠어요. 그 애는 어설프고 볼품없는 게 막 비행기에서 내린 티를 풀풀 풍기는 초짜 유학생이었어요.

네, 당시에는 저도 별 볼 일 없었죠. 그래도 구제 불능 수준은 아니었다고요. 친구를 잘 사귀면 나도 따라서 뜨고, 친구를 잘못 사귀면 나도 따라서 망한다는 걸 알았어요. 대학 1학년 때 줄을 똑바로 설 기회는 금방 사라져버린다는 사실도요.

저기요, 형사님. 그때는 스탠퍼드에 들어오기 위해 평생을 기다린 기분이었어요. 제가 보스턴 외곽 출신인데요, 동네 이름까지 아실지 모르지만 저는 뉴턴이라는 곳에서 아무도 거들떠보지 않는 조용한 모범생으로 자랐어요. 네, 성적이 좋으니 선생님들이야 절 알았죠. 걸핏하면 로사 치와 착각했을 뿐. 로사랑은 친했어요. 다른 조용한 모범생들하고도요. 하지만 나머지 학생들, 그러니까 평범한 애들에게 저는 투명 인간이었어요.

예를 들어볼까요? 한번은 대학생이던 오빠가 집에 와서 같이 아이스크림을 사러 나갔다가 미치 폴슨과 마주친 적이 있어요. 오빠의 복식 테니스 파트너였던 친구요. 오빠와 미치는 반갑다고 하이파이브를 하고 어깨를 부딪쳤고 저도 손을 흔들어 인사했어요. 그런데 거짓말 아니고 진짜로, 미치 얼굴이 완전히 백지로 변하는 거예요. 오빠가 말해줬죠, 내 동생 에이바, 3학년이야. 그러니까 미치가 더없이 상냥하게 한다는 말이 이거였어요, 만나서 반가워.

만나서 반갑다니! 저는 두 사람 경기를 열 번도 넘게 본 사람이에요. 미치가 3학년 때 사귄 여자애가 누구인지 알고, 그전에 사귄 여자도 알아요. 그런데 미치는 제가 누구인지 까맣게 몰랐던 거예요.

스탠퍼드는 저 같은 애들의 집합소였어요. 저는 콘택트렌즈를 새로 맞추고 머리를 길게 길러 땋았어요. 이제 사람들 눈에 띄기만 하면 되는데, 나한테 금발의 포니테일 운동부 룸메이트를 줄 수 없다고? 내가 그런다고 이 룸메이트에게 발목 잡히나 봐라. 그게 당시 제 생각이었죠.

변명 같겠지만 위니에게 잘해주려고 노력은 했어요. 짜증이 나도 꾹 참고 쏟아지는 질문을 다 받아 줬는걸요. 대부분 기초적인 질문들이었어요. 학생증을 받으려면 어디로 가야 하느냐, 우편함 비밀번호를 알아내려면 어떻게 해야 하느냐. 내가 자기 휴대용 사전이라도 되는지 모르는 단어나 어려운 단어 뜻을 귀찮게 물어보는 버릇도 있었어요. 도플갱어, 박진감, 자만심처럼요.

돌이켜 보니 대학 시절 우리가 한 대화라고 해봐야 일방적인 부탁이 대부분이네요. 그렇게 생각하면 자기 친구가 수술을 받게 도와달라고 찾아온 것도 놀랄 일은 아니에요.

그날 오후 내내 위니는 제가 살면서 내린 선택들을 칭찬하는 방법으로 제 경계심을 무너뜨렸어요. 역시 너라면 머리 좋고 얼굴도 잘생긴 남자와 결혼할 줄 알았어, 원래부터 백인과 동양인 혼혈 아기들이 제일 귀엽다고 생각했어. 아, 이 말도 했네요. 학교 다닐 때 제일 부러웠던 애가 너야. 저는 이런 사탕발림에 빠져 걔가 저라는 사람을 처음부터 손바닥 위에 올려놨다는 걸 미처 몰랐어요. 위니가 어떤 사람인지는 완전히 잘못 판단했고요.

내가 올리와 처음 만났을 때 이야기를 늘어놓고, 위니는 흥미진진하게 듣고 있는 척하고 있을 때, 누가 들어도 어린애 울음소리인 비명이 귀를 찔렀어요. 저도, 위니와 다른 손님들도 고개를 돌렸죠. 화가 나서 시뻘게진 얼굴로 바깥 인도에 벌러덩 드러누워 있는 아이는 우리 헨리였어요. 가여운 보모 마리아는 그 옆에 쪼그려 앉아 차분하고 단호한 표정으로 소곤거리고 있었고요.

한순간 모르는 척할까 생각했어요(형사님, 저를 무정한 엄마라고 비난하려거든 그 무렵 아이가 쉬지 않고 떼를 썼다는 것부터 알아주세요). 세련된 안경을 쓴 옆 테이블 남자 둘이 피식 웃는 모습을 보고서야 정신이 번쩍 들더군요. 저기서 악을 쓰는 아이가 내 아들이라고 위니에게 설명하고 가게 밖으로 달려 나갔어요.

왜 그래? 몸을 숙이면서 마리아에게 묻고 미친 듯이 발길질하는 아들의 발을 붙잡았어요. 아이는 한쪽 눈을 슬쩍 뜨더니 엄마인 걸 보고 다시 목놓아 울기 시작했어요.

마리아가 한숨을 쉬며 말했어요, 늘 그렇듯이 별 이유 없어요, 불쌍한 것.

저는 땀으로 들러붙은 헨리의 머리카락을 쓸어 넘겼어요. 어유, 우리 아가, 뭐가 불만이야? 엄마한테 말해봐.

하지만 헨리는 말을 하지 못했고, 바로 그게 문제였어요. 겨우 두 살이지만 생각이 깊고 공감 능력이 뛰어난 아이였거든요. 말을 할 줄 모르는데 자기 감정을 전달하고 싶으니 얼마나 애가 탔겠어요. 누군들 견딜 수 있을까요? 그래서 헨리는 하잘것없는 이유로 폭발하곤 했어요. 유아차에 태웠다고, 유아차에서 꺼냈다고, 길을 건너기 전에 손을 잡았다고, 목욕 후에 수건으로 몸을 닦았다고. 정말 아무것도 아닌 일에도 난리를 쳤죠. 처음 몇 년은 하도 울어서 목이 항상 쉬어 있었어요. 나도 참, 건강하게 잘 지내는 아들 얘기를 어디까지 하려는 거야. 지금은 훨씬 좋아졌어요. 꼬마 로드 스튜어트(허스키 보이스로 유명한 영국의 록 가수 – 옮긴이)처럼 목소리가 허스키하기는 해도요. 그래서 더 귀여워요, 정말.

하지만 그날 오후 헨리는 마리아와 제가 울음을 달래는 필살기들을 반복해도 계속 악을 써댔어요. 배 쓰다듬기, 두피 문지르기, 팔 간지럽히기, 양쪽 발목 붙잡기, 다 소용이 없어요. 골든리트리버를 산책시키던 여자가 우리를 보고 딱하다는 듯 혀를 찼어요. 자기가 돌보는 쌍둥이 남자애들한테 그만 쳐다보라는 보모도 있었고요.

끝날 때까지 쪼그려 앉아 기다려야지 별수 있나요. 아이를 달래려고 마리아와 함께 백색소음 기계 같은 소리만 내고 있었어요. 한참 있으니 자기도 안 지치고는 못 배기죠. 광란의 발길질이 느려지고 잔뜩 찌푸렸던 얼굴도 누그러졌어요. 제가 손을 뻗어 아이 배를 간질였어요. 가끔은 그렇게 하면 화가 다 풀리곤 해서요. 이번에는 아니었어요. 폭신한 배를 손가락으로 찌르자마자 헨리는 입을 쩍 벌리고 목청 터져라 비명을 내질렀어요. 또 최대치 성량으로 울기 시작했고요. 저는 힘이 빠져 무릎을 땅에 대고 주저앉아버렸어요. 인도에 달라붙은 애를 떼서 집으로 끌고 가자고 마리아에게 말할 작정이었죠.

그때, 뒤에서 누군가 따뜻한 저음으로 중국 동요를 부르는 소리가 들렸어요. 량즈라오후, 량즈라오후, 파오더콰이, 파오더콰이('두 마리 호랑이, 두 마리 호랑이, 빨리 달린다, 빨리 달린다'라는 뜻 – 옮긴이).

돌아보니 위니가 허리를 굽히고 무릎에 손을 짚은 채로 서서 눈 없는 호랑이와 꼬리 없는 호랑이에 대한 노래를 열심히 부르고 있지 뭐예요. 전치과이, 전치과이('정말 이상해, 정말 이상해'라는 뜻 – 옮긴이). 학창 시절 방과 후 중국어 수업 때 들어 익숙한 멜로디였어요.

갑자기 울음소리가 뚝 그치는 거 있죠. 위니는 노래를 멈추지 않고 버킨백 손잡이에 달랑거리던 회색 털 방울 장식을 뗐어요.

제가 얼른 말했어요, 주지 마, 절대 못 돌려받아.

하지만 위니는 털 방울을 손바닥에 올려놓고 헨리에게 내밀었어요.

진짜 밍크가 아니기를 빌어, 제 말은 경고였어요.

헨리가 방울을 손에 쥐고 신나서 꺅꺅댔어요. 찐득한 침이 부드러운 털에 떨어졌죠.

어쩌면 좋아, 제가 말했어요.

위니가 웃으면서 머리를 쓰다듬어주니까 헨리는 아주 귀엽게 가르릉대는 소리를 냈어요.

헨리에게 위니를 소개해줬어요, 이분은 위니 이모야, 우리 '고맙습니다'라고 해볼까?

헨리가 침 범벅인 입술에 밍크 장식을 문질렀어요.

위니에게 헨리 상태를 설명했어요, 다 알아듣는데 말만 아직 못해, 올리 말로는 아이가 2개 국어를 해서 조금 늦는 것 같대.

똑똑한 친구네, 위니가 말했어요.

망신스러워서 카페는 다시 못 들어가겠더라고요. 마리아가 별 소란 없이 헨리를 유아차에 태우고 벨트도 채웠길래 우리 집으로 가면 어떻겠냐고 했어요.

이산이산 량징징, 집에 온 위니는 그랜드피아노에 앉아 「반짝반짝 작은 별」을 치면서 헨리에게 중국어로 노래를 불러주고 작고 통통한 손으로 반짝이는 별을 표현하는 방법을 가르쳐줬어요.

눈시울이 뜨거워지더라고요. 그때는 엄마가 돌아가신 지 반 년밖에 안 된 시점이었어요. 헨리에게 중국어를 가르쳐줄 사람은 우리 엄마였는데. 엄마가 있었다면 양치하다 깜박 졸아도 피곤한 게 당연하다고 내 등을 쓸어주면서 말해줬겠죠. 헨리에게 엘크와 사슴 고기만 먹이려는 나를 말렸을 테고요. 일반 고기에 든 호르몬과 항생제 때문에 애가 이러는 것 같다는 생각을 떨칠 수가 없었거든요.

제 뺨에 흐르는 눈물을 본 위니가 피아노 건반에서 손을 뗐어요.

왜 그래, 에이바?

헨리가 슬슬 짜증이 난다는 표시로 자기 귓불을 잡아당겼어요.

아무것도 아니야. 계속 쳐.

위니가 손을 무릎으로 내렸어요. 헨리는 울기 시작했고요. 가래 끓는 듯한 낮은 울음소리가 커지더니 볼륨을 최대로 키운 경찰 사이렌처럼 쩌렁쩌렁해졌어요.

제가 마리아를 불렀어요.

주방에 있던 마리아가 청바지 엉덩이 부분에 손을 닦으며 뛰어나와 헨리를 안아 들고 방으로 들어갔어요.

저는 티슈 한 장을 뽑아 뺨을 닦았어요. 올리는 지나가는 단계래.

위니는 당연하다고 했어요. 아기들이 다 그렇지.

아들 때문에 불행하다는 인상을 주고 싶지는 않았어요. 그래서 엄마가 돌아가셨다고 말해버렸어요.

위니가 한 손으로 입을 틀어막았어요. 예전에 학교로 찾아왔던 우리 엄마를 기억한대요.

세상에, 에이바, 너무 슬프다. 너희 어머니라면 헨리에게 정말 좋은 할머니셨을 텐데.

처음 석 달 동안 엄마가 저희 모자와 같은 방을 썼을 때 얘기를 들려줬어요. 엄마가 수유 시간마다 잠에서 깼고 수없이 많은 기저귀를 갈아주었다는 얘기, 헨리가 언젠가는 울음을 그칠 거라 약속했다는 얘기도요. 엄마의 죽음은 돌연사였어요. 그것 말고는 표현할 단어가 없어요. 집 지하실에서 러닝머신을 타던 중에 급성 심정지가 오다니요. 예순아홉에 치타처럼 늘씬하고 생전 감기 한 번 앓지 않던 분이 말이에요.

집 안쪽에서 아들의 울음이 잦아들더니 쌕쌕 흐느끼는 소리로 변했어요. 위니의 회색 밍크 장식은 고양이가 물고 온 것처럼 축축하게 젖어서 카펫에 떨어져 있었고요. 허리를 굽혀 그걸 줍다가 보고 말았죠. 금속 집게에 양각된 FENDI라는 글자요.

어떡해, 제가 말했어요.

걱정하지 마. 그냥 두고 헨리 장난감으로 써.

위니가 떠난 후 다른 물건으로 사 주려고 인터넷에서 가방 장식을 검색했어요. 얼마였는지 아세요? 600달러요. 당연히 살 엄두가 안 났죠. 헨리가 또 난리를 피우길래 뭉개진 밍크 방울을 착 꺼내 들고 아이 얼굴 앞에 흔들었어요. 성질을 내면서 집어던지고 고래고래 소리만 지르던데요.

그날 이후 위니는 LA에서 샌프란시스코로 올 때마다 제게 연락했어요. 업무차 LA에 올 일이 많은데 시내에 있는 세인트 레지스 호텔에 자주 묵는다고 하더라고요. 놀랐죠. 마지막으로 확인했을 때 1박 요금이 700달러는 됐으니까요.

지금까지 얘기를 들으면 제가 왜 이 시기에 위니와 친해졌는지 형사님도 궁금하실 거예요. 솔직히 처음에는 그 애의 부와 미모, 당당한 태도에 끌렸어요. 친구들이 목숨 줄이라도 되는 양 매달리던 대학 신입생 시절의 제가 마음 한편에 아직 남아 있었는지.

하지만 더 깊은 이유도 있었어요. 솔직히 말하면 헨리를 진정시킬 사람이 엄마 말고 없다는 게 문제였어요. 미쳐버리겠더라고요. 아들은 아직도 서너 시간에 한 번씩 깼어요. 2년 반 넘도록 제가 밤에 푹 자본 일이 없다는 얘기죠. 식이 요법을 하면 떼를 덜 쓸까 싶어 노트북 화면만 들여다보는 날도 많았어요. 그동안 마리아는 대단한 체력으로 구연동화며, 음악 교실이며, 공원이며 아이를 데리고 다녔고요. 사실 위니가 전화한 그 주에도 위스콘신에서 온 들소 고기 3.6킬로그램을 차고에 있는 비밀 냉장고에 몽땅 숨겨놨거든요. 올리가 음식 관련 유사 과학이라면 질색을 해서요. 그럴 만도 하죠! 제가 정신 나간 행동을 했다는 데는 다들 동의할 거예요.

아, 올리 얘기가 나왔으니 하는 말인데요, 혹시 이 무렵 올리가 UC 샌프란시스코에서 스탠퍼드로 병원을 옮겼다는 얘기를 제가 했던가요? 네, 물론 경사스러운 이직이었죠. 하지만 안 그래도 종일 일하는 사람이 지옥 같은 출퇴근길을 오가게 됐잖아요. 말인즉슨, 내가 헨리를 재우고 난 다음에야 올리가 집에 돌아온다는 거죠.

그래서 앞날이 막막한 여느 초보 엄마처럼 저도 위니의 도움을 받게 돼서 다행이라고 생각했어요.

올리는 헨리가 위니를 잘 따른다고 하니 기뻐했지만 제가 옛 룸메이트와 각별한 사이가 되자 형사님처럼 의아해했어요. 그간 위니에 대해 들은 이야기라고는 그 유명한 SAT 스캔들뿐이었으니까요. 형사님도 무슨 내용인지 들었죠?

아니라고요? 전혀요? 그렇군요. 그럴 수도 있겠네요. 당시 스탠퍼드에서도 공식적으로 인정은 안 했을 거예요.

2000년 때 일이에요. 최근에 유명 연예인들이 자기 애들을 일류대에 보내려고 상장과 성적표를 위조한 사건과 전반적으로 비슷해요. 사건 당사자가 중국인들이었다는 것만 빼면요. 한 베이징 업체가 미국에 있는 전문가들을 시켜 대리 시험을 보게 했다는 게 기사 내용이에요. 전문가들이란 대부분 중국인 대학원생들이고요. 가짜 여권을 주고 돈 많고 연줄 있는 중국 수험생 대신 SAT 시험장에 앉혔다는 거죠. 경찰이 회사 장부를 압수해 조사 결과를 발표하자 대학들은 즉각 조치를 취했어요. 중국인 학생이 하버드에서 세 명, 예일에서 한 명, MIT에서 두 명 퇴학당했고 펜실베이니아, 컬럼비아, 코넬에서도 퇴학생이 몇 명 나왔어요. 부모가 저지른 범죄를 무고한 아이들이 책임지게 해서는 안 된다며 이 아이들을 대변하는 논평 기사를 써 주는 사람은 없었어요. 아뇨, 이 외국인 학생들을 향한 구호는 어디를 가든 똑같았어요. 더러운 중국인 부정 입학자들을 우리 학교에서 쫓아버리자!

저도 화이트플라자 분수대 옆에 서서 같은 교양 수업 듣는 애들과 따끈따끈한 《스탠퍼드 데일리》를 열심히 읽었던 기억이 나네요. 방으로 돌아오니 위니가 울면서 핑크색 캐리어에 스웨터와 티셔츠를 마구 던지고 있었어요. 아버지가 뇌졸중으로 쓰러지셨다면서요. 다음 주에 기말고사가 시작하든 말든 그날 밤 비행기를 타야 한대요. 저는 유감이라고 말하며 학보를 작은 네모로 접었어요.

지도교수님한테 말했냐고 물었어요, 대체 시험을 치게 해주지 않을까?

위니는 양말을 품에 한 아름 안고 말했어요, 지금은 그런 생각할 겨를이 없어.

제가 각 과목 교수님들에게 사정을 알리겠다고 하니 위니는 눈물 바람으로 웃으며 고맙다고 했어요.

그러다 기말고사 마지막 날 위니에게서 이런 내용의 메일을 받았어요. 나머지 짐을 싸러 버지니아 이모가 비행기를 타고 오는 중이고, 학교는 그만둘 거랬어요. 이유는 설명하지 않았고요.

당연히 기숙사에서는 위니가 절묘한 타이밍에 학교를 떠났다고 쑥덕거렸죠. 지금도 저와 친하게 지내는 조앤 트랜과 칼라 코언은 위니의 문법이 완벽하지 않다는 사실에 집착했어요. 위니는 'he'와 'she'도 헷갈렸고, 복수 명사 뒤에 's'도 빼먹기 일쑤였고, 과거형 시제를 써야 할 곳에 현재형을 쓰곤 했거든요. 그런 애가 SAT 언어 영역 점수를 잘 받을 리 없잖아요. 합격 가능한 자기소개서를 썼을 턱도 없고요. 친구들은 위니가 부정 입학을 했다는 사실을 개인적인 모욕으로 받아들이는 것 같았어요. 조앤은 얇은 기숙사 벽을 주먹으로 쿵쿵 치면서 부자들이 돈으로 성적을 사는 동안 자기는 점수를 올리려 시험을 세 번이나 봐야 했다고 억울해했어요.

저도 위니가 부정 입학을 한 건 확실하다고 생각했어요. 아버지 뇌졸중도 지어낸 이야기였을 거예요. 하지만 화가 나지는 않았어요. 안쓰러우면 안쓰러웠지. 걔가 얼마나 열심히 했는지 알아서 그랬는지도 몰라요. 저는 위니가 부잣집 딸이 아니라는 걸 알았어요. 하버드 애들처럼 부모님이 고위 관료도 아니었어요. 위니 아버지는 중학교 교장 선생님이었고, 어머니는 비서였어요. 우리 학교에 들어올 수 있었던 건 그저 국가 장학생으로 선발됐기 때문이에요. 또 이모가 버지니아에서 매달 돈을 부쳐줬고요. 그런데도 위니는 도서관 맞은편에 있는 구내 카페에서 밤늦게까지 일했어요. 베이비시터, 과외 선생 일도 했고요. 수업을 선택하는 기준도 교재 개수였는걸요. 책을 빌려보려고 가능하면 저와 같은 수업을 신청했어요. 새벽에 기상 알람을 맞추고 제가 깨기도 전에 숙제를 끝낸 애예요. 짜증 난다고 책을 안 빌려줄 빌미조차 주지 않았죠.

위니 메일을 받은 다음 날, 칼라와 조앤이 학기 말 기념으로 같은 층 애들과 박스 와인을 마셔대는 동안, 저는 서점 뒤에 있던 분리수거함에서 상자 몇 개를 가져와 위니가 남기고 간 물건들을 담았어요. 제가 짐을 싸놓은 걸 보고 위니 이모와 이모부는 방문 앞에서 깜짝 놀라며 고맙다고 저녁을 사줬어요. 정작 위니에게는 고맙다는 말을 못 들었네요. 그러기에는 다른 걱정거리가 많았을 거예요.

SAT 사건에 관해 물었냐고요? 아니요, 뭐 하러요. 다 지나간 일을 굳이 들출 이유가 있을까요? 위니는 학교를 그만두면서 젖값을 치렀어요. 재수 없는 할리우드 2세들에 비하면 대단한 거죠.

2

위니는 얼마 후부터 거의 우리 집 식구가 됐어요. 기가 막힌 타이밍이었죠. 위니는 제 인생에서 가장 혼란스럽던 시기에 다시 나타났고, 제게 감당 못 할 일이 벌어지려고 하면 위로를 건네며 다정하게 안아주고 헨리에게 작은 선물을 줬어요.

한번은 그림이 아주 예쁜 중국 전래동화책을 가져왔어요(이번에는 짙은 청록색 버킨백에 담아서요). 견우직녀 이야기를 듣겠다고 위니 무릎에 냉큼 기어 올라간 꼬마가 내 아들이 맞나 눈을 의심했다니까요. 견우직녀 이야기라면 저도 어릴 때 엄마에게 들은 적 있어요. 밤하늘을 가로지르는 은빛 강, 그러니까 은하수를 사이에 두고 비극적으로 헤어져야만 했던 가슴 아픈 연인들의 이야기죠.

헨리처럼 어린 아이들을 위한 내용은 아니라 헨리도 한참 듣는 것 같더니만 흥미를 잃고 책장 귀퉁이를 움켜쥐었어요. 하마터면 책을 찢을 뻔했지만 위니가 반사 신경이 좋아서 그 전에 헨리 손목을 붙잡고 중국어로 단호하게 말하더군요, 안 돼.

저는 아들을 달래려고 벌떡 일어났어요. 그런데 무슨 기적인지 울음소리가 들리지 않아요. 웬걸요, 헨리는 씩 웃더니 위니 무릎에서 영차영차 내려와 피아노로 달려갔어요. 그러고는 가죽 의자를 작은 주먹으로 막 문지르고 조르는 표정으로 위니를 쳐다보는 거예요. 그 모습에 우리 둘 다 웃음을 터뜨리고 말았네요. 커서 피아노 연주자가 되려고 저러나? 마리아가 중얼거리는 말에 저는 진심으로 감동해서 마리아 손을 꽉 쥐었어요. 아예 뜬구름 잡는 말은 아니었어요. 남편이 어릴 적에 피아노 영재였거든요.

오후는 동요를 부르며 보냈어요. 발을 구르고 흥에 취해 몸을 흔드는 헨리에게 처음에는 영어로, 다음에는 중국어로 노래를 불러줬고 마리아에게 스페인 동요도 조금 배웠어요. 그때가 유치원 지원 문제로 한창 초조해하던 시기였거든요. 형사님도 아시죠? 아이비리그보다 유치원 들어가기가 더 힘든 거? 헨리가 위니 옆으로 다가가 위니 무릎에 뺨을 대고 한숨을 폭 내쉬던 순간, 엄마 아빠 없이 씩씩하게 등교하는 아이 모습을 처음으로 상상할 수 있었어요.

이렇게 특별한 광경이 펼쳐지고 있을 때 올리가 예상보다 한 시간이나 일찍 집에 왔어요. 깜짝 이벤트로 가족 외식을 하려고 모처럼 일을 일찍 끝내고 서둘러 퇴근했다면서요.

위니를 남편에게 소개해줬어요. 위니는 두 손으로 남편의 손을 감싸 쥐고 바쁜 와중에 아픈 친구를 받아줘서 고맙다고 인사했어요. 올리는 친절한 삼촌처럼 위니 어깨를 두드리고는 말했고요, 기꺼이 도와드려야죠.

위니는 오붓한 시간을 방해하고 싶지 않다면서 얼른 자기 물건을 챙겨 문으로 향했어요. 그런데 위니가 신발을 신자마자 헨리가 눈물을 터뜨리는 거 있죠. 어기적어기적 다가가 위니 다리에 매미처럼 매달렸어요.

저는 아이를 떼어내면서 말했죠, 위니 이모는 호텔로 돌아가야 해, 이모도 가서 일해야지, 금방 다시 올 거야. 그 말에 헨리가 괴로운 비명을 질렀고 보다 못한 올리가 나섰어요. 위니, 같이 가지 않을래요? 근처에서 간단히 피자 먹으려는데.

위니는 망설였어요. 올리의 초대를 받아들여도 되는지 제 허락을 기다리는 눈치였죠. 하지만 우리 세 식구가 언제 같이 외식을 했는지 까마득하다 보니 쉽게 결심이 서지 않더군요.

헨리의 울음소리가 한 톤 더 높아졌고 올리는 재차 권유했어요.

그래요, 제가 방해하는 게 아니라면요, 위니가 말했어요.

방해는 무슨, 저는 겨우 이렇게만 내뱉었어요.

아기와 한 테이블에 앉은 것치고 저녁 식사는 무난하게 흘러갔어요. 헨리는 위니 옆에 앉겠다고 고집을 부리더니 신이 나서 초록색과 보라색 크레용으로 종이 메뉴판에 열심히 낙서해 위니에게 작품을 하사했어요. 우리 어른들은 줄줄 흐르는 모짜렐라 치즈에 입천장을 데면서 피자를 허겁지겁 먹었고, 헨리가 슬슬 짜증을 부리려고 하길래 제가 냉큼 아이패드와 헤드폰을 꺼냈어요.

접시를 다 비우고 계속 리필되던 물컵도 빈 채로 있고 올리 앞에 계산서가 놓일 때까지는 아무 문제 없었다고요. 그때 올리가 냅킨으로 입술을 닦고 헛기침을 하더니 사람 뒷목 잡을 말을 한 거예요. **이 사람** 계획적으로 위니에게 저녁 같이 먹자고 한 거 아닌가 싶었어요. 그래야 제가 마음껏 화를 못 낼 테니까요.

그때까지 나온 화제는 치솟는 집값, 심각해지는 교통 체증처럼 가벼운 것들이었어요. 그러던 중에 출퇴근이 너무 힘들다는 하소연을 하며 대화의 흐름을 자연스럽게 바꾼 거죠.

있잖아, 내가 해결책을 찾은 것 같아, 올리가 운을 뗐어요.

그래요? 위니가 말했어요.

그래? 저도 말했죠.

말인즉슨 동료 하나가 캘리포니아 애비뉴에 있는 작은 아파트를 세주겠다고 했대요. 병원과 10분 거리에 있는 집이 몇 달째 안 나가서 올리에게 제안을 했다는 거예요.

저는 억지로 입꼬리를 올려 웃었어요. 팰로앨토에 가서 살겠다고?

캘리포니아 애비뉴면 좋은 동네죠, 위니가 말했어요.

올리는 제 눈을 피했어요. 시도해볼 만한 방법이라고 생각했어. 주중에만 있을 거야. 주말 근무할 때나.

위니가 말했어요, 괜찮네요, 그 줄 엄청 긴 브런치 맛집 이름이 뭐죠?

조니스요, 그런데 그 집 맛이 예전 같지 않대요, 올리가 대답했어요.

아직도 피에로 가면처럼 웃으며 제가 물었어요, 괜찮다고? 잠시도 가만히 안 있고 손 많이 가는 두 살짜리 아들을 아내에게 전적으로 맡기는 게?

올리는 문제의 두 살짜리 아들을 꾸짖을 때처럼 차분한 목소리로 천천히 말했어요, 왜 이래, 에이바, 내가 이직을 결정하기 전에 다 의논한 문제잖아.

언젠가 ***가족이 다 같이*** 이사하자고 의논했지.

좋아, 그럼 그때까지 나보고 어쩌라고?

그때까지는 당신이 희생해야지. ***가족을 위해선*** 그게 최선이잖아.

올리 표정이 애처롭게 변했어요. 그럼 왜 이직 제안을 수락하라고 강요했어?

황당한 내 얼굴을 똑바로 보라고 올리 쪽으로 고개를 돌렸어요. 당신이 꿈꿨던 일이니까. 좋은 배우자라면 서로를 지지해주고, 서로 능력을 펼칠 수 있게 돕는 거 아냐?

올리가 말했어요, 나는 내 직장에 아무 불만이 없었어.

제가 무릎에 있던 냅킨을 테이블에 쾅 내려놨어요. 위니가 놀라서 숨을 들이마시고, 아이패드를 보던 헨리가 고개를 들 정도로요. 쓸데없이 큰 헤드폰이 스누피 귀처럼 아이의 턱 아래로 늘어졌어요.

저는 말했어요, 알겠어, 이 얘기는 집에 가서 하자. 의자를 뒤로 밀면서 일부러 의자 다리를 바닥에 끌었어요. 귀 찢어지는 소음이 어찌나 통쾌하던지요.

올리는 테이블에 20달러 지폐를 몇 장 던지고는 팁이라도 보태려는 위니 손을 재빠르게 쳐냈어요. 경고도 없이 아기 의자에서 끄집어낸 바람에 헨리는 울음보를 터뜨렸고요.

식당 밖으로 나와 위니가 뺨을 쓰다듬어주자 헨리는 구슬프게 잉잉거렸어요. 위니는 근처에 서 있던 택시를 손으로 부르고 제게 포옹을 청했어요. 어깨를 꽉 껴안더니 귀에 대고 이렇게 속삭였어요, 전화해.

얼굴이 화끈 달아올랐어요. 친구 앞에서 이런 추태를 보였다니 믿을 수가 없었죠. 위니가 떠나자마자 저는 올리에게 쏘아붙였어요. 내 친구가 있는 데서 그래야만 했어? 어떻게 이런 식으로 나를 망신시킬 수가 있어?

올리는 제가 그렇게 화를 낼지 몰랐다고 더듬거렸어요.

저는 뒤돌아 집으로 성큼성큼 걸어갔어요. 헨리와 유아차와 장난감 가방은 올리가 알아서 들고 오라 하고요.

무슨 말씀 하려는지 알아요, 형사님. 짐을 싸서 남편 따라 샌프란시스코반도로 이사하지 않으려 했던 이유가 궁금하시죠? 지금이라면 당장 따라나설 텐데 말이에요.

가장 큰 이유는 마리아였어요. 마리아는 세 명이나 떠나보낸 끝에 겨우 찾은 보모였고, 뻔한 소리 같겠지만 정말로 우리 식구나 다름없었어요. 우리 집에서 일하는 동안 식중독에 심하게 걸렸을 때 딱 한 번 병가를 냈는데 마리아가 못 온다는 말에 헨리가 부렸던 난동은 평생 잊지 못할 거예요. 너무 울어서 과호흡 증상이 나타났고 작은 가슴이 아코디언처럼 아래위로 들썩였어요. 아무리 달래도 진정을 안 했다고요. 올리에게 전화해 우리 아들이 계속 저런다고, 입술이 파랗게 변하고 있다고, 기절했다고 악을 썼어요. 올리는 얄미울 만큼 차분한 말투로 흥분하지 말고 금방 의식이 돌아오지 않으면 911에 전화하라고 했어요. 그러고 나서 곧 있다가 의식이 돌아오기는 했지만 그날 느꼈던 공포를 생각하면 지금 일처럼 심장이 미친 듯이 뛰어요.

저는 정말로 마리아를 공동 양육자라고 생각했어요. 아빠가 전화로 엄마 소식을 전했던 그날 오후 제 곁에 있어줬던 사람도 마리아였다고요. 흐느껴 우는 소리 때문에 무슨 말을 하는지 잘 들리지 않았어요. 아빠는 엄마가 돌아가셨다는 말만 반복하더니 오빠에게 연락한다고 전화를 뚝 끊었어요. 마리아가 주방에 들어왔을 때 저는 체에 든 딸기가 뭉개지거나 말거나 수돗물을 콸콸 틀어놓고 싱크대 앞에 서 있었대요. 제가 이렇게 물어봤고요, 내가 아빠 말을 제대로 들은 게 맞을까? 마리아는 단단한 팔로 저를 꽉 감싸 안아 침대로 데려다주고는 지금은 애도만 하면 된다고 단호하게 말했어요. 나머지는 본인이 다 알아서 하겠다면서요. 몇 시간 후 창밖으로 뒷마당을 내다보니 마리아가 헨리 옆에 무릎을 꿇고 앉은 모습이 보였어요. 둘이 머리를 맞대고 하늘로 노란 풍선을 날려 보내는 모습이.

이사를 반대하는 이유는 또 있었어요. 제 바보 같은 자존심요. 직업상 인맥과 전 직장 동료들이 사방에 있는 샌프란시스코에서 저는 출산 휴가를 길게 쓰는 변호사였어요. **안식년**이라고도 할 수 있었죠. 최근 들어 안식년 문화가 대학을 넘어 기업으로도 들어왔잖아요. 몇 년 사이 제 지인들도 수개월씩 유급 휴가를 써서 세계 일주를 하고, 야생동물 보호구역에서 자원봉사를 하고, 힌두교 사원에서 명상을 하기 시작했거든요. 샌프란시스코에 있으면 저도 그 사람들과 다르지 않다고 자위할 수 있었어요.

하지만 엄마가 돌아가신 후로는 상담 시간이 꽉꽉 차 있던 세무 전문 변호사로 돌아갈 수 없다는 확신이 점점 강해지더라고요. 생각만 해도 겁이 나서 아무에게 말 못 한 이야기지만요. 있죠, 우리 집안에서 허락하는 전공은 법학, 의학, 공학뿐이었어요. 그중에서 그나마 덜 싫은 게 법학이었고요. 저에게 선택지가 별로 없다는 건 처음부터 알았어요. 주어진 일을 열심히 하면서 은퇴할 때까지 참고 견디는 것.

형사님 귀에는 황당한 소리로 들릴지도 몰라요. 혹시 어릴 때부터 형사가 되고 싶었나요? 아, 아버님이 형사였다고요. 형사님 아버님은 딸에게 성별과 상관없이 원하면 뭐든 될 수 있다고 말하는 분이었겠죠?

그렇게 자유로운 삶이라니 상상도 하기 힘드네요. 저는 서른일곱인 지금까지도 강박에 시달려요. 엄마가 아직 살아 있다면, 그래서 내가 요가 강사나 인테리어 디자이너나 제빵사가 되는 걸 본다면 어떤 반응을 보일까 하는 생각을 떨쳐버릴 수가 없는 거죠. 저런 일을 꼭 하고 싶다는 말은 아니에요. 그것만 봐도 제 고민이 얼마나 한심한지 아시겠죠. 뭐 하나 계속하고 싶은 일이 없어요!

올리에게는 뭐라고 했냐고요? 아무 말도요. 누구보다 올리의 반대가 두려웠으니까요.

이 이야기를 들으면 제 말뜻을 이해할 거예요. 저는 버클리 로스쿨을 졸업하자마자 대형 로펌에 들어가 1년 동안 끔찍한 파트너 변호사 한 명 밑에서 주로 일했어요. 빈스 가리발디라고요, 목소리 크고 땀을 줄줄 흘리는 그 밴댕이 소갈딱지 독불장군은 우리가 일을 제대로 못하면 유리로 만든 피라미드 문진을 바닥에 던지고 머저리들이라 불렀어요. 해고 통보를 받을까 봐 전전긍긍하는 게 일상이었죠.

고함을 지르지 않을 때는 그렇게 전 부인 흉을 봤어요. 여자도 똑같이 성공한 변호사였지만 셋째 아이를 임신하고 일을 그만뒀대요. 가리발디는 그게 파국의 발단이었다고 주장하더군요. 호기심 넘치고 자기주장 뚜렷하던 사람이 시야 좁고 재미없는 사람으로 변했대요. 애들이 무슨 말을 했다, 무슨 일을 했다 같은 얘기가 아니면 대화가 이어지지를 않더래요. 상사만 아니었으면 애를 줄줄이 낳기 전에 생각 먼저 하지 그랬냐고 한마디 쏘아붙였을 거예요. 그런데요, 안타깝지만 가리발디가 왜 그런 말을 하는지 한편으로는 이해가 됐어요. 당시는 올리와 막 사귀기 시작했을 때였거든요. 우리 두 사람이 모든 면에서 비슷하다는 점이 참 좋았어요. 화려한 학벌, 힘들지만 존경받는 직업. 예비 파워 커플이라고 할까요. 그해 올리네 부서의 송년 파티에서 한 선배가 올리의 바쁜 호출 스케줄에 어떻게 연애 사업을 하고 있냐고 물었을 때 올리는 자랑스럽게 웃으며 말했어요, 에이바가 저보다 훨씬 더 바빠요.

제가 만약에, 예를 들어, 요리책을 쓰려고 일을 그만두겠다고 하면 올리는 뭐라고 생각할까요? 남편을 따라 샌프란시스코반도로 갔다가는 지겨운 가정주부에 한 걸음 더 가까워질 위험이 있었어요.

지금 와서 돌이켜 보면 제 실수들이 뻔히 보여요. 선입견으로 가득했고 엉뚱한 추측을 했어요. 네, 마리아는 아주 유능하고 배려심 넘치는 최고의 보모죠. 하지만 그때 저는 부족한 엄마라는 자책감에 짓눌려 마리아를 신처럼 떠받들었던 거예요. 마리아가 있어야만 아들이 행복하다고 확신했어요.

저 자신을 무시한 것처럼 남편도 무시했고요. 제가 변호사로 성공하고 높은 자리까지 올라가는 게 올리의 바람이었던 건 맞아요. 하지만 그건 제 입으로 그렇게 되고 싶다고 말했기 때문이에요. 형사님도 아시겠지만 저는, 음, 모든 일이 밝혀진 후에 남편에게 전부 솔직하게 털어놨어요. 그 사람도 상황을 받아들일 시간이 필요하겠지만 한 가지는 분명해요. 제가 변호사를 계속하든 말든 그건 저희 부부의 미래에 아무 영향을 주지 않는다는 거요.

정신없이 말하다 보니 여기까지 왔네요. 제 얘기는 이쯤 하죠. 우리는 위니에 대해 말하려고 여기 있는 거잖아요.

3

위니가 전화하라고 했지만, 저녁 식사 자리에서 그런 망신을 당하고 나니 연락할 마음이 들진 않았어요. 그 대신 더 끔찍한 시나리오를 써대며 자학에 빠졌죠. 제멋대로 상상하기 시작했어요. 올리가 파릇파릇한 신참 간호사와 바람을 피우는 건 최악의 시나리오 축에도 들지 않았어요. 그보다는 저를 안 보고 살아도 괜찮다고 느끼게 될까 봐 두려웠어요. 독신 생활에 만족하면 어떡해요.

겉으로는 아무렇지 않은 척했지요. 그 주까지 헨리 유치원 지원서를 다 내야 해서 일단 그 일에 집중했어요. 무수한 유치원에다 우리 아이가 왜 꼭 **이** 유치원을 다녀야 하는지 설명했죠(**집에서 걸어서 갈 수 있는 거리다**라는 이유만으로 부족하다는 건 형사님도 잘 아실 거예요). 제 양육 철학을 자세히 쓰고, 아이가 어릴 때 어떤 교육을 받았으면 하는지 제 꿈과 희망을 묘사하고, 아이의 특기를 줄줄이 늘어놓았어요. **클래식 피아노 연주곡 애호가입니다. 이웃집 강아지들을 보면 다정한 손길로 열심히 쓰다듬어줍니다.**

밤이 되면 새로 산 헨리의 어린이용 침대에 억지로 제 몸을 끼워 넣었어요. 같이 안 자면 아빠 보고 싶다고 밤새 우는데 어떡해요. 솔직히 말하면 그게 저한테도 위안이 됐고요. 칼라와 조앤에게 보내려고 문자를 몇 번이나 썼다가 지웠는지 몰라요. **올리가 나를 떠나려나 봐**라고 적기만 해도 위기감이 들었어요. 그렇게 쓰면 현실도 따라서 달라질 것 같아서요. 한마디로 제정신이 아니었어요.

제가 이런 암흑기를 보내고 있을 때 위니는 사업 냄새를 맡았어요. 그 전까지는 친구 막 회장(다들 그렇게 부르더라고요)의 치료를 올리한테 맡기는 데만 혈안이 되어 있었어요. 하지만 제 멘탈이 무너진 후로는 제 상태를 이용할 수 있겠다 판단한 거죠. 제가 세법에 정통하다는 점도요. 그렇게 위니는 저를 자기 수하로 끌어들이겠다는 야심을 키운 거예요.

우중충한 1월 어느 날 아침, 위니가 안부 전화를 걸었어요.

아니, 정말로, 어떻게 지내? 그렇게 묻는데 정말 진심 어린 목소리였어요.

겨우 붙잡고 있던 이성의 끈이 뚝 끊어지면서 눈물이 폭포수처럼 쏟아졌어요.

에이바? 듣고 있어? 위니가 조심스럽게 물었어요.

응. 목소리를 떨지 않으려고 애를 썼지만 이 한마디를 하는 데도 목이 메는데 위니를 속일 수 있나요.

너 괜찮아?

아니.

제가 진정하려고 숨을 몰아쉬는 소리를 위니는 한참 듣고만 있었어요.

그러다 자신만만하게 한다는 말이 이거였어요, 너희 남편 말이야, 혼자서는 도저히 못 살겠다 항복하고 한 달 안에 돌아올 거야.

왠지 모르겠지만 웃음이 나왔어요. 저는 말했죠, 계약 기간이 6개월이야.

어쨌든. 몇 주도 못 버틴다는 내 생각은 변함없어. 남자들 혼자서는 아무것도 못 하잖아.

없는 살림에 돈만 낭비한다는 거네.

그 말을 듣고 조용해지는 게 놀란 눈치였어요. 이식 수술을 전문으로 하는 의사는 의사 중에서도 돈을 잘 벌기로 유명하니까요. 하지만 저희 둘 다 대학원 학자금 대출이 남아 있었단 말이에요. 집 대출금, 마리아 월급도 있고요.

제가 이렇게 덧붙였어요, 하기는, 내가 무슨 할 말이 있겠니? 돈 한 푼 못 버는 주제에.

아마 이 말을 들었을 때 기회를 포착한 것 같아요. 점심을 사주겠다고 하더라고요. 저야 당연히 내키지 않는다고 했지만 위니 고집을 꺾을 수는 없었어요.

니만마커스 백화점 꼭대기 층에 있는 레스토랑 로툰다 룸은 명품 스니커즈를 신고 의자 옆에 쇼핑백을 바리케이드처럼 놓아둔 여행객들, 앙증맞은 금색 콤팩트로 립스틱이 번졌는지 확인하는 부잣집 마나님들로 가득했어요. 위니는 아직 도착하지 않았고, 저는 작은 원형 테이블로 안내를 받았는데 80대쯤 돼 보이는 백인 할머니 옆자리였어요. 백금발을 세련된 단발 스타일로 다듬고 화장품을 진하게 바르고 샤넬 트위드 재킷까지 입었지만 노인의 앙상한 몸을 숨길 수는 없었죠. 테이블에 채소 샐러드와 마티니를 놓고 혼자 앉아 있는 그 할머니에게 구릿빛의 훤칠한 웨이터들이 친근하게 이름을 부르더군요. 서로 은근히 추파를 던지는 모양새로 보아 할머니도 젊었을 때는 미모가 상당했을 것 같아요. 할머니는 셀러리를 작게 깍둑썰어 렌치 드레싱 종지에 담그더니 안심 스테이크라도 되는 듯 꼭꼭 씹어 먹었지요, 저는 그 모습을 넋 놓고 바라봤고요.

위니가 한 손에는 공작새 깃털 같은 청록색 버킨백을, 다른 손에는 커다란 은색 쇼핑백을 들고 나타났어요. 반품할 거야, 위니는 말했어요.

찹샐러드를 시키고 따뜻한 식전빵을 뜯어 먹으며 음식이 나오기를 기다렸지요.

위니가 얼음물을 한 모금 마시고 말했어요, 부부 사이에 약간의 자립이 나쁘다고만 할 수는 없어.

저는 무거운 은식기를 만지작거렸어요. 자립하는 게 둘 중 하나만이면 얘기가 다르지.

위니가 목소리를 낮췄어요. 네 명의로 된 은행 계좌는 있니?

손가락이 멋대로 움찔거린 바람에 나이프가 챙 하고 빵 접시를 쳤어요. 뭐? 지금 그런 얘기가 아니잖아.

그래, 당연히 아니지, 위니가 얼른 수습했어요.

샐러드가 나온 틈에 제가 화제를 돌렸어요. 뭘 반품하려는 거야?

아, 이거, 셀린느 가방인데 나는 들 일이 없어서, 위니가 쇼핑백을 힐끗 내려다보며 말했어요.

저는 작게 휘파람을 불고 솔직하게 말했어요, 핸드백이 뭐라고 그렇게 비싼 돈을 주고 사는지 도통 모르겠어.

돈 낭비 맞아, 글로벌 대기업들이 역사 깊은 명품 브랜드를 마구잡이로 사들이면서 가격은 치솟고 품질은 형편없어졌지,

위니도 유쾌하게 동의했어요.

그런데 왜들 계속 사는 거야?

너희 부모님이 주립대에 갈 수 있는 너를 굳이 거금 들여 스탠퍼드에 보낸 거랑 같은 이유 아니겠니.

저는 생각이 달랐어요. 좋은 대학을 나왔기 때문에 최고의 로스쿨, 최고의 로펌에 들어갈 수 있었던 거야.

고맙게도 위니는 변호사 일을 쉰 지 얼마나 되었느냐고 묻지 않고 이렇게만 말했어요, 요는 그것들이 지위의 상징이라는 거야, 하버드 졸업장이나 명품 핸드백이나, 클럽의 일원이라는 상징으로 내밀면 클럽의 문이 열린다는 점에서 둘은 똑같아.

그러니까 네 말은 우리 다 바가지를 쓰고 있다는 거네.

위니는 어깨를 으쓱으쓱하면서 말했어요, 클럽에 곧 죽어도 들어가야 하는 사람들이 있잖아. 그러고는 쇼핑백을 들어 보이며 덧붙였어요, 나는 어떠냐고? 나는 이걸 반품하고 신념을 지킬 거야.

제가 두 손을 확성기 모양으로 모으고 널찍한 레스토랑을 향해 말했어요, 아, 아, 니만마커스 고객 여러분, 여러분은 지금 사기를 당하고 있습니다. 위니는 유치하다는 표정을 지었고요.

계산할 때가 되자 위니가 계산서를 먼저 낚아챘어요.

제 목소리가 높아졌죠, 웃기지 마, 나도 샐러드 살 돈은 있다고.

그런데 옆 테이블 할머니가 마티니 잔을 든 채로 우리를 빤히 쳐다보잖아요.

위니가 도발하듯 물었어요, 식사 맛있게 하고 계세요?

아, 그럼, 15년째 화요일마다 오는 곳인데, 그 할머니가 대답했어요. 미소를 지으려 했지만 보톡스로 안면 근육이 마비되어 찡그리는 표정밖에 짓지 못하더군요. 그러고는 위니에게 이렇게 말하는 거 있죠, 전에 본 적 있어, 아가씨도 단골인가 보네.

위니는 아니라고 했어요, 전 샌프란시스코에 안 살아요.

아, 다른 사람과 착각했나. 이 동네에 동양인이 좀 많아야지. 하나같이 돈만 펑, 펑, 펑 써대고 말이야. 위니의 버킨백을 쳐다보는 눈빛이 날카로웠어요.

겁이 나 레스토랑 의자에 몸을 움츠린 저와 달리 위니는 침착했어요. 남은 에스프레소를 다 마신 후 이렇게 말하더군요, 우리는 10억 명이 넘으니까요, 어디에든 깔렸죠, 좋은 하루 보내세요.

저는 레스토랑에서 나올 때까지도 말문이 막혀 위니에게 고개만 절레절레 저었어요.

위니가 그러데요, 노인들은 원래 인종 차별이 기본이야, 저 할머니보다 훨씬 젊은 우리 부모님도 저런 말을 입에 달고 살아.

위니는 아무렇지 않게 말하는데 저는 화가 났어요. 위니가 제 편을 들지 않으면 하늘이 무너질 것 같은 느낌이었다고 할까요.

저는 말했어요, 하지만 그런 표현은…… 용납할 수가 없어, 우리는 사람이야, 깔개가 아니라, 그리고 네가 돈을 어떻게 쓰든 그 할머니가 무슨 자격으로 판단해? 너에 대해 자기가 뭘 안다고.

위니가 웃음을 터뜨렸어요. 너희 아시아계 미국인들은 참 예민도 하다. 우리 중국인들은 말이야, 전 세계 사람들이 우리를 무시한다는 거 알아. 그래서 뭐! 벼락부자도 몇 세대만 지나면 유서 깊은 재벌이 되는 거 아니야?

에스컬레이터에서 내린 위니가 핸드백 매장으로 앞장서더니 계산대 앞에 멈춰 섰어요. 유리 카운터에 쇼핑백을 올려놓자 바가지 머리를 하고 진홍색 립스틱을 바른 아담한 직원이 냉큼 달려왔어요. 루이스 부인, 오셨군요.

다른 부자 **동양인**과 착각한 거겠죠. 그런데 위니는 정정하지 않고 이렇게 말했어요, 안녕, 디드러, 안 그래도 오늘 디드러가 있으면 좋겠다고 생각했어요. 그러면서 CELINE이라는 글자가 찍힌 진회색 더스트백에 든 네모난 물건을 꺼냈어요. 이어서 위니가 한다는 말이 뭐였냐면요, 시어머니가 색이 너무 밝다네요, 들고 다닐 용기가 안 나신대요.

저는 당황스러운 눈빛으로 위니를 쳐다봤어요. 위니는 이미 몇 년 전에 이혼했고, 지금껏 시어머니는커녕 전 남편 얘기도 입에 올린 적이 없어요. 정말 계속 연락하나? 얼마나 친하면 저렇게 비싼 선물을 주고받지? 궁금했지만 위니의 평온한 얼굴만 봐서는 답을 알 수 없었어요.

더스트백에서 나온 물건은 미니멀한 사각형 토트백이었어요. 셀린느 러기지백이라는 사실은 나중에야 알았죠. 로열블루 핸드백은 색이 선명하고 촉촉이 물기를 머금은 것처럼 반짝거려서 흑백 세계에 유일하게 존재하는 총천연색 물체처럼 보였어요. 위니가 카운터 위로 영수증을 내밀 때 슬쩍 가격을 엿봤어요. 3,146달러래요.

에고, 저런, 그래도 예상 못 했던 건 아니니까요, 직원이 아쉬워하며 말했어요.

최대한 설득해보려고 했는데요, 그냥 블랙으로 교환할게요,

위니가 손바닥을 위로 하고 어깨를 으쓱해 보이며 말했어요.

어머, 고객님, 제가 말씀 안 드렸던가요? 블랙은 다 빠졌어요, 전 매장 품절이에요, 디드러가 말했어요.

어쩌면 좋아, 위니가 말했어요.

정말 죄송합니다.

제 탓이죠.

저는 반전에 반전을 거듭하는 대화 내용을 이해하려고 노력하며 친구의 얼굴을 관찰했어요.

위니가 말했어요, 뭐, 그럼 환불해야겠네요.

당연히 해드려야죠, 고객님, 고객님 아멕스 카드로 전액 환불 처리 해드렸습니다. 디드러가 포스기를 타다닥 두드리고 가격표의 바코드를 스캔했어요.

고마워요, 위니는 햇볕으로 기미가 생긴 직원의 손등을 두드리며 감사 인사를 했어요.

조만간 저희 매장 또 방문해주세요.

위니가 돌아서서 백화점 옆문으로 향하기에 저도 뒤따라갔어요.

루이스? 제가 물었죠.

위니는 잠깐 기다리라고 했어요.

전 시어머니한테 그렇게 비싼 선물을 사줘?

사연이 있어야 편하거든.

어디에 편한데? 지금 무슨 소리야?

인도로 나온 위니가 걸음을 멈추더니 저를 끌고 벽 쪽으로 뒷걸음질 쳤어요. 그러고 나서 말을 하는데 주변 차 소리에 다 묻힐 정도로 목소리가 작아 저는 위니 입술에 머리카락이 스칠 때까지 몸을 기울여야 했어요.

내가 핸드백 만든다고 했던 거 기억하지?

고개를 끄덕였어요.

내가 만드는 건 특수한 핸드백이야. 명품백 가품.

그게 무슨 말이야? 짝퉁이라고?

위니는 조용히 하라는 손짓을 하고 자기 버킨백을 들어 보였어요. 이게 얼마라고 생각해?

아시아계 10대 소녀 둘이 길을 걷다 말고 위니 가방을 대놓고 쳐다보더라고요. 위니는 제 팔을 붙잡고 모퉁이를 돌면 나오는 작고 허름한 카페로 끌고 갔어요.

얼마로 보이냐니까? 위니가 다시 물으며 기름에 찌든 것 같은 테이블 하나에 앉았어요. 카페에 손님이라곤 페도라를 쓰고 신문을 읽는 할아버지뿐이었는데, 그 사람과 최대한 멀리 떨어진 자리였죠.

저는 말도 안 되는 숫자를 막 던졌어요, 몰라, 만 달러?

맞아, 만약 내가 저기 있는 에르메스 매장에서 샀다면 세금 포함 1만 2,000달러 가까이 줬을 거야, 물론, 나한테 하나만 팔아달라고 설득할 수 있다면 말이지, 늘 물건이 없다고 우기거든, 위니는 말했어요.

그럼 너는 그 가방이 어디서 난 건데?

위니는 입을 꾹 다문 채로 웃더니 내 손을 잡아끌어 핸드백을 만져보게 했어요. 오돌토돌한 질감의 부드러운 가죽부터 *Hermès-Paris*라고 새겨진 반짝거리는 금장, Made in France 표식, H 자가 찍힌 작은 자물쇠까지 손끝으로 모든 디테일을 느껴보게 한 후에 위니는 대답했어요.

앤 광저우에서 왔어. 전 세계 명품백 가품의 중심지.

되게 좋아 보인다, 이렇게 말은 했지만 제가 보고 있는 그 가방이 가품 중의 가품이라는 사실을 그때는 몰랐어요. 하나 하나 다 똑같이 만들었다 해서 '일대일 가방'이라 부른다네요. 그냥 A급은 물론 특A급보다도 좋은 거래요(짝퉁 가방 산업도 등급 인플레이션은 피할 수 없나 봐요).

답답해서 못 참겠더라고요. 그러니까 그게 니만마커스와 무슨 상관인데?

또 아까처럼 뜻 모를 미소를 짓더라고요. 네 생각은 어때?

네가 중국에서 짝퉁 가방을 들여와 팔고 이윤을 남긴다고 생각해.

위니는 넌더리 난다는 듯한 소리를 냈어요. 그런 건 개나 소나 다 해. 창의력이 없잖아. 획기적인 발상은 어디 갔어?

지적할 힘도 없었어요. 그럼 잘난 네 사업 모델이 뭔지 말해 보든가.

위니는 시리얼 그릇을 바닥에 엎기 직전인 헨리처럼 눈을 반짝였어요. 내가 아까 저기서 뭘 했지? 엄지로 가리키는 방향은 백화점 쪽이었어요. 다 보지 않았어?

그 순간 깨달았죠. 눈부시게 아름다운 로열블루 색 가방은 가짜였어요. 위니는 세계 최고급 백화점에 짝퉁을 반품하고 3,000달러 넘는 돈을 주머니에 챙긴 거예요.

진짜는 어떻게 했어?

지난주에 이베이로 팔았지.

어떻게 반응했냐고요? 화가 났어요. 상상 이상으로요. 온몸이 뜨거워지고 모공에서 땀이 솟았어요. 위니의 하얗고 반질반

질한 얼굴을 차마 볼 수가 없더라고요. 1학년 때 주먹으로 벽을 치며 입시 비리의 부당함을 욕하던 조앤이 느꼈을 감정을 별안간 이해했어요.

당황해서 더듬거리며 이런 말을 했던 것 같아요, 하지만 그건 사기잖아!

위니는 태연했어요. 원가의 열 배 가격으로 가방을 파는 건? 그건 사기가 아니고?

전혀 아니지. 누가 머리에 총 겨누고 강매라도 해?

손잡이만 빼고 가방 전체를 중국에서 만든 다음, 손잡이에 Made in Italy라고 떡하니 새기는 건?

지금 뭐라는 거니? 그게 무슨 상관이야.

화장실 갈 시간도 주지 않고 몇 시간씩 노동을 시키는 건? 사람을 돈 몇 푼에 부려먹을 대로 부려먹고 그렇게 만든 물건을 수천 달러에 파는 건 어떻게 생각해?

하고 싶은 얘기가 뭐야? 그래, 끔찍한 짓을 하는 사람도 많지. 그렇다고 네가 하는 일을 정당화할 수는 없어.

위니는 이렇게 말했어요, 사람들이 어떤 일은 사기라고 덮어놓고 비난하면서 다른 비슷한 일은 알고도 눈감아주는 경향이 있다, 이 말이야.

더러운 앞치마를 입은 청년이 쭈뼛거리며 다가와 말했어요. 죄송하지만 주문을 하셔야 테이블 이용이 가능합니다.

위니가 주문을 했어요, 더블 에스프레소 주세요. 하지만 동시에 저는 이렇게 말했어요, 됐어요, 일어날 거예요.

카페 직원은 어리둥절해서 물러났고요.

에이바, 가지 마, 여기서 악당은 명품 브랜드들이야, 우리는 같은 편이라고, 위니는 이렇게 말하고 아까 명품 매장 직원에게 했던 것처럼 제 손을 꼭 쥐었어요. 적절한 순간에 힘주어 손을 잡으면 상대의 굳은 결심을 흔들 수 있다는 매뉴얼이라도 읽었는지.

너 정말 역겹다. 그 말을 남기고 저는 카페 밖으로 뛰쳐나갔어요.

위니의 고백에 왜 그렇게 화가 났을까요? 왜 그 애를 타이르려 했는지 모르겠어요. 다시 만난 지 얼마 되지 않았고 친구로서 지킬 의무도 없었는데요. 하지만 인도를 빠르게 걷는 동안에도 저는 머릿속으로 계속 위니와 대화를 했어요. 반박할 때마다 서로의 주장이 젠가 블록처럼 층층이 쌓였죠. 무엇보다도 거슬렸던 건 부끄러운 줄도 모르고 제가 자기 말에 넘어갈 거라 확신하는 위니의 태도였어요.

이제는 알아요. 그것도 다 전략이었다는 걸요. 숨김없이 전부 털어놓았으니 더는 비밀이 없겠지. 제가 이런 생각을 하게 만들었던 거예요.

길 끝에 제가 리프트(미국의 승차 공유 서비스－옮긴이)로 부른 차가 서 있었어요. 뒷좌석에 무사히 탄 저는 고개를 숙이고 욱신거리는 관자놀이를 문질렀어요.

기사가 물었어요, 뒷좌석 온도 괜찮으세요? 오뚝하고 예쁜 코에 금색 피어싱을 한 여자 기사였어요.

네.

기사는 10년 전쯤 나온 팝발라드가 차 안에 울려 퍼지도록 오디오 볼륨을 높이고 달콤한 가성으로 노래를 따라 불렀어요, 내 안에서 흘러, 흘러, 사랑이 흘러. 그러면서 백미러로 저를 쳐다봤어요. 이 노래 너무 좋죠.

저는 항상 그 노래 가사를 "내 안에서 굴러, 굴러"라고 생각했거든요. 기사에게도 그렇다고 말했어요.

사랑이 구른다고요? 그게 대체 무슨 뜻이에요?

차창 밖을 내다봤어요. 허리 구부정한 중국인 할머니가 납작하게 펼친 종이 상자를 쇼핑카트에 잔뜩 싣고 건널목으로 조금씩 다가오고 있었어요.

저는 아무 뜻도 아니라고 했어요. 말이 안 되는 소리죠.

4

우리 약속했잖아요, 형사님. 아는 대로 다 얘기할 테니까 저 좀 믿어주세요. 자꾸 표현만 바꿔서 같은 질문을 하시는데 제 대답은 변하지 않아요. 그 애가 어디 있는지 저는 모른다고요. 왓츠앱, 이메일 계정 다 삭제됐고 전화번호도 없어졌어요. 아까도 말했지만 SNS로 괜히 힘 빼지 마세요. 스핑크스처럼 자기 프라이버시를 보호하는 애예요. 제 생각에는 범죄자를 미국으로 송환하지 않는 나라로 갔을 것 같아요. 모로코나 인도네시아나 카타르나. 형사님이 위니라도 그러지 않았을까요?

위니는 미국에도, 중국에도 친구가 많지 않았어요. 사업 파트너는 여럿 있고 사귀었던 사람도 몇 명 있었지만요. 막유파이, 그러니까 막 회장을 빼놓을 수는 없죠. 시기별로 친구였다가 사업 파트너였다가 연인이었던 사람요. 잘 알겠지만 광둥 전역에서 제일 잘나가는 핸드백 공장이 막 회장 소유예요. 막 회장 공장 제품들이 질 좋기로 유명해서 대형 명품 브랜드들과 계약을 맺었다고 하더라고요. 브랜드 측에서는 중국에서 가방을 생산한다는 사실을 어떻게 해서든 숨기려고 하지만요. 누구나 다 아는 프라다, 구찌, 루이비통 말이에요. (뭐, 이제는 숨기려고 해봤자 의미 없는 짓이죠. 중국에도 최신식 공장이 있고, 이탈리아에도 노동력을 착취하는 공장이 있다는 사실을 다 아는데요.)

위니는 사촌, 사촌 친구 몇 명과 중국 선전에 놀러 갔을 때 정말 우연히 막 회장을 만났다고 했어요. 3년 전, 그러니까 2016년 대선 직후 중국으로 돌아갈까 고민하던 시기였어요. 결혼해서 영주권을 따고 이혼한 후였는데 어차피 독재 국가에서 살아야 한다면 내 나라가 낫지 않을까 생각했대요.

종일 쇼핑을 하고 고급 호텔 레스토랑에서 일행과 만찬을 즐기고 있을 때 막 회장이 혼자 들어왔어요. 키가 크고 멀끔했고, 풍성한 은발, 섬세하게 다듬은 콧수염, 몸에 착 붙는 리넨 수트가 무척 세련된 사람이라는 느낌을 줬다나 봐요. 나이는 예순일곱으로 우리 엄마와 동갑이고 위니 어머니보다는 두 살 위였어요.

레스토랑 매니저가 근처 테이블로 안내했을 때 막 회장은 신나서 떠들어대는 여자들을 보고도 자리를 거부하지 않았대요. 위니 일행은 식사를 마친 테이블에 그날의 수확들을 펼쳐놨어요. 루이비통 네버풀, 고야드 PM 사이즈 가방, 샤넬 플랩백…… 당연히 전부 가짜였죠. 그게 여행의 목적이었는걸요. 아무것도 사지 않은 사람은 위니밖에 없었어요. 자기는 숨 막히는 부모님 집에서 벗어나기 위해 따라왔을 뿐이라고 하더라고요.

마침 막 회장과 제일 가까운 자리였던 위니는 막 회장이 포크와 나이프를 능숙하게 다루며 폭찹을 자르고 품위 있게 입을 다물고 고기를 씹으며 일본주를 홀짝이는 모습을 관찰했어요.

위니의 시선을 알아차린 막 회장이 위니에게 물었어요, 쇼핑에서 뭐 좀 건졌어요?

아무것도요, 위니는 이렇게 말하며 항상 들고 다니던 토트백을 들어 보였어요. 메이시스 백화점에서 세일가로 산 튼튼한 검은색 나일론 가방요. 그리고 이렇게 덧붙였어요, 가방이 다 똑같은 가방이죠.

위니는 그런 사람이에요. 모방 소비를 하지 않았어요. 유행이나 사회적 지위 따위에 아무 관심이 없죠. 모조품 사기극을 벌일 때 턱없이 비싼 가방을 들고 번쩍거리는 보석을 착용하기는 했지만, 그것들은 위니에게 승무원의 살색 스타킹이나 마찬가지였어요. 그냥 유니폼의 일부였다는 말이에요. 수익을 올릴 수 있다면 무슨 짓이든 했고요. 단 하나의 목표에 집중하고 실용적으로 행동한 게 위니의 성공 비결이었어요.

막 회장은 그날 저녁 위니 일행이 레스토랑에서 먹은 음식값을 다 냈어요. 하지만 근처 가라오케 라운지에 같이 가지 않겠냐는 사촌 친구의 제안은 거절했어요. 위니도 가지 않겠다고 했고요. 다들 남편 아니면 약혼자가 있던 사촌과 친구들은 묘한 눈빛을 주고받더니 두 사람만 두고 떠났고, 막 회장과 위니는 호텔 바로 갔다가 막 회장의 스위트룸으로 올라갔어요.

사흘 후, 위니가 샤먼 부모님 댁에 돌아와 있을 때 웬 심부름꾼이 강아지도 들어갈 만큼 크고 빵빵한 주황색 쇼핑백을 들고 집 앞까지 찾아왔대요. 쇼핑백에는 진품과 하나부터 열까지 똑같은 로즈사쿠라 버킨백 25사이즈 가품과 손글씨 카드가 들어 있었고요.

가방은 다 똑같은 가방이지만 버킨은 버킨뿐이지.

(가품이니 걱정 마. 그 정도로 분별없는 사람은 아니야.)

센스 있는 편지였지만 선물은 영 꺼림칙했어요. 지나치게 여성스럽고 천박의 극치인 물건이었으니까요. 나중에 위니가 말하기를, 그때 그 선전 여행은 고향에 돌아가도 살 수 있을지 알아보려고 간 거였대요. 거기서 눈이 썩는 줄 알았다더군요. 자세히 말해보라니까 사촌이나 사촌 친구들과 전혀 공감대가 형성되지 않았다고 설명했어요. 아, 좋은 사람들이긴 했대요. 하지만 그 사람들 관심사라고는 어떻게 하면 돈을 많이 벌어서 명품 옷을 살지, 나중에 자식을 일류 대학에 보낼지 그런 것뿐이라는 게 문제였죠. 남자들은 더 심했고요.

막 회장과는 마음이 잘 맞았잖아, 제가 말했어요.

그러니까! 기대할 미래는 그거 하나였어, 늙은 유부남의 정부가 되는 것, 그리고 그 사람 누가 봐도 알코올중독이었단 말이야, 위니가 대답했어요.

(둘이 밤을 보내는 동안 호텔 미니바를 싹 다 비웠대요.)

가짜 버킨백을 옆으로 치워놓고 위니는 그 자리에서 미국에 남기로 결심했어요. 그러고 나서 LA 국제공항으로 가는 편도 티켓을 끊었어요. 버니지아주 샬러츠빌에서, 전 남편 버트런드 루이스에게서 멀리 떠나 새 출발을 할 작정으로요. (네, 돌아가신 이모 남편 맞아요. 거기엔 또 사연이 있어요, 형사님. 그건 이따 말씀드릴게요.)

LA처럼 물가 높은 도시에서는 돈을 신중하게 써야 하죠. 위니는 대학생 애들로 바글거리는 낡은 원룸 건물로 이사하고, 고속도로에서 요란한 깡통 소리를 내는 기아 스포티지를 샀어요. 우리 동기들과 같이 2004년에 스탠퍼드를 졸업했다는 위조 이력서가 있으니 마케팅, PR, 영업 뭐 이런 분야의 신입 사원 자리면 금방 취직이 될 거라 생각했대요. 회사 스물두 곳에 이력서를 돌리고도 면접 보러 오라는 연락 한 번 못 받은 위니는 범위를 넓혀 중국어 강사 자리에도 지원했어요. 쌍둥이 유아차를 밀고 다니는 상하이 출신 여자애한테서 보모 월급이 얼마인지 들은 후에는 보모 일도 구했고요. 그런데도 취직이 안 되자 패닉에 빠진 거예요.

LA에 오고 몇 달쯤 지난 어느 날, 위니는 차를 타고 지나가다가 로데오 드라이브와 몇 블록 떨어진 곳에서 그 동네와 어울리지 않는 전당포 하나를 발견했어요. 진녹색 차양 위에 ***베벌리 대부***라는 간판을 단 가게는 선뜻 들어갈 수 없는 명품 부티크처럼 고급스러운 분위기를 풍겼대요. 마침 막 회장이 준 로즈사쿠라 버킨백 가품이 조수석에 보였어요. 상자와 더스트백이 없었지만 위니는 한 달 치 월세를 내고도 남을 액수의 수표를 들고 전당포에서 나왔어요. 돈보다 더 의미 있는 수확이 있었으니, 그건 바로 새 사업의 씨앗이었죠. 집으로 돌아와 막 회장에게 전화로 조언을 구하자 막 회장은 기막힌 아이디어라면서 창업 비용을 대겠다고 했어요. 그렇게 첫 투자자가 생긴 거예요.

다음 날, 컬버시티에 있는 명문 국제학교에서 유치원 교사로 일해보겠냐는 연락이 왔고 위니는 안전장치를 마련해놔야 한다는 판단에 즉시 제안을 수락했어요.

초반에는 1인 기업으로 회사를 운영했어요. 구매와 반품 작업을 분산해서 하려고 위니 팡 루이스, 위니 웬이 팡, 위니 WY 루이스 등등 조금씩 다른 이름으로 신용카드를 여러 장 만들어 쇼핑에 나섰죠. 니만마커스, 색스, 노드스트롬, 블루밍데일스 같은 백화점에서 우선은 클래식한 롱샴 르플리아주로 간을 봤어요. 어느 가방 얘기인지 아시죠? 보면 아실 거예요. 얄팍한 나일론 토트백인데 작은 네모로 접을 수 있는 제품이죠. 자주색, 아보카도 색, 복숭아색까지 안 나오는 색이 없고 카피하기도 쉬워요. 한 시간쯤 길에 서 있으면 진짜든 가짜든 대여섯 개는 보실걸요. 초반에는 이런 가방들을 대거 공략하며 매월 중국에서 물건을 받았어요. 전부 팔고 바꿀 수 있다는 확신을 가지고요.

롱샴 다음으로는 인기가 시들지 않는 루이비통 모노그램 캔버스, 스피디, 노에, 알마 차례였고 나중에는 프라다, 구찌, 샤넬, 디올로도 넘어갔어요. 위니가 고용한 쇼퍼들이 전국 각지에서 명품백을 양말처럼 사들이기까지는 1년도 걸리지 않았어요.

위니가 이 아시아계 여자들을 어디서 찾았는지는 형사님도 아시죠. 가방에 미친 사람들이 모인 인터넷 사이트에서 모집했지요. 나중에는 그 쇼퍼들의 지인도 소개받았고요. 당연히 신분을 드러내지 않으려 조심하면서요.

일은 보기보다 고됐다고 해요. 위니는 광저우와 로스앤젤레스를 오가며 상품을 일일이 검수하고 1센트 단위까지 흥정했어요. 클래식한 제품들을 섭렵한 후에는 일정 시즌에만 나오는 한정품으로도 영역을 넓혔는데 물량이 적은 만큼 돈이 되었고 지금까지와는 차원이 다른 공급 업체와 거래를 터야 했어요.

국제적인 여성 사업가로서 1년 반을 보내고 월수입 10만 달러를 찍은 시점에 미국 시민권 신청이 받아들여졌어요. 절차상 필요한 면접과 심사가 끝나기 전까지 미국을 나갈 수 없게 된 위니는 이번에도 막 회장에게 도움을 청했어요. 막 회장은 넓은 인맥을 이용해 품질 좋은 가품을 생산하는 공장을 금세 찾았고 신규 거래처와 계약을 체결했어요. 위니가 조금이라도 수수료를 받으라고 고집하지 않았다면 공짜로도 해줬을 거예요.

효과적으로 굴러가던 이 방식이 영원하지는 않았어요. 어느 날 회의 장소에 도착한 막 회장이 어눌한 말투로 여기가 어디냐고 물으며 당황해한 거죠. 막 회장은 병원으로 실려 갔고 의사를 만난 막 회장 부인은 지금 생각하니 몇 주 전부터 남편의 눈이 노르스름했다고 말했어요.

막 회장과 연락이 끊긴 채로 열흘이 지났어요. 예정된 물건이 배송되지 않는 바람에 비싼 핸드백 몇 개는 반품 기한을 넘겨버렸고 위니의 수익은 반토막 났어요. 막 회장이 간 부전으로 입원했다는 소식에 화는 누그러졌지만 문제가 해결되지는 않았죠. 위니는 믿을 만한 현지 중개인이 없는 상태에서 모든 업무를 원격으로 처리해야 했어요. 고해상도 사진을 다각도로 살펴보고, 한밤중에도 통화를 했어요. 하지만 아무리 부지런히 일해도 미국에 도착하는 가방의 품질은 갈수록 떨어졌어요. 그 전까지 믿고 거래한 공장에서 생산한 물건들까지요. 가격도 슬금슬금 올라갔고요. 자기 대신 광저우로 갈 사람을 찾지 못한다면 사업 자체를 접어야 할 판이었죠. 다시 2개 국어를 하는 애새끼들을 가르쳐야 할지도 몰랐어요(제가 아니라 위니가 한 말이에요).

우리 집 근처 카페에 나타났을 즈음, 위니는 이루 말로 표현할 수 없을 만큼 절박한 상태였어요. 그러니 저를 이용하면 **두**

가지 문제를 다 해결할 수 있다는 사실을 알고 얼마나 놀라고 기뻐했겠어요.

니만마커스 사건이 있고 며칠 후 위니에게서 사과 전화가 왔어요. 잠깐 머리가 어떻게 됐던 모양이라고, 광저우 쪽과 원격으로 소통하는 일이 너무 골치 아파서 스트레스를 못 이겼다고 하더군요. 사실상 보지도 못한 물건에 거액의 배송비를 치르게 생겼다고 했어요. 그러다 말을 끊고 불쑥 이런 말을 하더군요, 네 생각을 분명히 알았으니 앞으로 일에 관해서는 입도 뻥긋하지 않을게, 그런데 에이바, 이건 알아줬으면 좋겠다, 너와 헨리와 함께 보낸 시간은 정말 소중했어, 계속 친구로 지내고 싶어.

아직 화가 풀리지 않은 상태였기에 위니에게 그렇게 말했어요. 위니는 다 이해한다면서 다시는 귀찮게 하지 않겠다고 했고요.

그렇게 끝났으면 얼마나 좋을까요. 전화를 끊고 위니를 내 인생에서 지워버렸으면 좋았을 텐데. 남편, 아들, 망해가는 커리어 문제로 초조하지만 않았어도(아니, 위니가 하필 그 시기에 나타나지만 않았어도) 제 행동은 달라졌을 거예요.

상상 속의 저는 분노로 얼어붙어 전화기를 들고 그 자리에서 있어요. 남편이 방으로 들어오죠. 남편을 와락 껴안고 이마를 맞대요.

제가 이렇게 말하는 거예요, 무슨 일이 있었는지 알면 당신도 기절할 거야, 자기가 벌여놓은 일을 내가 순순히 받아들일 거라 생각했다니 말이 돼?

하지만 그때는 평소와 달랐어요. 올리는 그날 밤에도, 다음 날 밤에도 집에 오지 않았어요. 짧은 문자만 겨우 보냈고요. 헨리가 자기 전에 같이 영상통화를 걸면 아직 병원이라며 이런 말만 했어요, 지금은 통화 못 해, 사랑해, 아들. 아빠가 미안해, 울지 마. 끊어야겠다.

헨리가 그날만 벌써 네 번째로 발작을 시작했을 때는 아이 침대에 드러눕고 말았어요. 너무 힘들어서 귀가 찢어지는 비명이 들리는 와중에도 깜박 잠들었지 뭐예요. 잠이 들자마자 울음소리는 윙윙거리는 백색소음처럼 희미해졌어요. 그러다 헨리가 크게 딸꾹질하는 소리에 눈이 번쩍 뜨였어요. 얼른 헨리를 안고 흔들어주며 제발 그치라고 호소하고 애원했어요. 아이가 울다 지쳐 시체처럼 잠들 때까지요.

쑤시는 몸을 이끌고 방으로 가는데 화가 치밀잖아요. 올리가 미웠어요. 자기는 갈 곳이 있고, 생각할 문제가 있고, 할 일이 있다 그거지. 나만 악마의 자식과 이 집에 가둬놓고. 그 순간은 남편에게 복수해야겠다는 생각밖에 없었어요. 나처럼 버림받은 기분, 무력해진 기분을 느끼게 하고 싶다, 남겨진 사람의 기분을 알려주고 싶다는 생각뿐이었죠.

노트북을 열고 아빠가 계신 보스턴행 비행기, 오빠 게이브가 있는 시카고행 비행기 표를 검색했어요. 가족의 중심축이던 엄마가 없어졌기 때문일까요, 7개월 전 엄마 장례식 이후로 셋이 같이 얼굴 한 번 못 봤거든요.

하지만 아빠에게 부부 문제를 상담한다고 상상하자 당황해서 어찌할 바를 모르는 아빠 얼굴이 저절로 눈앞에 그려졌어요. 아빠는 안경 뒤에서 눈동자를 굴리며 이렇게 말할 거예요,

아쉬운 점이 있으면 직접 말을 하지 그래, 올리는 모를 수도 있잖아. 올리가 모르긴 뭘 몰라요, 제가 물러나지 않고 반박해도 아빠는 뻔한 조언들을 항복의 깃발처럼 내놓으며 논쟁을 회피할 거예요. 너라면 현명하게 해결할 수 있어. 뜻이 있는 곳에 길이 있다고 하지 않니. 다 잘될 거야.

못 믿겠지만 오빠 반응은 더 심할걸요. 언제나 느긋하고 태평한 게이브는 제가 과민반응을 한다는 것처럼 어깨를 으쓱하고 말할 거예요, 네가 팰로앨토로 이사하고 싶은지 아닌지 결정하면 끝나는 문제 아니야? 문제를 왜 크게 만들려고 그러냐. 저는 이렇게 대답하고요, **아, 그래?** 가르침을 주셔서 감사합니다, 오라버니. 그러면 게이브는 양손을 들고 진정하라고 할 거고, 저는 더 열이 오를 거고, 똑같은 상황만 빙글빙글 반복되다가 저만 결국 부글대며 자리를 박차고 나올 거예요.

엄마라면 어떻게 반응했겠냐고요? 솔직히, 엄마한테는 말 못 했을 것 같아요. 말을 하더라도 남편 생각을 지지하는 척하며 문제를 축소했겠죠. 왜냐고요? 대놓고 싫은 티를 내지는 않았지만(워낙 다정하고 점잖은 분이라서요) 엄마는 끝까지 올리를 가까이하지 않으셨어요. 사람을 휘어잡는 면을 경계했다고 할까요. 남편의 매력에 넘어가지 않은 사람은 제가 알기로 엄마가 처음이었어요. 제가 가족 중 엄마와 제일 사이가 좋았던 것도 그래서였나 봐요. 우리 사이에 명확한 선이 있었으니까요. 문제를 입 밖으로 꺼내지 않으니 말싸움을 할 수가 없죠.

노트북 화면 상단에서 홍콩행 티켓을 할인한다는 광고 배너가 깜박였어요. 엄마의 언니인 리디아 이모는 엄마가 돌아가셨을 때 바다를 건너왔고 장례식 내내 제 곁을 떠나지 않았어요. 서늘한 손을 제 등에 딱 올리고 가야 할 방향을 안내해 주셨었죠. 제가 엄마의 직장 동료나 이웃에 붙잡혀 있을 때마다 이모는 그 사람들 질문에 대답하고 저 대신 조문 인사도 받아줬어요. 그냥 불편한 자리를 빠져나오게 도와주기도 했고요. 이모는 떠나기 전 저한테서 약속을 받아냈어요. 외할머니 정신이 맑을 때 헨리를 데리고 홍콩에 꼭 오라는 약속요. 저는 멍하니 고개만 끄덕였어요. 우리 아기는 할머니가 없는데 나는 할머니가 있다는 사실이 믿기지 않아서요.

노트북 불빛 말고는 캄캄한 침실에 앉아 이런 생각을 했어요. 지금이 헨리를 데리고 외가 친척을 방문할 적기다. 몇 달 후면 헨리도 유치원에 들어가고, 저도 뭐가 됐든 일을 시작할 거 아니겠어요. 물론 열세 시간 비행이 간단한 문제는 아니었죠. 마리아에게 같이 가자고 할까 심각하게 고민했지만 아들 하나 혼자 못 보는 이유를 이모 내외에게 설명하는 내 모습을 상상하고는 마음을 고쳐먹었어요.

결심이 흔들리기 전에 신용카드 정보를 입력하고 구매 버튼을 눌렀어요. 진짜로 광저우가 홍콩 국경과 가깝다는 사실은 생각도 안 하고 있었어요. 당시에는 위니가 어떤 일을 하는지 대강의 윤곽만 알고 있었다니까요!

5

올리에게 여행을 반대할 기회도 주고 싶지 않아서 취소가 불가능한 시점까지 24시간을 기다렸다가 여행 정보를 문자로 보냈어요.

거의 자정이었을 텐데, 아무튼 곧바로 전화가 왔어요.

뭐라고? 무슨 수로? 헨리를 어떻게 데려간다는 거야.

올리가 흥분할수록 저는 차분해졌어요. 문자에 다 나와 있을 텐데.

왜 말을 안 했어?

전화기를 귀에 바짝 대고 이불 속으로 파고들었어요. 방금 했잖아.

왜 하필 지금이야? 이렇게 갑자기? 몇 달 있다가 같이 가자. 근사한 휴가로.

그 말에 전화기를 던져버리고 싶었지만 참았어요. 이러지 마, 올리, 당신이 잘도 시간을 내겠다.

당신 혼자 헨리 데리고 장거리 여행을 어떻게 간다고 그래.

참을 수가 있어야죠. 제가 말했어요, 요즘 혼자 하는 연습 충분히 해서 괜찮아.

짜증을 참는지 침묵이 길게 이어졌어요. 그러다 겨우 한다는 말이 뭐였는지 아세요? 왜 나한테 그렇게 화가 나 있어?

몇 주 동안 사람을 무시하더니 이제야 관심 주는 거 봐요.

제가 말했어요, 열하루밖에 안 돼, 당신 우리가 없어진 것도 모를 거야.

주먹이 벽인지, 협탁인지 단단한 표면을 때리는 소리가 들렸어요. 깜짝 놀랐죠. 올리는 분노를 표출하는 성격이 아니었거든요.

에이바, 집 문제는 내가 잘못했어. 미안해. 제발 가지 마.

가슴에 맺힌 응어리가 사르르 풀렸지만 계획을 바꾸기에는 너무 늦었어요. 제가 말했어요, 겨우 일주일 반이야, 별것도 아닌데 왜 난리야?

올리는 목멘 소리로 대답했고요, 나 하루 종일 일만 하는 사람이야, 여기서 느긋하게 놀지 않는다고.

벌인 일을 돌이킬 수 없었기 때문에 저는 그냥 밀고 나갔어요. 우리 방해꾼들이 없으니 그동안 실컷 놀면 되겠네.

올리의 말투가 날카로워졌어요. 가는 비행기부터 지옥이라는 거 당신도 잘 알 거야.

네, 뭐, 올리 말이 틀리진 않았어요. 처음에는 승무원들도 헨리의 매력에 푹 빠졌죠. 헨리는 누나들이 복도로 올 때마다 통통한 고사리손을 흔들고 환히 웃었어요. 제가 뺨에 쪽 소리 나게 입을 맞추니 좋아서 꺅꺅거렸고요. 드디어 미운 두 살을 뒤로하고 황금기로 넘어가는 건가 하는 말도 안 되는 희망도 품었을 정도로요.

아이의 좋았던 기분은 이륙을 위해 카시트 벨트를 채우는 순간부터 바닥을 쳤어요. 헨리는 비행기가 하늘로 떠오를 때도, 기저귀를 갈 때도, 유아식의 으깬 사과를 먹이려 할 때도 울었어요. (사슴 고기는 진작 포기했고 저혈당식도 여행 중에는 쉬기로 했어요.) 안아 들고 통로 끝에서 끝까지 왔다 갔다 하는데도 울어요. 어떻게 해야 할지 모르겠더라고요. 처음에는 탑승객 하나하나 눈을 맞추고 죄송하다는 뜻을 전하려 했지만, 따가운 눈총을 네 번째 받은 후로는 발밑의 검은 카펫에 시선을 고정하고 헨리의 귀에 작게 노래를 불렀어요. 그래봤자 소용없었지만요. 그렇게 친절하던 승무원들도 처음에는 안쓰럽다는 듯 웃으며 간식과 장난감을 가져다줬지만 몇 시간이 지나니 태도가 달라지더군요. 화장실 문을 막지 말라고 짜증을 내지 않나.

형사님도 딸이 둘이라면서요. 몇 살이랬죠? 그럼 아이들이 어릴 때 어땠는지 기억하겠네요. 올리는 헨리 귀가 유난히 예민하대요. 유스타키오관인가 뭔가 하는 부분이요. 그래서 비행을 힘들어했던 거예요. 크면서 차차 나아지겠죠.

헨리는 홍콩에 도착할 때까지 잠을 거부하고 미친 듯이 울었어요. 그러더니 이모 댁으로 가는 택시에 타자마자 잠이 드는 거 있죠. 짐을 로비에 두고 유아차를 흔들림 하나 없이 엘리베이터까지 밀어야 하는 난관이 있었지만 친척들과 처음 만날 때 울고불고 난리를 치는 모습이 아닌 것만으로 만족했어요.

로비에 놓고 온 짐은 이모부가 가지고 올라왔고 저는 그사이 헨리를 침대에 눕혔어요. 그런 다음 어른들끼리 거실에 모여 앉았어요. 발코니 너머 빽빽하게 서 있는 하얀 고층 아파트 숲 위로 늦은 오후의 햇살이 쏟아지고 있길래 사진을 한 장 찍고 **도착!**이라는 글과 함께 인터넷에 올렸죠. 올리를 약 올리고 싶어서요.

이모 부부의 아늑한 집은 해피밸리에 있는 깨끗한 구축 아파트 15층에 있었어요. 원래 이모 취미가 미술이라 딸들과 손녀딸들을 그린 커다란 파스텔화가 벽마다 걸려 있었고요. 리디아 이모는 인근 요양원에 계시는 할머니가 이번 주 내내 저만 찾았다고 했어요. 마크 이모부는 사촌들 대신 안부를 전해줬고요(케일라는 만다린오리엔탈 호텔의 페이스트리 셰프고, 안과 의사인 카리나는 얼마 전 싱가포르로 이사했대요). 올리가 스탠퍼드로 병원을 옮겼다는 소식에는 두 분 다 잘됐다고 고개를 끄덕였는데, 이 얘기를 하다 보니 치과 교정의인 카리나 남편이 치위생사와 눈이 맞은 바람에 카리나가 싱가포르로 나갔다는 사실이 떠오르더군요. 게이브 오빠의 부인이 임신했다는 소식에 이모가 미소를 짓는 순간, 오른쪽 뺨에 보조개가 패었어요. 우리 엄마처럼요.

홍콩은 제 친척이라 해도 이상하지 않을 사람들 천지였어요. 다들 광대가 납작하고 이마가 넓고 피부색이 짙었다는 말이에요. 처음 홍콩에 온 건 세 살 때였는데, 중화권 사람들로 바글거리는 공항 모습이 얼마나 충격적이었는지 몰라요. 다 우리랑 똑같이 생겼어! 제가 외쳤어요. 부모님은 주변에서 쳐다볼 만큼 큰 소리로 웃음을 터뜨렸고요.

손님방에서 찡얼거리는 소리가 들린 건 저녁 식사 시간 무렵이었어요. 얼른 헨리 옆으로 달려가 아이패드로 「토마스와 친구들」 영상을 틀었죠. 눈이 스르르 감기는 걸 보자마자 샤워하러 갔다가 나와서 휴대전화를 보니 위니에게서 장문의 문자가 줄줄이 와 있었어요.

우리 마지막을 생각하니 괴롭다. 널 불편하게 했던 점 다시 사과할게.

변명은 아니고 그냥 설명하고 싶어. 광저우 배송 건으로 스트레스가 너무 심해서 제정신이 아니었나 봐. 너한테 불똥이 튀어서 미안해.

그나저나 너 홍콩이야? 친척 집? 여행 즐겁게 해. 돌아오면 얼굴 한번 보자!!

그때는 미처 몰랐지만 이제는 알겠어요. SNS 계정이 없다고 해놓고 제가 SNS에 올리는 글들을 다 보고 있었던 거죠. 저는 휴대전화를 옆으로 던지고 짐 쌀 때 챙긴 새 장난감을 찾아 캐리어를 뒤졌어요. 헨리에게 미니어처 비행기를 흔들어 보이며 아이패드를 서랍에 넣고 헨리를 거실로 데리고 나왔어요. 리디아 이모와 마크 이모부가 헨리 머리카락을 쓰다듬고 뺨을 어루만지고 긴 속눈썹부터 또래보다 큰 발까지 칭찬을 아끼지 않는 내내, 저는 아들이 폭발하지 않기를 빌며 주먹을 움켜쥐고 서 있었어요. 무슨 기적인지 헨리는 장난감 비행기를 머리 위로 들고 슝슝 움직이는 데만 집중했어요. 기특해서 이마에 뽀뽀를 해줬어요.

이모가 고른 레스토랑에 큰 소동 없이 도착한 우리는 훈제 오리, 소금 후추 뿌려 구운 새우를 배불리 먹었어요. 저는 졸음을 쫓으려고 진한 재스민 차를 쭉 들이켰고요.

후식으로 망고 푸딩이 나왔을 때는 카우보이의 권총처럼 신용카드를 꺼내 웨이터에게 척 내밀었죠. 헨리가 깔깔 웃을 정도로 요란하게 이모와 이모부가 저를 만류했지만 제 의지는 확고했어요.

그런데 잠시 후 돌아온 웨이터가 몸을 굽히고 카드 사용이 거부되었다고 속삭이는 거예요. 이번에도 이모부는 지갑을 꺼냈고요. 저는 직불카드를 웨이터에게 쥐여준 다음 깜박하고 은행에 여행 사실을 알리지 않았다며 실없이 지껄였어요.

에이바 너도 참, 우리가 낸대도, 은행에는 이따가 연락해서 해결하면 되지, 이모가 말했어요.

미국 애들이 이렇게 독립적이라니까, 우리 애들은 돈을 내는 법이 없어! 이건 이모부가 한 말이에요.

댁에서 지내게 해준 것만으로 감사해요, 제가 말했어요.

이모는 무슨 소리냐고 했어요. 너도 우리 가족이야.

웨이터가 돌아왔어요. 머쓱한 듯 구부정하게 선 것을 보아 직불카드도 거부되었나 봐요.

너희 은행 보안이 대단하구나, 이모부가 카드를 내미는 동안 리디아 이모가 말했어요.

얼마나 창피하던지. 헨리가 제 젓가락 하나를 낚아챘을 때는 관심을 돌릴 수 있어 차라리 다행이다 싶었어요. 아이 손에서 젓가락을 빼앗다가 저도 모르게 젓가락 끝으로 뺨을 찔렀고 헨리는 성질을 부리며 악을 썼어요. 벌떡 일어나 헨리를 안고 위아래로 흔들며 헨리에게, 주변에 있는 모든 사람에게 미안하다고 사과했고 마크 이모부가 영수증에 서명하자마자 우리는 후다닥 밖으로 나왔어요.

집으로 돌아와 헨리를 아이패드 앞에 앉혀두고 은행에 전화했어요. 전화를 받은 건 남아시아 억양을 쓰는 여자 상담원이었는데 문제 해결을 위해 최선을 다할 테니 조금만 기다려달라더군요. 클래식 바이올린 연주곡이 귓가에 울려 퍼졌어요.

데스자딘스 씨? 우리 성을 잘못 발음하는 것도 이제는 익숙해요.

웡이라고 해도 괜찮아요, 제가 말했어요.

네?

성이 웡이라고요. 웡 씨.

아, 네, 죄송합니다, 웡 데스자딘스 씨. 문제가 뭔지 제가 알아낸 것 같아요.

다행이네요. 그럼 이제 카드 쓸 수 있죠? 고개를 돌리니 헨리는 요가의 아기 자세를 하고 잠들어 있었어요. 무릎 꿇고 빌다가 갑자기 바닥에 얼굴을 박은 것처럼요.

아니요, 죄송합니다. 그렇게 간단한 문제가 아니라서요.

뭐가 문제인 건데요? 그 질문을 불쑥 하고 나니 입맛이 어찌나 쓰던지요.

상담원은 조심스럽게 말했어요, 남편분이 카드의 승인된 사용자 목록에서 부인을 빼신 것으로 보여요.

그게 무슨 뜻이에요?

지금 그 신용카드는 사용하실 수 없습니다.

제가 허벅지를 손바닥으로 내리쳤어요. 아파서 얼굴이 구겨질 만큼 세게요. 그래도 헨리가 깨지는 않았어요.

공동 계좌 설정도 바꾸신 것 같아요. 두 분 모두의 승인이 있어야 현금 인출이 가능하도록요.

그럼 내 직불카드도 쓸 수 없다는 말인가요?

남편분이 거래를 승인하지 않으면요.

언제 그랬어요? 왜 저는 고지를 못 받았죠?

1월 23일이니 어제네요.

화장실로 달려가 문을 닫았어요. 이해를 못 하나 본데 저 지금 홍콩이에요. 돈이 한 푼도 없다고요.

죄송합니다, 하지만 예금주가 남편분인 데스자딘스 씨이기 때문에……. 상담원이 말끝을 흐렸어요.

데자르댕요, 제가 짜증을 냈어요.

네?

아니에요, 됐어요. 다른 방법이 있을까요? 지금 해외인 데다, 저기, 아기도 있어요. 남편과 연락이 닿을 때까지만 사용하게 해줄 수 없어요?

여전히 단조로운 말투로 상담원이 말했어요, 죄송하지만 제게 그런 권한은 없습니다.

제 목소리가 화장실 타일 벽에 부딪혀 메아리쳤어요. 어떻게 나한테 통보 하나 없이 이럴 수가 있어요?

정말 죄송합니다. 하지만 예금주가 남편분…….

알았어요, 알았다고요. 저는 전화를 끊고 올리 휴대전화로 계속 전화를 걸었어요.

음성 사서함 메시지가 끝나지 않는 광고 음악처럼 저를 조롱했어요. 안녕하세요! 올리비에 데자르댕 박사입니다. 메시지를 남겨주시면 금방 연락하겠습니다!

결국에는 포기했죠.

딱히 위험하거나 하지는 않았어요. 필요한 건 이모와 이모부가 다 주실 거고요. 그 점은 저만큼이나 올리도 잘 알고 있었어요. 올리는 저를 망신 주고 싶었던 거예요. 제가 얼마나 딱한 처지인지 가족에게 털어놓지 않고는 버틸 수 없게 만들려는 거라고요.

남편을 탓할 수는 없죠. 어쨌든 가지 말라고 빌었으니까요. 말을 안 듣고 철없이 반항하는 사춘기 어린애처럼 문제를 회피한 건 저였어요.

놀랐나 봐요, 형사님. 형사님은 남편의 행동을 용납할 수 없다고 생각하죠. 마음 한구석에 여성혐오 성향이 있고 비정상적인 통제 욕구를 가진 남자인 증거라고 생각할 거예요. 우리 페미니스트들은 그런 반응을 보이는 게 당연해요. 하지만 장담하는데 올리는 그런 사람이 아니에요. 솔직히 제가 일을 그만두고 수입원이 하나로 주는 바람에 남편 부담이 어마어마하게 늘어난 건 사실이잖아요. 아기가 태어나면서 가계 지출도 무섭게 늘었고요. 헨리를 낳고 몇 주 안 됐을 때 제가 수면 부족으로 저지른 돈 관련 실수도 한두 건이 아닌걸요. 기한 내에 카드 대금을 안 내서 연체료 폭탄을 받은 적도 있고, 차고에서 후진하다 아빠 차 사이드미러를 깨먹은 적도 있어요. 한번은 세탁실 수도꼭지를 깜박하고 안 잠가서 침수 피해로 2,000달러 손해를 입었고요. 그 사건 이후로 올리는 당분간 자기가 경제권을 쥐겠다며 카드 고지서를 본인 메일로 받기 시작했어요. 계좌 관리 구조를 바꾼다고 저를 공동 계좌 소유자에서 승인된 사용자로 내렸을 때는 솔직히 속 시원했어요. 일을 안 한다는 죄책감을 덜 수 있었으니까요. 온 신경과 마음이 헨리에게 집중된 상태였기 때문에 책임을 덜어줘서 오히려 고마웠어요. 그렇게 해서 올리 스트레스가 줄어든다면 더 좋고요.

그렇게 보지 마세요. 제가 가부장제에 순응하는 무지몽매한 가정주부가 아니라는 거, 지금쯤이면 아실 거 아니에요. 엄마도 종종 그런 눈으로 저를 쳐다봤어요. 내가 성 평등을 위해 얼마나 치열하게 싸웠는데 내 딸이 권리를 다 포기하는 꼴을 보다니 도저히 믿을 수 없다, 이런 표정이었죠. 하지만 엄마 세대가 모르는 사실이 있어요. 평등하다는 건 선택할 권리가 있다는 뜻이에요. 제 선택이 엄마 생각과 다르다고 해도요.

사실, 결혼식을 며칠 앞두고 엄마가 저를 불러 재산 관리를 어떻게 할 예정인지 물어본 적이 있어요. 당황했던 기억이 나네요. 대학 졸업한 후로는 너 알아서 하라며 제 일에 개입하지 않던 분이거든요. 저는 골치 아픈 문제를 하나라도 줄이기 위해 계좌를 합쳤다고 말했어요.

엄마가 한쪽 입꼬리를 올렸어요. 조금이라도 네 돈을 갖고 있는 게 어떻겠니.

저는 키득키득 웃었어요. 우리를 뭘로 보고? 경제권 없이 남편에게 의존하는 여자와 촌스러운 남성 우월주의자? 그때만 해도 제 연봉이 올리 연봉의 세 배였다고요! 하지만 엄마가 진지하다는 걸 알고 웃음을 거뒀어요. 어디부터 시작해야 할지 몰라서 일단 캘리포니아는 공유재산법을 시행하는 주라고 설명했어요. 어떤 이유로 내가 몇 년간 일을 하지 않고 있다가 올리와 이혼해도 결혼 생활 동안 축적된 모든 재산은 공평하게 반으로 나뉜다고요. 이런 농담도 했어요, 이럴 게 아니라 올리한테 혼전계약서에 사인하라고 해야겠네요, 그 사람 전문의 되기 전에 이혼할 경우를 대비해서요.

제가 들어도 건방진 말투였고 엄마도 그렇게 느꼈나 봐요.

엄마가 입을 굳게 다물었거든요. 이윽고 이렇게 말했어요, 그래, 나도 알아, 너 좋은 학교 나오고 근사한 직업 가진 거 엄마도 안다고, 말이 그렇다는 거니까 한번 생각해봐.

생각 같은 거 안 했죠.

현실로 돌아온 저는 플라스틱 카드를 욕실 매트에 던졌어요. 비행기 타기 전 마지막으로 통화할 때 올리가 이렇게 말했어요, 둘 다 가질 수는 없어, 멋대로 몇천 달러씩 막 쓰든, 그 돈을 벌기 위해 일하는 나한테 화를 내지 말든 하나만 해.

화가 나서 말이 나오지 않더라고요. 우리 집에서는 우리 규칙을 따라야 한다. 사춘기 때 우리 부모님은 그 말을 수십 가지 형태로 바꿔가며 말했어요. 그때 느꼈던 분노가 속에서 폭발했죠. 저는 이 한마디만 차갑게 내뱉고 전화를 끊었어요.

선 넘지 마.

올리가 이기게 놔둘 수는 없었어요. 내가 사과하거나 용서를 구하나 봐라. 이모와 이모부 앞에서 창피를 당하지도 않을 작정이었어요. 어쩌겠어요, 형사님? 저는 일평생 올A만 받은 사람이라고요. 경쟁심이 비정상적으로 강할 수밖에 없어요.

죄송해요. 제가 한 행동을 가볍게 말하려는 건 아니에요. 어쩌다 그런 병적인 욕구가 발동했는지 배경 설명을 하는 거죠. 이제는 한 가지 방법밖에 없다는 생각이 점점 강해졌어요. 전화기를 들고 위니에게 문자를 썼어요. ***은행 계좌에 문제가 생겨서 급하게 돈이 필요해. 광저우 갈 사람 아직 구하는 중이야?***

몇 초 만에 답장이 오더군요. ***지금 통화 가능?***

저는 욕조에 걸터앉아 전화가 오기를 기다렸어요. 위니는 인사치레에 시간 낭비하지 않고 문자로 남길 수 없다면서 종이와 펜을 가져오라고 했어요.

아직은 언제든 발을 뺄 수 있다고 생각해 시키는 대로 했죠.

위니는 다음 날 아침 운전기사가 이모 집으로 와서 국경 너머에 있는 바이윈 세계피구무역중심까지 저를 태워줄 거랬어요. 세계에서 제일 큰 가짜 명품 가죽 가방 시장이래요.

잠깐만, 나 아직 한다고 안 했다, 혹시 위험한 곳이야? 제가 말했어요.

위니는 이렇게 말했고요, 에이바, 그냥 평범한 시장이야.

바이윈에 위니 파트너가 운영하는 매장이 있을 거래요. 거기 가면 샤넬 가브리엘 호보백이 신상 컬러와 소재로 50개 있는데 검수하고 돈을 치르면 된다고 했어요.

또 사고가 정지됐어요. '가브리엘 호보백'이라는 게 대체 뭐야? 정확히 뭘 검수하라는 거니?

너라면 할 수 있어, 가방을 모든 각도로 살펴봐, 가죽을 손으로 쓸어보고, 부드럽고 유연해야 해, 지퍼가 잘 열리는지, 바늘땀이 일정한지, 장식과 솔기가 비뚤지 않은지 체크하란 말이야, 금속 부분도 확인해, 품질보증서는 한 글자도 빼놓지 말고 꼼꼼하게 읽고, 위니 말투는 단호했어요.

최대한 빠르게 받아 적었어요.

내가 잘 만든 가짜와 못 만든 가짜를 구분 못 하면 어떡해?

사진을 찍어. 가까이서 안팎 전부. 그리고 나한테 보내.

마지막 지시를 들으니 마음이 조금 놓였지만, 그런 식이면 LA에서 처리할 수 있지 않나 하는 궁금증이 생기기 마련이잖아요?

위니는 과장스럽게 한숨을 내쉬었어요. 에이바, 우리가 사려는 건 믿을 수 있는 브랜드 제품이 아니야. 이 사람들은 꾼이라고. 최상급 가방 가격을 청구하고 쓰레기만 잔뜩 보낼 가능성도 있단 말이야. 나는 너 말고는 아무도 못 믿어.

자기 사업 파트너를 꾼이라고 표현하다니. 정신이 번쩍 들었어요. 내가 머리가 어떻게 됐나 싶더라고요. 저는 살면서 불법 비슷한 일도 한 적 없어요. 위니가 믿는 사람 따위는 되고 싶지 않았다고요.

아니다, 못 하겠어. 괜히 시간 빼앗아서 미안해.

끊지 마.

명령조에 제가 얼어붙었어요.

우리 쪽에서 지켜보고 있다는 사실을 보여달라는 것뿐이야. 옛정을 생각해서 부탁해. 범죄를 저지르라는 것도 아니잖아. 피해 보는 사람이 없는데 무슨.

그래도 못 하겠다고 했어요.

위니는 말했어요, 저기, 왜 갑자기 돈이 필요한지 묻지 않을게, 하지만 정말 급해 보이는데 이 일만큼 현금을 쉽게 구할 방법도 없어.

제가 가방을 살펴보고 돈을 지불하면 그 사람들이 가방을 두바이로 보낼 거래요. 두바이에서는 미국 세관의 감시망을 피해 물건을 평범한 소포처럼 나눠서 포장하고요. 발송 확인이 되는 즉시 제 몫의 수수료를 보내준다고 했어요.

제가 물었죠, 뭐의 5퍼센트? 원가야, 소매가야?

소매가지. 나 그렇게 쪼잔한 사람 아니야.

계산을 해봤어요. 거기 있는 가방들의 진품이 인터넷에서 하나당 4,000달러에 팔린다고 쳐요. 영문도 모르는 백화점에 가짜 가방을 반품하면 위니에게 들어오는 돈은 두 배가 돼요.

이 사실을 지적하자 위니는 짧게 하하 웃고는 말했어요, 좋은 지적이야, 그래, 내가 스탠퍼드 졸업생을 만만하게 봤네.

정신을 차리고 보니 수수료를 두 배로 인상하고 세 번에 나눠 받기로 합의가 돼 있더라고요.

저는 말했죠, 이래도 되는 건지 모르겠다.

위니 말투는 토스트에 얹은 버터처럼 부드러워졌어요. 일이 얼마나 순조롭게 진행되는지 보면 너도 마음 편해질 거야. 돈 받으면 더.

위니는 사용하기 편하고 프라이버시 보호도 된다며 위챗 모바일 지갑을 만들라고 조언했어요. 제 은행 계좌에 대해서는 절대 묻지 않고요(전에도 얘기한 것처럼 위니에게는 답을 알아내는 방법이 따로 있죠).

돈은 전부 네 위챗으로 보낼게, 다른 사람들은 알 필요 없으니까, 위니가 이렇게 말하는데 수화기 너머에서 윙크하는 모습이 보인 것 같았어요.

6

광저우까지 두 시간 거리를 운전할 기사는 다음 날 아침 7시 정각에 도착했어요. 저는 짐을 챙겨 나오다 식탁에서 걸음을 멈췄어요. 이모와 이모부 사이에 앉아 콘플레이크를 씹어 먹고 있는 헨리를 보고요.

고개 숙여 아이의 양쪽 뺨에 입을 맞추며 말했어요, 잘 있어, 아가, 말 잘 들어야 해.

헨리가 제게 콘플레이크를 한 움큼 던졌어요. 결혼식 때 잘 살라는 의미로 쌀을 뿌리는 것처럼요. 시간이 촉박하지만 않으면 저도 재미있다고 생각했을 거예요.

이모가 벌떡 일어나 바닥에 떨어진 시리얼을 쓸었어요.

얼른 식탁으로 돌아가 헨리 손을 찰싹 쳤어요. 아들, 음식은 던지는 거 아니야. 그러고는 저도 허리를 굽히고 이모를 도왔죠.

헨리가 키득거리며 제 얼굴에 대고 시리얼을 또 한 움큼 던졌어요. 이번에는 팔을 붙잡고 말했어요, 안 돼, 그러는 거 아니랬지.

이모부가 시리얼 그릇을 치웠어요. 아가야, 던지면 시리얼 못 먹는다.

죄송해요, 제가 말했어요.

이모도, 이모부도 아무 반응이 없었어요. 하지만 눈빛을 주고받는 모습을 보니까 알겠더라고요. 두 분은 헨리를 봐 주겠다고 한 걸 벌써 후회하고 있었어요. 그때 제 휴대전화가 울렸어요. 기사가 도착했다는 신호였죠. 헨리는 칭얼거리며 귓불을 잡아당겼어요.

자, 아가, 울면 안 돼, 제가 경고했어요.

헨리는 시리얼을 더 달라고 아기 의자의 상판을 찰싹 내리쳤어요.

저는 헨리가 던진 시리얼을 주먹에 쥔 채로 현관문을 향해 천천히 뒷걸음질 쳤어요. 울면 안 돼.

아들과 눈이 마주쳤어요.

말 잘 들어.

헨리 눈에 눈물이 고였어요.

빨리 가, 너무 늦지 말고, 이모가 말했어요.

친구랑 재미있게 놀다 오렴, 이모부가 말했어요.

그렇게 얘기했거든요. 로스쿨 동창을 만나러 간다고요.

저는 말했어요, 정말 너무너무 감사해요.

집에서 나와 문을 닫는 순간, 칭얼거리던 소리가 비명으로 변했고 저는 엘리베이터로 달려가 닫힘 버튼을 꾹 눌렀어요. 내려가는 내내 방범 카메라를 똑바로 올려다봤어요. 세상에서 제일 나쁜 엄마의 얼굴을 똑똑히 담으라고요. 홍콩에 온 지 24시간도 안 되었는데 이모 내외는 벌써 한 번의 발작을 견뎌야 했고 이제 두 번째가 시작되는 중이었어요. 로비로 따라 나와 생각이 바뀌었다고 외치지 않으려나 몰라요.

전문가는 찾아가봤니? 내가 카리나한테 한번 물어볼까? 전날 밤 이모가 조심스럽게 물었어요. 헨리 아빠도 의사라는 제 지적에 입을 다무셨지만요.

로비에 도착한 저는 헨리가 던진 시리얼을 휴지통에 버렸어요. 유리문 너머에 저를 태우러 온 기사가 서 있었어요. 배가 볼록 나오고 머리숱이 듬성듬성한 중년 남자요. 이 모든 걸 없던 일로 할 기회는 남아 있었어요. 지갑에 남은 현금을 탈탈 털어 건네며 사과하고 기사를 돌려보낼 수도 있었다는 말이에요. 울고 있는 아들에게 도로 올라갈 수 있었어요.

그다음에는요? 돈이 없는 이유를 어떻게 설명할까요? 남편의 행동을 고백하는 동시에 어른들의 걱정을 차단할 방법이 있을까요? 친척들은 또 얼마나 수군댈까요. 엄마가 살아 계셨으면 이모는 당장 엄마에게 문자로 알렸을 거예요. 사촌들한테도요. 아니, 그 순간에도 이모는 카리나에게 전화해 헨리의 **문제들**에 대해 말하고 있었을 거예요. 아이에게 진정제를 조금 먹여도 괜찮냐고도 물었겠죠.

그날 밤 잠자리에 들 때 이모는 이모부에게 말할 거예요, 올리는 사람이 어쩌면 그래? 안 그래도 제나가 에이바한테 자기 계좌 갖고 있으라고 했거든, 그때 싫다고 하더니.

이모부는 이렇게 말할 거고요, 미국 애들은 고집이 너무 세서 탈이야.

어쩌면 둘이 손을 잡고 카리나 남편만 나쁜 놈이 아니라 다행이라고 내심 감사해할지도 모르죠.

아니요, 진실을 말할 수는 없었어요. 자청해서 약점을 드러내다니 상상조차 못 할 일이었어요. 이모네 거실에서 스트립쇼를 하는 거나 마찬가지였다고요. 게다가 위니의 기대를 저버리고 싶지 않다는 부담감도 있었어요.

형사님은 이해하기 힘드실지도 모르겠네요. 하지만 '체면'이 중요하다는 가르침을 받으며 자란 저 같은 사람은요, 무슨 짓을 해서든 좋은 얼굴, 이미지, 평판, 명예를 얻고 지켜야 한다고 배운 사람은 말이에요, 구속을 벗어던지고 자신만 생각하려면 초인적인 힘이 필요해요.

그래서 저는 밖으로 나가 기사에게 인사하고 미니밴에 올라탔어요.

저희가 탄 차는 무한한 회색 벽처럼 다닥다닥 붙은 건물들 사이를 지나며 꽉 막힌 도심을 빠져나갔어요. 기사가 간간이 말을 걸었지만 제 표준 중국어 실력은 음식 아니면 날씨 얘기를 겨우 어설프게 하는 수준이었고, 광둥어는 더 심각했어요. 결국 기사도 라디오를 켜고 뉴스만 듣더군요.

깜박 졸았는지 눈을 떠보니 반대쪽 차선에서 이동하고 있었어요. 국경을 넘으며 거울 속으로 들어온 기분이었어요. 여기서는 다들 차도의 오른쪽으로 달리잖아요. 우리가 탄 밴도 그랬어요. 물론 기사는 반대쪽에 앉아 있었지만요. 기사가 깜빡이를 켜고 갑자기 좌회전했을 때는 속이 울렁거렸어요. 우리는 이 낯선 외국 땅에 떨어진 이방인, 부적응자였으니까요.

기사는 나무 우리에 꽥꽥대는 닭들을 잔뜩 실은 화물차를 추월하더니 한 블록을 다 차지하는 복숭아색 건물 다섯 개 중 하나 앞에 멈춰 섰어요.

도착했습니다.

위니에게 04-21호라는 상점 번호를 듣기는 했지만 제가 상상한 건 가판대가 마구잡이로 서 있는 야외 시장이었어요. 몽콕이나 템플 스트리트 야시장처럼요. 하지만 세계 최고의 모조

명품백을 진열하고 파는 이 쇼핑센터는 임시나 불법 같은 단어와 아무 상관이 없어 보였어요. 입구 바로 옆에는 트레일러 형태의 경비 초소도 있었고요. 그걸 보니 이 장소와 제 임무가 더 비현실적으로 느껴졌어요. 도시 전체가 태연하게, 뻔뻔스럽게 범죄를 저지르고 있는데 제가 하려는 일이 어떻게 범죄로 성립되겠어요?

어떤 여자가 슬그머니 다가와 라스베이거스의 스트리퍼처럼 전단지를 흔들었어요. 아가씨처럼 예쁜 가방 찾아요? 명품 핸드백?

경찰복을 입은 젊은 남자가 트레일러에서 나와 담뱃불을 붙이는 모습이 보였어요.

저는 말했어요, 아니, 괜찮아요.

쇼핑몰로 들어가 이곳저곳 작은 상점들을 들여다보며 마트 통조림처럼 선반에 빽빽하게 놓인 가방들을 힐끔거렸어요. 급이 낮은 가게에는 다양한 브랜드 제품이 뒤죽박죽 섞여 있었어요. 명품 핸드백 산업의 히트작들만 모아놓았다고 해야 하나? 구찌 디오니소스 옆에 펜디 바게트, 그 옆에 루이비통 스피디가 있었죠. 상대적으로 규모가 크고 비싼 가게들은 한 가지 브랜드에 집중했고요. 셀린느, 고야드, 이세이 미야케 바오바오 라인이 존재하는 모든 스타일과 컬러로 진열돼 있었어요.

최고급 매장들은 에스컬레이터 바로 옆이라는 최적의 입지 조건을 갖고 있었죠. 일단 넓고 인테리어도 훌륭했어요. '진애몽상핸드백'이니, '진흥민족가죽'이니 하는 실제 상호명도 있었고요. 진짜 명품 부티크를 참고해 스포트라이트 아래의 조각상처럼 가방을 진열했어요. 판매원들마저도 특A급이던데요.

제가 높은 데 있는 샤넬 클러치를 자세히 보고 싶다고 하니까 늘씬한 여자 판매원이 다가왔어요. 클래식 트위드 재킷을 입고 허벅지까지 오는 토캡 부츠를 신고 C자 두 개가 겹쳐진 로고로 장식된 빵모자를 쓴 직원이 프랑스에서 수입한 부드러운 송아지 가죽부터 반짝이는 금장까지 가짜 가방의 장점을 하나하나 짚으며 소개했어요.

맞은편을 보다가 아기 요람만 한 크기의 연두색 버킨백에 이끌려 들어간 곳은 에르메스 제품만 판매하는 새하얀 매장이었어요. 무수한 창문은 인스타그램 업로드용으로 딱이었고, 상류 부르주아의 여가 생활을 위한 별의별 소품들(가공하지 않은 소가죽으로 만든 주사위 놀이 도구, 번쩍이는 말 안장과 채찍 세트)도 있었죠. 뉴욕 매디슨 애비뉴나 파리 뤼 생토노레에 있어도 이상하지 않을 가게였어요. 커다란 핸드백 말고도 매장 한쪽에는 에르메스를 대표하는 실크 스카프만 모아두었고 알록달록한 에나멜 주얼리, 화려한 패턴의 식기도 각각 코너가 따로 있었어요. 저는 선명한 자수정 색조의 켈리백을 집어 요리조리 돌려봤어요. 볼 줄도 모르면서 말이죠.

올블랙으로 차려입고 에메랄드와 마젠타 색이 섞인 실크 트라이앵글 스카프로 목에만 포인트를 준 직원이 다가와 이번 가을 신상으로 나온 컬러라고 말해줬어요.

솔직하게 말했어요, 예쁘네요, 얼마예요?

달러로 얼마인지 암산했는데 아무래도 잘못 계산한 것 같았어요. 소심하게 휴대전화에 숫자를 입력했죠. 1,400달러였어요.

얼마라고 했죠? 제가 물었어요.

직원은 아까와 똑같은 숫자를 말했어요, 아주 착한 가격이에요.

네, 그렇군요, 제가 말했어요. 위니는 진품이 **1만 2,000달러**라고 했어요. 그러니 직원 말도 틀리지는 않았죠. 저는 가방을 조심스럽게 진열대에 내려놓고 매장에서 나왔어요. 진짜든 가짜든 그 돈값을 하는 핸드백이 없다는 믿음은 아직 굳건했거든요.

더는 구경할 기분이 아니라 이곳에 온 목적을 달성하기 위해 4층으로 직행했어요. 늦은 아침 시간이었고 쇼핑몰은 커다란 캐리어를 끌고 다니는 도매상들로 바글거렸어요. 곧 저 안을 꽉꽉 채울 물건들은 마닐라, 부에노스아이레스, 모스크바의 진열대로 퍼져나가겠죠.

상가 뒤쪽에 숨어 있는 04-21호는 인테리어가 평범하고 조명도 침침했어요. 가게 입구 위에 간판도 없었고요. (나중에 위니에게 들으니 이곳만큼 진짜와 똑같은 가방을 만드는 공장도 없대요. 다만 경찰 단속이 있을 거란 정보가 들어오면 좋을 물건은 숨겨서 보관한다네요.) 모델처럼 마르고 볼이 홀쭉하게 파인 젊은 남자 직원에게 팡원이가 시켜서 왔다 말하니 의자와 뜨거운 차를 가져다주고 전화로 제 주문을 확인했어요.

준비됐습니다, 직원은 이렇게 말하고 다시 휴대전화만 만지작거렸어요.

뭘 어쩌라는 얘기인지 몰라 주위를 두리번거렸죠. 진열대에서 가방을 고르라는 건가? 저기 구석에 있는 가방이 가브리엘백인가? 휴대전화를 꺼내 아침에 저장한 사진과 슬쩍 비교해봐도 될까?

웬 나이 많은 남자가 가게로 불쑥 들어왔어요. 키는 작지만 근육질이었고, 유행 따라 찢어진 청바지를 입고 새하얀 농구화도 신었더라고요.

안녕하세요, 안녕하세요, 같이 가시죠, 남자는 자기소개도 하지 않고 말했어요.

당황스러웠죠. 어디로요?

이번에는 그 사람이 당황할 차례였어요. 어디냐니요? 가방 보러 가야죠.

아, 그래요, 가죠, 제가 말했어요.

남자는 담배 연기 자욱한 뒤쪽 계단으로 앞장섰어요.

미국인? 머리부터 발끝까지 저를 훑어보더니 그렇게 물었어요.

네. 그래서 중국어를 이렇게 못하는 거예요.

남자가 웃음을 터뜨렸어요. 괜찮은데요.

지금 어디 가는 거예요? 제가 물었어요.

남자는 어정쩡한 방향을 가리켰어요. 저쪽이에요.

오토바이를 피하고 신호등을 무시하며 성큼성큼 걷는 그 사람을 따라가느라 고생 좀 했어요. 운전자들에게 미안하다고 사과하고, 나를 치기 전에 브레이크를 밟아달라고 애원하려고 손바닥을 들어 보이면서 말이죠.

우리는 가방, 벨트, 구두용 금속 장식을 취급하는 대형 쇼핑센터도 지나쳤어요. 차마 물어볼 수는 없었지만, 줄줄이 늘어선 가게마다 몇 안 되는 물건을 다 똑같이 파는데도 망하지 않는 이유가 궁금했어요. 그 정도로 저는 이 세계를 몰랐던 거예요. 모조품 액세서리 시장이 얼마나 크고 복잡한지 이해하는

데 몇 달이 걸렸다니까요.

남자가 좁은 골목으로 들어가 허름해 보이는 아파트 건물 앞에 멈춰 섰어요.

여기라고요? 제가 물었어요. 창고를 생각했거든요. 경비나 안내원이 있을 줄 알았죠.

넵, 남자는 이렇게 대답하고는 저를 힐끔 보더니 열쇠 꾸러미를 꺼내 건물 현관을 열었어요.

캄캄한 복도로 따라 들어가며 벽 안쪽에서 인기척이 들리는지 귀를 기울이고, 음식을 요리하는 냄새가 나는 것 같아 코를 킁킁댔어요. 건물 전체가 섬뜩하리만치 고요했어요. 혹시라도 비명을 지르게 되면 도와주러 올 사람이 있을까요?

복도 끝 문 앞에 멈춰 선 남자를 뜯어봤어요. 저보다 몇 센티미터밖에 안 크지만 문을 열 때 드러나는 팔을 보니 알통이 단단하고 핏줄이 불거져 있더군요. 남자가 전등 스위치를 켜자 뒷주머니에서 가느다란 형광 노란색 물체가 번쩍였어요. 커터 칼이었어요. 놀라서 한 걸음 물러났죠.

잠깐만요, 미안해요, 급한 전화라서요, 제가 휴대전화를 꺼내 검은 화면을 보는 척하며 말했어요.

남자가 문을 열어두었어요. 저는 위니에게 문자를 보냈어요. ***키 작고 나이 많고 근육질인 남자가 가방을 보러 자기 아파트로 들어오래. 이건 아니지?*** 답장이 뜨기를 빌며 화면만 보고 있었어요. 저 안에 누가 있으면 어떡해요? 순진한 미국인이 제 발로 걸어 들어오기를 기다리는 사람이 있을지 어떻게 아느냐고요. 지갑에 있던 돈을 꺼내(겨우 20달러였지만) 브래지어에 쑤셔 넣었어요. 손가락 사이에 집 열쇠를 끼우며 생각했죠. 위급 상황이 닥치면 이걸로 저 남자 눈을 찌를 수 있을까? 휴대전화를 봤지만 답장은 없었어요.

갑자기 문 사이로 남자 머리가 쑥 나와서 얼마나 놀랐는지 몰라요.

준비됐어요?

달리 선택지가 있나요? 휴대전화를 가방에 넣고 안으로 들어갔죠.

초대형 쓰레기봉투들이 터질 듯한 모습으로 거실 바닥을 메웠고 가구라고는 재떨이가 놓인 플라스틱 테이블과 플라스틱 의자 두 개뿐이었어요. 그마저도 다 한쪽 벽에 밀어놨고요. 문이 쾅 닫히고 남자가 잠금장치를 돌리는 소리가 들렸어요. 겨드랑이에서는 땀이 폭발했고, 입은 사막처럼 말랐어요. 등 뒤로 손가락에 낀 열쇠를 더 단단히 움켜쥐었어요.

마실 거 줄까요?

저는 말을 더듬었어요, 아니, 괜찮아요.

유유히 부엌으로 간 남자가 초록색 맥주병 두 개를 들고 나타나 제게 한 병 내밀었어요. 됐다고 고개를 저으니 어깨를 으쓱하고 남는 맥주를 플라스틱 테이블에 올려놓았어요. 남자는 주머니에서 커터 칼을 꺼내 드르륵 날을 뽑고는 능숙하게 병뚜껑을 따고 맥주를 들이켰어요.

시간을 너무 오래 빼앗고 싶지는 않아요, 쿵쾅대는 심장 박동 소리가 들릴까 봐 제가 큰 소리로 말했어요.

남자가 손등으로 입을 훔치고 칼날로 저를 가리키더라고요. 숨을 헉 들이마셨죠.

그쪽과 팡원이…… 같이 일한 지 얼마나 됐어요?

그 질문의 정답은 뭐였을까요? 저는 그냥 이렇게 말했어요, 얼마 안 됐어요. 서로 안 지는 20년이지만요.

능력이 대단해요. 어쩐지 질문처럼 들리는 말이었어요.

네, 일을 잘하는 것 같아요.

남자가 손가락을 까딱거리듯 커터 칼을 흔들었어요. 잘해도 너무 잘해.

대화가 어디로 가는지 잠작도 할 수 없었어요.

그 친구가 막무가내로 깎아댄 바람에 나만 보스한테 깨졌단 말입니다. 가격이 마음에 안 든대요, 이번이 처음이자 마지막이래요.

저는 말했어요, 그대로 전할게요, 나는 지시만 따르지 결정권이 없어서요, 이제 물건 봐야죠?

남자는 뒷주머니에 커터 칼을 찔러 넣고 맥주를 또 한 모금 마시더니 작은 소리로 트림을 했어요.

가방은 어디 있어요? 제가 물었어요. 그러다 열쇠를 바닥으로 떨어뜨리는 바람에 허리를 굽혀 주워야 했어요.

남자의 눈이 가늘어졌어요. 왜 그렇게 초조해하시나? 급한 일이라도 있어요?

거짓말이 술술 나오더라고요. 네, 맞아요. 가족이 광저우에 와 있거든요. 남편하고 아들이랑 같이 점심 먹기로 했어요.

남편이면 미국인?

속 보이는 질문이죠. 네.

직업이 뭐예요?

외과 의사요.

아들은 몇 살?

열두 살요. 굳이 대답할 필요 없었는데 말이에요. 올리와 상상 속의 열두 살짜리 아들이 저를 구하기 위해 문을 박차고 들어오는 모습이 떠올랐어요.

남자가 대뜸 다가왔고 제 몸은 하나의 거대한 근육처럼 움찔했어요. 남자의 손이 뒷주머니로 향하는 순간, 비명이 목구멍까지 솟구쳤죠.

남자가 꺼낸 건 자기 휴대전화였어요. 그러면서 말하더군요, 우리 아들은 열 살이에요, 그쪽 아들과 비슷한 나이죠. 엄지로 화면을 쓸더니 통통한 남자아이가 손가락 하나로 농구공을 돌리는 사진을 내밀었어요.

긴장이 풀려 쓰레기봉투 더미에 쓰러질 뻔했다니까요. 아주 잘생겼네요, 제가 말했어요.

그쪽도 아들 사진 보여줘요.

사진이 없다고 했다가 황당하다는 눈빛을 받았어요.

전화기를 새로 사서요, 저는 거짓말을 했어요.

알았어요, 알았어, 바쁘다 이거지. 남자는 구석에 있는 쓰레기봉투 세 개에 스테이플러로 붙여둔 메모를 확인하고 말했어요, 이겁니다.

무릎을 꿇고 첫 번째 봉투를 열었어요. 새로 뽑은 자동차 냄새가 코를 찔렀어요. 세 가지 색깔의 체인 끈을 살피고, 안쪽 주머니 지퍼를 확인하고, 각각의 색상을 다각도로 촬영했어요.

남자는 재미있다는 듯 구경했고요. 팡원이가 그쪽을 엄청 믿지는 않나 봅니다. 사진을 다 찍으라고 시킨 걸 보니.

기준이 워낙 높잖아요, 제가 말했어요.

맥주 한 병을 다 비우고 두 번째 병을 딴 남자가 말했어요,

우리 아들은 크면 미국에서 공부하고 싶대요.

좋죠, 농구 선수로요? 제가 말했어요.

남자가 인상을 썼어요. 그럴 리가. 농구는 그냥 취미예요. 미국인들과 경쟁할 키도 아니고.

아, 제가 말했어요.

컴퓨터 공부를 하고 싶대요.

잘됐네요!

샌프란시스코가 그러기에 좋은 곳이라면서요.

네, 실리콘밸리요. 구글. 페이스북. 스티브 잡스도 있고요.

무의미한 수다에 질린 것처럼 남자가 별안간 일어나더니 이렇게 말했어요, 좋아요, 그럼, 다 끝났나?

휴대전화 알림 소리가 들려 액정을 확인했어요. ***가방 상태 굿! 아썽은 신경 쓰지 마. 말이 많을 뿐 위험한 사람은 아니야.***

저는 아썽이라는 남자가 내민 대금 청구서를 대충 훑고 서명했어요. 위니 계좌로 가방값을 지불한 후에는 아썽과 악수를 하고 문으로 달려갔죠.

도로로 나와 위니에게 문자를 보냈어요. 곧바로 답이 왔어요. ***잘했어! 벌써 가서 네 돈 1차분 보내고 왔지.***

기억을 더듬으며 복숭아색 쇼핑센터 앞으로 돌아와 시간을 확인했어요. 기사가 오기로 한 시간까지 15분이 남아 있더라고요. 스모그 가득한 공기를 피해 쇼핑센터로 들어가 에스컬레이터를 타고 에르메스 매장으로 올라갔어요.

아까 응대한 점원이 깃털 먼지떨이를 들고 진열대를 건성건성 쓸고 있었어요. 또 오셨네요, 점원이 무기력한 목소리로 말했어요.

자수정 색 켈리백은 제가 놓고 온 그 자리에 있었어요. 손잡이에 손을 끼우고 벽에 붙은 거울로 제 모습을 비춰봤어요. 가방은 몸의 일부인 양 손목에서 우아하게 달랑거렸어요. 평범한 카디건과 청바지가 미니멀리즘을 표방하는 명품처럼 보이는 거 있죠. 효과 빠른 약을 먹은 것처럼 심장이 뛰었어요.

잘 어울리세요, 무표정이 기본인 점원이 말했어요.

그래요?

저희 같은 제품은 이 세상에 하나뿐이랍니다.

둘이죠, 사실. 여기랑 에르메스.

점원은 입꼬리도 올리지 않았어요.

8,000위안은 너무 비싸요. 5,000위안 줄게요.

점원이 갑자기 살아났어요. 5,000위안요? 5,000위안은 말도 안 돼요.

가방을 진열대에 내려놓았어요. 무적이 된 기분으로 저는 말했어요, 됐어요, 기사가 기다리고 있어서 이만.

6,500위안요, 점원이 말했어요.

6,000위안.

좋아요.

온몸의 세포가 승리감으로 고동쳤어요. 저는 휴대전화로 결제했고 점원은 신생아라도 되는 양 제 핸드백을 안고 오더니 저를 얼른 내보냈어요.

이모 댁으로 돌아오니 서너시쯤이었어요. 햇빛이 너무 강해서 커튼을 쳤나 봐요. 이모와 이모부는 넋이 나가 소파에 앉아 있었고, 아들은 발치에서 강아지처럼 몸을 말고 작게 코를 골고 있었어요. 겨우 지쳐서 잠들었어, 두 분이 속삭였어요. 감히 들어다 옮길 수는 없었대요.

저는 그동안 너무 감사했다고 보답으로 저녁 식사를 대접하게 해달라고 졸랐어요. 센트럴 플라자에 있는 고급 해산물 레스토랑이 음식 블로그마다 극찬뿐이길래 그곳을 택했고 자연산 조개, 전복, 꽃게 등등 비싼 메뉴를 죄다 주문했어요. 이번에는 한턱낼 자신이 있었죠.

차는 뭘로 하겠느냐는 이모의 질문에 이렇게 말했어요, 우리 와인 시켜요.

식사를 마치고 보니 올리에게서 부재중 통화가 세 통 와 있었어요. 잠자리에 들기 직전에는 미안하다고 구구절절 사과하는 장문의 이메일을 받았고요.

내가 흥분해서 끔찍한 짓을 저질렀어. 부디 용서해줘.

메일의 끝은 우리만 아는 농담으로 마무리했고요. **에이바, 주템 보쿠**.

연애 초기에 올리는 교과서로만 배운 제 프랑스어를 참 많이도 놀렸어요. 동사 활용만 완벽하지 유행 지난 어휘를 쓰고 일상 회화에서는 뉘앙스를 전혀 파악하지 못했거든요. 특히 짜증 났던 표현이 **주템**과 **주템 보쿠**였어요. 왠지 프랑스 특유의 가시 있는 농담 같잖아요. '주템'은 '사랑해'인데 '주템 보쿠'는 직역처럼 '많이 사랑해'가 아니라 '순수하게 정신적으로 많이 좋아해'라니요. 프랑스어와 중국어 중에 어느 쪽이 더 배타적인 언어인가 하는 주제로 뜨거운 논쟁을 벌인 후 올리가 몸을 기울이고 제 코끝에 입을 맞추며 말했어요, 주템 보쿠. 이후로 그 말은 우리만의 비밀 암호가 되었죠.

여기 있는 이 메시지로 광저우에 가기로 한 결정이 옳았다는 확신을 받았어요. 제 결단력이 자랑스러웠어요. 저는 올리에게 맞섰고 올리는 물러났어요. 우리 사랑의 시소가 다시 한번 수평 상태로 돌아간 거예요.

남편에게 회신을 보냈어요. ***목요일 11시 도착해. 주템 보쿠.***

남은 휴가 동안 저희 가족은 할머니가 계신 요양원 안마당의 잉어 연못 근처에서 한가로운 오후를 보냈어요. 헨리가 유통기한 지난 빵을 뚝뚝 떼서 물고기 떼에 신나게 던지는 모습을 지켜보면서요. 점심엔 맛있는 딤섬을 먹고 시원한 쇼핑몰을 한참 돌아다녔죠. 홍콩공원에 있는 조류박물관을 다녀온 뒤로 헨리는 참새가 보일 때마다 하늘을 가리키며 깍깍 울었어요.

하루는 쇼핑을 하려고 이모와 몰래 퍼시픽 플레이스에도 갔어요. 헨리를 맡겨두고서 자유롭게 다녔는데 까치발을 하지 않아도 지하철 손잡이에 손이 닿는다는 게 참 신기하더라고요. 입어본 청바지마다 발목뼈 위로 딱 떨어져 수선할 필요가 없다는 것, 마음에 든 구두가 전부 넓적하고 앙상한 발에 꼭 맞는다는 것도요. 내 신체적 특징이 문제 되지 않는 경험은 생전 처음이라 문득 궁금해졌어요. 이런 곳에서 자랐다면 저도 지금쯤 다른 사람이 되어 있었을까요? 엄마와 이모처럼 되었을까요, 아니면 위니처럼 되었을까요.

하나만 빼면 완벽한 여행이었어요. 헨리가 동물 소리를 낼 때마다 이모부가 이 말을 하는 거예요, 걱정하지 마라, 우리가 말문을 열어줄게, 그렇지, 꼬마야? 엄마라고 해봐, 아빠, 네, 아니요, 강아지, 고양이.

억지로 떠올렸어요. 마크 이모부는 도우려는 것뿐이다. 우리 아빠도 똑같은 말을 한 적이 있다. 친척이 있는 것도 행운이다. 그리고 친척이라는 존재는 원래 조금은 짜증 나는 말을 하기 마련이잖아요?

정지가 풀린 카드를 들고 먼저 계산하기 위해 이모부와 달리기 시합을 할 때마다 그 아파트에서 아썽을 만났던 이상한 하루를 떠올렸어요. 얼마 지나지도 않았지만 다른 사람이 겪은 일, 아주 오래전에 일어난 일처럼 느껴졌어요.

그러니까요, 형사님, 제 머릿속에서 위니와의 거래는 다 지나간 일이었다고요. 서로 원하던 걸 얻었고, 아무에게도 피해를 입히지 않았어요.

여행 마지막 날에는 할머니께 작별 인사를 하러 헨리를 데리고 이모와 요양원을 다시 찾아갔어요. 휠체어를 타고 창가에 앉아 있던 할머니는 제가 헨리와 병실로 들어가자 잔뜩 흥분해서는 당신 다리가 수시로 꺾인다는 사실도 잊고 일어나려 하셨죠.

이모가 달려가며 말했어요, 일어나면 안 돼!

요 며칠 동안 그랬던 것처럼 아들은 수줍어하며 제게 매달렸어요.

저는 헨리를 재촉했어요, 증조할머니라고 불러봐, 타이마, 타이마.

헨리는 제 목덜미에 고개를 묻었고 저는 할머니에게 죄송하다는 미소를 지어 보였어요.

그 전까지는 웃어넘기던 할머니도 이번에는 못 참고 혀를 차더라고요. 할머니가 아이를 달라고 두 팔을 내밀었어요.

작은 몸이 긴장으로 굳는 게 느껴졌지만 그냥 할머니 쪽으로 아이를 보냈어요.

증조할머니야, 아가, 어제 타이마랑 같이 재미있게 놀았지? 물고기 밥 먹이라고 빵도 주셨잖아, 그렇게 말하면서도 심장이 쿵쿵 뛰었죠.

헨리는 하루하루 어떤 기억을 간직하고 있었을까요? 왜 감정이 이랬다저랬다 요동을 쳤는지 궁금해요.

할머니가 손을 뻗어 헨리의 귓불을 살짝 꼬집었어요. 그 전날 헨리가 증조할아버지를 닮아서 귓불이 늘어졌다는 말씀을 했거든요. 그게 행운의 상징이라네요.

헨리가 할머니에게서 몸을 돌리고 악을 쓰기 시작했어요. 증조할머니는 뭔가 달랐던 걸까요? 우리 어른들은 둔감해서 못 느끼는 시큼한 냄새가 날 수도 있잖아요.

아이가 어제 잠을 설쳤다고 설명했지만 할머니는 저를 무시하고 큰 소리로 떠들었어요, 애 울보구나.

엄마, 이모가 할머니 어깨에 손을 올리고 말렸어요.

이리 온, 헨리, 할머니는 말했어요. 그러다가 또 이모를 돌아보고 물었어요, 무슨 다 큰 애가 하루 종일 운다니?

땅에 내려놓고 할머니를 보게 했지만 헨리는 제 다리에 얼굴을 묻었어요. 그나마 울음은 그쳤지만요.

몇 살이야? 할머니가 물었어요.

헨리는 뚱한 표정으로 할머니를 올려다봤고요.

누구야? 할머니가 손가락으로 저를 가리켰어요. 그다음에는 리디아 이모를 가리켰고요. 이 사람은? 얘 바보야? 왜 말을 못 해?

속에서 천불이 났어요. 할머니 앞만 아니었으면 헨리를 당장 안고 나가버렸을 거예요.

질문이 너무 많네, 엄마, 애가 부담스러우니까 이러죠, 리디아 이모가 말했어요.

그 순간, 며칠 사이 친해진 상냥하고 수다스러운 간호사가 병실 문을 두드리고 헨리에게 딱딱해진 빵 봉지를 내밀었고 저는 기회다 싶어 다 같이 바깥의 잉어 연못으로 나가자고 했어요.

할머니 휠체어를 나무 그늘 아래로 밀었어요. 푸르게 우거진 나무는 사이사이 붉은빛을 띠고 있었죠. 제가 이모와 돌로 만든 벤치에 나란히 앉아 있는 동안 헨리는 자기가 제일 좋아하는 물고기를 찾아 연못 주변을 배회했어요. 제일 튼실하고 은색과 주홍색 반점이 있는 잉어 말이에요.

너무 멀리 가면 안 돼, 물에 들어가지 말고, 저는 수시로 외쳤어요.

언제 다시 일을 시작할 거니? 올리가 외조를 잘하니? 이런 저런 질문으로 할머니에게 취조를 당하던 중에 보고 말았죠. 아들이 땅바닥에 쭈그리고 앉아 상한 빵 끄트머리를 갉아 먹고 있는 장면을요.

몸을 날렸어요. 헨리, 안 돼! 그건 상한 거야! 물고기들 밥이라고. 제가 비닐봉지를 확 빼앗으니 헨리는 당연히 충격을 받죠. 손바닥을 내밀어 여기다 뱉으라고 명령하다가 포기하고 들썩이는 아이를 안아 올렸어요.

뒤편에서 할머니가 이모에게 하는 말이 들렸어요, 쟤는 뭐가 문제일까? 아무래도 머리가 좀 이상한 것 같아.

갑자기 올리가 미치도록 그리웠어요. 올리가 있었다면 남의 육아에 오지랖 부리는 사람들에게 소아 발달 이론을 공부하고 의대를 나온 뒤에나 참견하라고 거침없이 말했을 텐데요.

저런 말은 듣지 마, 아들 귀에 속삭였어요. 하지만 속으로는 위니가 준 돈으로 언어 치료사에게 몰래 데려가보기로 결심했어요.

왜 몰래냐고요? 올리가 알면 아무 쓸모 없이 돈만 낭비하는 짓이라고 할 테니까요. 제 걱정이 유별난 건 남편도 잘 알아요. 제가 원래 아이를 잘 키우고 있는지 끊임없이 확인을 받아야 하는 사람이라서요.

언제나처럼 올리 말이 맞겠지요. 집으로 돌아와 한 달 반쯤 기다리면, 샌프란시스코에서 제일 유명한 언어 치료사를 만날 수 있을 거고, 그 사람은 한 번 쓱 보고 제가 이상만 높은 극성 엄마라는 걸 간파해내겠지요.

실제로 치료사는 이렇게 말했어요, 집에 가세요, 애가 두 살이잖아요, 책만 잘 읽어주면 금방 좋아질 겁니다(정확한 발언은 아니지만 그런 뉘앙스였어요).

올리에게는 병원에 다녀왔다고 말하지 않았어요. 잘난 척할 이유를 굳이 하나 더 만들어줄 필요는 없잖아요?

7

헨리와 샌프란시스코 공항에 도착했을 때 참 이상한 경험을 했어요. 착륙하기 직전에 배낭에서 자수정 색 켈리백을 꺼내 지갑과 여권을 넣고 처음으로 어깨에 멨거든요. 이렇게 하면 세관에서 붙잡히더라도 원래 쓰던 가방으로 알 테니까요. 졸려서 비몽사몽인 헨리를 유아차에 태우고 세관 줄로 가는데 물 빠진 청바지를 입은 애들부터 편한 신발을 신은 할머니들까지 연령을 불문하고 전부 제 쪽을 쳐다보는 거예요. 패턴도 똑같았어요. 피곤하고 지루한 표정으로 통로를 훑다가 제 켈리백을 보고는 감탄과 질투 섞인 눈을 커다랗게 뜨더라 이거예요. 그 사람들은 제 피곤에 찌든 얼굴, 힘없이 늘어진 머리카락, 구겨진 옷을 힐끔거렸어요. 궁금한 거죠. 평범해 보이는 여자가 무슨 수로 저렇게 대단한 가방을 가졌지? 그러다 제 시선을 느끼면 하나같이 머쓱한 미소를 지어 보여요. 덜 유명한 셀럽이 된 기분이었어요. SNS 팔로워가 급증하고 있는 패셔니스타라거나 텔레비전 요리 경연 대회에서 몇 라운드까지 진출한 셰프라거나. 누군지도 모르는 이 사람들은 저처럼 살기를 원했어요. 그게 아니라면 제 친구가 되기를 원했어요.

그래서 주먹만 한 다이아몬드 반지, 번쩍이는 스포츠카에 돈을 쓰는 건가 봐요. 과시의 매력을 알겠더라고요. 생각해보니 저는 성인이 된 후로, 아니 그 전부터 쭉 배경에 묻히고 싶었던 것 같아요. 단조로운 검은색 옷을 입고 구두도 실용적으로 낮은 굽만 신었어요. 어깨 길이의 중단발이 지겹지만 또 잘 어울려서 대학교 3학년 때부터 그 머리만 하고 다녔고요. 진회색 계열이 아닌 아이새도는 시도조차 하지 않았어요.

어깨에서 달랑거리는 이 가짜 명품백 말고 오로지 내 행복을 위해 산 물건이 있었던가 하는 생각을 문득 해봤어요. 진짜 스니커즈처럼 신발끈과 고무 밑창이 있는 아기 신발을 샀을 땐 행복했어요. 프랑스 엑상프로방스의 작은 상점 쇼윈도에서 보고 올리의 진주색 커프스단추를 샀을 때도 행복했고요. 하지만 제 물건을 사면서 기뻤던 적은 단 한 번도 없었어요. 웨딩드레스도 저렴한 가격, 그리고 적당한 디자인을 보고 선택한걸요. 브이넥이 깊게 파이지 않은 일자 형태의 실크 드레스는 입으면 날씬했고 제 피부색과도 잘 어울렸어요. 또 누가 봐도 **보는 눈이 없다**고는 생각하지 않을 드레스였고요.

법학에 관심이 없으면서 로스쿨에 간 이유의 밑바탕에도 묻히고 싶다는 욕구가 있지 않았을까요? 부모님과 이 세상이 생각하는 착한 중국계 미국인 딸의 이미지에 묻어가는 편이 더 쉽고 안전하니까? 허리를 굽혀 유아차 앞을 보니 헨리는 여전히 눈을 반쯤 감고 있었어요. 오래전 기억이 문득 떠올랐어요. 신입생 위니가 입은 분홍색 티셔츠에는 앞판 가득 '귀염둥이'라는 단어가 형형색색의 큐빅으로 박혀 있었어요. 당시에는 위니 없는 데서 친구들과 흉보기 바빴죠. 하지만 면전에 대고 조롱했다면 위니는 어떤 반응을 보였을까요?

그 애의 대꾸가 들리는 것 같았어요. 그럼 나보고 뭘 입으라는 거야? 매일 똑같은 검은색 스웨터 세 개만 돌려 입어? 지겹지도 않니? 네가 입고 싶은 옷은 뭔데? 에이바 너는 네가 진짜로 원하는 게 뭔지 알기나 해?

리프트를 타고 집으로 가며 제 옷장에 추가할 만한 아이템들을 상상해봤어요. 선홍색 에나멜 구두, 호피 무늬 롱코트, 털로 장식된 옷 아무거나. 이건 어떨까? 이건? 이건? 형사님은 이런 질문이 시시하다고 생각하겠지만 제게는 혁명과도 같았어요. 그 전까지는 내가 원해야 한다고 생각했던 것, 내가 해야 한다고 생각했던 것, 내가 되어야 한다고 생각했던 것을 무시한 역사가 없었거든요.

아직 이런 몽상에 빠져 있을 때 휴대전화에 위니 문자가 떴어요. ***가방 왔어. 완벽해! 역대급 품질이야. 다음 단계 의논하게 도착하면 전화해.***

차가 집 앞에 서는 바람에 답장할 새는 없었어요. 진입로에 서 있는 올리의 BMW를 보자마자 다른 생각은 싹 다 사라지기도 했고요.

기사가 트렁크에서 캐리어를 꺼내는 동안 저는 아직 잠든 아들을 카시트째로 옮겼어요.

아빠 오셨다, 나는 속삭였어요.

올리는 거실에서 정신없이 노트북을 두드리고 있었어요.

카시트를 내려놓자 한쪽 눈을 뜬 헨리가 인상을 쓰며 귀를 잡아당겼지만 아빠를 보더니 울음을 그치더군요. 올리는 헨리를 안고 뽀뽀를 퍼부었고 머리카락을 쓰다듬으며 말했어요. 튀므 망크('너는 나를 그리워하게 했어'라는 뜻이에요. 사람 환장하게 만드는 프랑스어 화법의 또 다른 예죠).

헨리의 헝클어진 머리 위로 올리와 눈이 마주쳤어요.

안녕, 올리가 말했어요.

안녕.

올리는 칭얼대며 눈을 비비는 헨리를 재우겠다고 나섰어요.

캐리어를 끌고 침실로 들어가니 올리가 헨리에게 사랑한다고 속삭이는 말소리가 들렸어요. 침대는 떠날 때 모습 그대로였어요. 급하게 끌어 올린 이불, 내 머리 모양대로 눌린 베개까지. 우리가 없는 동안 올리는 하룻밤도 여기서 자지 않은 거예요. 공기가 퀴퀴해 환기하려고 창문을 열었어요.

짐을 풀다가 문 쪽을 보니 올리가 어느샌가 와서 지켜보고 있었어요.

안녕, 제가 말했어요.

안녕. 올리가 입꼬리를 씩 올렸어요.

이상하게 수줍어지더라고요.

올리는 말했어요, 아파트를 포기하기로 했어, 셋이 같이 이사하자, 당신 준비됐을 때.

정확히 제가 바라던 결과였죠. 하지만 올리 눈 밑의 보라색 다크서클과 미처 면도를 하지 못한 수염을 보자 이런 말이 나왔어요, 아니야, 그러지 마, 당신이 얼마나 힘들게 일하는지 아는데.

올리는 놀란 표정을 지었어요.

내가 이기적이었어. 일단 그 아파트에서 계속 지내. 나는 마리아랑 어떻게 잘 해볼게.

올리가 긴가민가하며 물었어요, 진심이야?

진심이야.

그날 오후, 우리는 몇 주 만에 처음으로 사랑을 나눴어요. 몸속이 성난 파도처럼 요동친 게 얼마 만이었는지 기억도 안 나네요. 제가 위에 올라탔을 때 올리는 깜짝 놀랐어요. 연애 초기 이후로는 잘 안 하던 체위였거든요. 거친 신음이 너무나 본능적이고 은밀해 온몸 가득 부드럽고 순수하고 달콤한 감각이 퍼졌어요.

다 끝난 후에는 서로를 안은 채로 엉클어진 시트에 누워 있었죠. 헨리가 울면서 저희를 부를 때까지는요. 헨리를 방에서 데리고 나와 사그 파니르(인도식 시금치 카레 – 옮긴이)와 치킨 티카 마살라를 시키고 배 터지도록 먹었어요. 올리가 헨리를 위해 깜짝 선물로 반짝이는 기차 장난감 세트를 준비해 두어서, 두 남자는 작은 나무 기차가 기찻길을 빙글빙글 돌아가게 만들며 한 시간을 같이 놀았어요. 그러다 올리가 하품을 하길래 가서 자라고 했어요. 시차 적응 안 된 우리 아들 옆에는 내가 있을게.

자정이 넘어서야 침대로 기어올라 남편 품에 안겨 온기에 몸을 녹일 수 있었어요. 새벽에 일어나 보니 올리는 차 막히기 전에 벌써 출근했더라고요.

몇 시간 있다가 위니에게 전화했어요. 다음 단계는 없다고, 우리 거래는 끝났다고 말하기 위해서요.

위니는 인사 대신 이렇게 말했어요, 가방 진짜 끝내주더라, 다음으로 네가 할 일은 사업자용 신용카드를 만드는 거야, 이름을 하나 지어, 평범한 거로.

제가 말을 잘랐어요. 다음은 없어. 나는 그런 일 안 할 거야.

무슨 소리야? 너 벌써 했잖아.

그건 다르지. 그때는 정상 참작이 가능한 상황이었어.

위니는 진심으로 못 믿겠다는 말투였어요. 왜 이래, 에이바, 힘든 부분은 다 끝났어. 이제 재미 볼 일만 남았다고. 고생한 대가를 받아야지. 쉽게 돈을 벌 수 있는 기회야.

위니 말에 따르면 제가 할 일은 간단했어요. 새로 만든 신용카드를 들고 기어리에 있는 샤넬 부티크에 가서 가브리엘백을 사고 며칠 후에 똑같이 생긴 최상급 가품을 대신 반품하면 된대요.

대체 무슨 재미를 본다는 건지. 백화점에 비해 부티크의 장벽이 높다는 건 저 같은 사람도 아는 사실이에요. 상대적으로 직원들이 깐깐하고 환불 정책도 엄격하죠.

제 지적에 위니는 대꾸했어요, 에이바, 그 정도로 네 가방이 훌륭하다는 얘기야, 우리 꼭 해야 해, 부티크에 있는 물건들이 제일 다양하단 말이야, 돈은 그런 데 있어.

그 말을 듣고 제 안에서 솟아난 감정을 말로는 설명하기 힘들어요. 아랫배가 찌릿찌릿하고 눈에서 불꽃이 튀었어요. 켈리백을 흔들며 그 가게로 걸어 들어가 신용카드를 척 내미는 제 모습을 상상했죠. 그렇게 당당하게, 자신만만하게 행동하면 어떤 기분일지 궁금했어요. 그런 인생을 밍크 숄을 걸쳤다 벗듯이 아주 잠깐 경험해볼 수 있다면?

위니는 아직도 떠들고 있었어요. 몇 달 후에는 널 광저우로 다시 보낼까 해. 막 회장과 파트너들을 만나 정식으로 소개하게.

저는 환상에서 깨어났어요. 그뿐이었으니까요. 상상, 허구, 연극.

잠깐만, 절대 안 돼, 가고 싶지도 않지만, 가고 싶다 해도 올리한테 뭐라고 설명해? 우리 이제 겨우 화해했단 말이야, 제가 말했어요.

아, 드디어 사과 받았나 봐?

무슨 뜻이야? 제가 물었어요. 은행 카드가 정지되었던 일은 얘기한 적 없거든요.

위니는 담담하게 말했어요, 너 없을 때 우연히 올리 만났어, 말 안 해?

일부러 태연한 척하는 말투에 경계심이 들었어요. 어디서? 팰로앨토? 네가 거긴 왜 갔어?

샌프란시스코. 유니언 스퀘어에 있는 해산물 식당 있잖아. 파렐리? 파롤로? 이름 이상한 데.

파랄론. 그 레스토랑이면 저도 알아요. 조용하고 비싸서 금융맨들이 자주 찾는 곳이죠. 그 남자들 애인도요.

그거다.

누구랑 있었어? 어떻게 보였어? 뭐라고 해?

진정해, 에이바. 병원 사람들하고 있었어. 막 떠나려는 참이었는데 너무 우울해 보여서 내가 한 잔만 더 하자고 했지.

그러셨겠지. 제가 발끈했어요. 예쁜 여자와 술을 마시겠다며 혼자 남는 모습을 보고 동료들이 뭐라고 생각했을까요? 올리는 왜 이 얘기를 하지 않았죠?

하지만 위니는 올리가 저와 헨리 얘기만 했다고 주장했어요.

너는 뭐라고 했어? 제가 물었죠.

내 생각 그대로 말했지. 당신이 지나쳤다. 변덕 부릴 때마다 아내와 자식이 복종하기를 바라는 중국의 늙다리 폭군들과 다를 바 없는 행동이었다. 그런 사람 아니지 않으냐.

이 장면을 다시 돌려보니 알겠어요, 형사님. 위니가 남편을 우연히 만났을 리 없어요. 위니 지시를 받은 사립 탐정이 레스토랑으로 따라 들어가 테이블을 엿본 거죠. 그래서 때맞춰 나타날 수 있었던 거예요. 올리가 속마음을 털어놓은 것도 모자라 자기 잘못을 인정하게 만든 비결이 궁금하네요. 위니는 우리 부부의 사소한 갈등에 참견하려고 엄청난 공을 들였을 거예요. 그 덕에 저는 갚아야 할 빚이 있는 채무자가 됐고요.

그렇게 해서 저는 구름 한 점 없는 맑은 날 오후에 스탠퍼드 쇼핑센터까지 50킬로미터를 운전해야 했어요. 조수석에는 위니를, 뒷좌석에는 커다란 샤넬 쇼핑백을 싣고요.

정말 몇 번이나 발을 빼려고 했다니까요. 계획 자체가 역겨워서 48시간 전부터는 토할 것처럼 속이 메스꺼웠어요. 마리아가 혹시 임신했냐, 아니면 감기라도 걸렸냐 물어볼 정도로요. 하지만 반품하러 못 가겠다고 할 때마다 위니는 귀신 같은 언변으로 제가 틀렸다고 설득했어요.

위니는 말했어요, 에이바, 진짜와 구분이 안 되면 그게 어떻게 가짜 가방이야? 진짜 가방의 고유한 가치는 어디에서 오는 건데?

솔직히 일리는 있었어요. 진짜와 짝퉁 가브리엘은 쌍둥이처럼 똑같았거든요. 앤틱 골드 로고부터 빳빳한 인쇄 봉투에 든 금박 품질보증서까지 전부 다요. 진품은 정가보다 5퍼센트 싼 가격으로 인터넷에 올리고 한 시간도 안 돼서 팔렸는데, 그러기 전 진짜와 가짜 각각에 코를 박고 냄새를 맡아 보니 둘 다 똑같은 사향 냄새가 났어요. 그 냄새는 무두질하고 염색한 가죽이 한때는 살아 숨 쉬는 생물체의 일부였다는 뜻이었죠.

그래도 남을 속이는 일은 체질이 안 맞는다고 고집을 부렸죠. 그랬더니 위니는 이렇게 말했어요, 이번 한 번만 해봐, 올리가 어떻게 알겠어, 아무도 모를 거야, 그러지 말고, 에이바, 규칙을 조금 어기는 것도 재미있지 않아?

있잖아요, 형사님. 저는 사춘기 때도 부모님 몰래 외출한 적이 없어요. 통금 시간을 어기거나 위조된 신분증을 가져본 적도 없고요. 왜냐고요? 두려움 때문이었겠죠. 죄책감도요. 살짝 반항을 해볼까 하다가도 눈을 감고 실망하는 엄마 모습을 상상하면 생각이 달라졌어요. 재미있는 일은 나중에 할 수 있다고 속으로 되뇌었죠. 대학에 들어간 후에, 집에서 독립한 후에, 경제적으로 자립하고 부모님의 구속에서 벗어난 후에. 하지만 결국에는 포기가 되더라고요. 습관으로 굳어지기도 했고요. 서른일곱이 된 지금은 젊은 시절의 어리석은 일탈 이야기를 수집할 기회마저 박탈당한 느낌이 들어요.

엄마는 은퇴를 4개월 앞두고 돌아가셨어요. 은퇴하자마자 아빠와 휴가를 간다고 예약도 해놓았는데요. 두 분은 토스카나에서 2주 동안 산을 오르고, 요리를 하고, 태양 아래에서 와인을 마실 계획이었어요. 이번에도 변명하려는 건 아니지만요, 위니가 다시 나타났을 때 제가 후회로 몸부림치고 있었다는 말은 꼭 하고 싶어요. 나중으로 미뤘다가 놓쳐버린 경험들, 엄마가 다시는 누리지 못할 순간들, 엄마와 다시는 공유하지 못할 순간들이 한스러웠어요. 심리 조종이 전문인 사람들 눈에 저만큼 손쉬운 표적도 없었을 거예요.

280번 도로에서 운전대를 움켜쥐고 샌프란시스코로 가는 마지막 출구를 지나며 최후의 시도를 했어요.

나 못 하겠어, 위니, 제발 좀 봐줘. 옆을 보지 않아도 그 애의 인내심이 바닥나고 있다는 걸 알았어요.

하지만 위니에게도 마지막 카드가 있었어요. 유명한 언어 치료사한테 헨리를 보여주려고 예약했다는 말을 했거든요. 위니는 불쑥 말을 꺼냈어요, 1회에 얼마라고?

350.

올리한테 말할 순 없고?

절대로.

만약에 의사가 6개월, 아니면 1년간 매주 오라고 하면 어쩔 거야. 비용 댈 계획은 있어?

제가 앞만 보고 있으니 위니는 제 목 뒤에 따뜻한 손을 올리고 말했어요.

걱정은 그만해. 5분이면 끝나.

고속도로에서 빠져나가는 동안 위니는 출발할 때 했던 격려 연설 일부를 다시 들려줬어요.

변명은 많이 하지 마. 수상해 보여. 당당하게. 정중하게. 단호하게.

쇼핑몰 주차장에 도착해 빈자리로 들어가는데 번쩍거리는 하얀색 테슬라가 옆으로 미끄러져 들어왔어요. 중국인 여자애들이(스탠퍼드 아니면 샌타클래라 학생들이겠죠) 날씬하고 민첩한 어릿광대들처럼 차에서 쏟아져 나왔어요.

위니는 요즘 미국 대학에 중국 본토 사람들이 너무 많다고 말했어요. 몇 명밖에 없던 우리 때와 다르다고 말이에요.

네가 본토 출신들과 어울리는 모습은 본 기억이 없는데, 제가 말했어요.

그때는 인맥과 권력이 있어야 자식을 해외로 유학 보낼 수 있던 시절이니까. 그런 애들이 나랑 친구 하려고 했겠니. 그리고, 기껏 여기까지 와서 중국 애들과 지낼 이유가 없잖아?

그러더니 제가 자기 룸메이트라는 사실을 알고 뛸 듯이 기뻤다고 했어요. 진짜 미국인이라니!

그렇게 생각했다니 새삼 울컥하더라고요. 그때는 별 상관도 없어 보이는 질문을 끝도 없이 퍼부어서 미칠 뻔했는데요. 네가 백인과 사귀면 너희 부모님이 화낼까? 흑인은? 너희 엄마는 중국 음식을 하셔, 미국 음식을 하셔? 어릴 때 부모님이 폭력 썼어? 아, 폭력이 아니라 엉덩이 맞았냐고.

조수석 문을 연 위니가 망설이는 저를 보고 다시 앉으며 말했어요, 이렇게 생각해봐, 여기 직원들은 자기 돈으로 못 사는 명품을 만지고 부자와 권력자에게 물건을 팔려고 알랑거리는 사람들이야.

그래서?

네 편으로 만들기 어렵지 않다고. 금방 널 도와주고 싶어 할 거야.

제가 안전벨트를 풀었어요.

말을 너무 많이 하면 안 된다는 거 잊지 마.

차에서 내렸어요. 루즈한 실크 셔츠를 검은색 슬림핏 바지에 넣어 입은 옷차림은 위니를 보고 배운 거였어요.

제 머리부터 발끝까지 훑던 위니의 시선이 검은색 가죽 숄더백에 멈췄어요. 산드로였나, 아페쎄였나 시어머니께 선물로 받은 프랑스 인기 브랜드 제품이었죠.

위니가 제게 손가락을 까딱였어요. 그거 주고 내 가방 메.

고분고분 가방을 건넸어요. 대신 메라고 준 에르메스 에블린은 솔직히 특별할 게 없었고, 어떻게 보면 예쁘지도 않았어요. 납작한 직사각형 가방은 회색이었고 가죽 질감이 살짝 오돌토돌했어요. 실용적이게 크로스 형태로 멜 수 있는 끈도 달려 있었고요. 옆면에 펀칭으로 새긴 큼직한 H 자는 원래 안 보여야 하지만 대부분 겉으로 보이게 하고 다녔죠.

얼굴에 의심이 드러났는지 위니는 에블린이 오늘 의상의 핵심이라고 단언했어요.

돈이 많지만 과시하지 않는다는 증거거든.

저는 H 자가 보이게 가방을 어깨에 걸치고 위니 뒤를 따랐어요.

그러다 위니가 걸음을 딱 멈추더니 양 손바닥을 하늘로 향하며 탄식했어요, 에이바, 가브리엘.

허둥지둥 차로 돌아가 쇼핑백을 챙기고 다시 출발했죠.

우리가 학생일 때도 화려했던 스탠퍼드 쇼핑센터는 대대적인 보수 공사를 통해 명품의 오아시스로 다시 태어났어요. 우아한 복도 양옆으로 만개한 꽃 화분이 늘어서서 향기롭고 반짝이는 부티크로 가는 길을 가리키고 있었죠. 잘 관리된 안뜰 여기저기에는 세련된 헤어 스타일을 한 쇼핑객들이 금색 의자에 느긋하게 앉아 있었어요. 질서 없이 뻗어나가고 번쩍번쩍한 내부는 어중간한 유럽 도시의 그림 같은 광장을 고스란히 옮겨 온 것처럼 보였어요. 땀 흘리는 관광객과 공해가 없고 몰개성하다는 점만 빼면 말이죠. 인공미가 넘쳐나는 광경을 보고 있자니 또다시 환상의 영역에 들어왔다는 느낌이 들었어요. 전부 현실 같지 않았어요. 제가 저지르려는 범죄조차도요.

샤넬 부티크가 보이자 위니는 입구에서 몇 걸음 떨어진 철제 테이블에 자리를 잡고 앉았어요.

뭘 기다려?

위니의 재촉에 저는 바지 엉덩이 부분에 땀으로 축축해진 손바닥을 닦고 매장으로 향했어요.

검은 정장을 입은 경비원이 육중한 유리문을 열어주며 작은 소리로 말했어요, 어서 오십시오, 고객님.

사치스러운 장미 향이 그득 담긴 공기가 제 안을 시원하고 상쾌하게 휩쓸었어요. 금색 조명이 쏟아지는 매장은 빛이 닿는 곳마다 반짝거렸어요. 맞은편 유리 카운터 뒤에는 펜슬 스커트와 빳빳한 흰 셔츠를 입은 직원 두 명이 보초처럼 서 있었고요. 한 명은 중국인 같았어요. 중국어를 하는 큰손 고객들을 응대하기 위해서겠죠. 다른 한 명은 중년의 백인이었고요. 머리가 의식하고 결정을 내리기도 전에 제 몸은 본능적으로 그 백인을 향해 움직였어요.

커다란 얼룩무늬 뿔테 안경 뒤에서 눈을 반짝이며 백인 점원이 말했어요, 무엇을 도와드릴까요?

겨드랑이에서 땀이 폭발해 저는 점점 넓어지는 땀자국을 감추려 팔꿈치를 옆구리에 바짝 대고 말했어요, 그냥 환불하려고요. 그러면서 카운터에 쇼핑백을 올려놨어요.

어디 한번 볼까요?

위니는 왜 실크를 입지 말라고 경고하지 않았을까요? 저는 팔꿈치 아래만 움직이며 가짜 가브리엘이 든 더스트백을 조심스럽게 꺼냈어요.

거울로 중국인 직원을 확인하니 하품을 참으며 우리 말소리가 들리지 않는 위치로 움직이더라고요. 그 모습을 보자 배 가장 안쪽에 있는 근육의 긴장이 풀렸어요.

어머, 의외네요, 직원이 말했어요.

근육이 다시 수축했어요.

베이지와 블랙이면 가장 인기 있는 색 조합인데요. 대기하는 분들도 굉장히 많으시죠. 정말 반품하시겠어요?

저는 말했어요, 좋아하는 스타일이 아니라서요. 그러고는 얼른 덧붙였어요, 아니, 살 때는 그렇다고 생각했는데 집에 가서 보니 마음이 바뀌었어요.

입 다물어, 속으로 생각했어요. 손을 어디다 둬야 할지 몰라 위니 가방에서 휴대전화를 꺼내 시간을 확인했어요.

점원은 위니의 에블린을 눈여겨보더니 말했어요, 알겠네요, 미니멀한 느낌을 선호하시는군요.

위니가 뭐라고 했더라? 걔가 자기 가방을 설명하며 했던 말을 떠올리고 그대로 읊었어요, 맞아요, 저는 좀 절제되고 튀지 않는 분위기를 좋아해요.

점원이 눈을 반짝이며 말했어요, 어떤 말씀인지 알겠어요. 그러고는 목소리를 낮췄어요, 솔직히 제가 생각해도 저희 제품이 조금 요란해 보일 때가 있죠. 점원이 입술에 검지를 대고 쿡쿡 웃었어요.

저도 손가락으로 점원의 팔을 살짝 긁으며 따라 웃었고요.

점원은 가브리엘을 마지막으로 한 번 대충 보고 영수증을 확인했어요.

신용카드 드려요?

아뇨, 다 되셨습니다. 비자 카드로 4,665달러 환불 처리 해드렸어요. 점원은 출력한 새 영수증과 취소한 영수증을 반짝이는 검은색 클립으로 엮은 후 둘 다 접어 크림색 봉투에 넣었어요.

저는 고맙다고 인사하고 의식적으로 천천히 매장에서 나왔어요. 결혼식장에 입장하는 신부 들러리처럼 한 번에 한 걸음씩.

좋은 하루 보내세요, 경비원이 작게 인사하는 소리에 저도 모르게 웃어버리고 말았고요.

밖으로 나오니 위니는 아까 그 테이블에 앉아 휴대전화를 보고 있었어요. 저는 바보처럼 손을 막 흔들다가 위니의 일그러지는 얼굴을 보고 손을 내렸어요.

고객님! 고객님! 잠시만요! 뒤에서 누가 불렀어요.

속이 뒤틀렸고 근사하게 조경한 길을 따라 도망치고만 싶었어요. 하지만 돌아서야지 다른 방법이 있나요?

점원이 내민 건 제 휴대전화였어요. 계산대에 두고 가셨어요.

아, 정말 고마워요, 제가 휴대폰을 받으며 말했어요.

별말씀을요. 다음에 또 방문해주세요. 고객님 취향에 맞는 제품을 저희가 찾아볼게요.

위니와 주차장으로 간 저는 모퉁이를 돌고 나서야 안도감에 취해 기둥을 등에 대고 주저앉았어요. 다시는 안 해, 내 신경으로는 감당 못 할 일이야, 제가 말했어요.

위니는 고개를 저었어요. 너만큼 적격인 사람은 없어. 정직하게 생겼지, 아시아계 미국인이지. 아무도 너를 의심하지 못할 거야.

8

샤넬 사건 이후 위니와 끝장을 내기로 결심했어요. 네 밑에서 일할 수 없다는 뜻을 분명히 밝혔죠. 전화를 일부러 받지 않고 샌프란시스코에 왔다고 할 때도 바빠서 못 만난다고 했어요. 실제 핑곗거리도 넘쳐났어요. 걱정과 스트레스가 넘쳐나기로 유명한 유치원 면접의 달이 시작되었거든요. 우리가 지원한 유치원 여덟 곳에서 언제 방문 상담을 오라고 할지 몰라서 달력을 항상 펼쳐둬야 했죠.

저는 이메일을 새로고침하고 맘카페를 눈팅하며 남은 2월을 보냈어요. 기뻐하는 글들을 빠짐없이 읽는 건 고문이나 다름없더군요. 3월이 되자 이런 내용이 담긴 불합격 통보가 줄줄이 쏟아졌어요. ***유감이지만, 기록적인 지원자 수, 우수한 학생이 많아, 죄송합니다, 행복을 기원합니다, 댁내 평안하기를 빕니다.***

올리는 그 인간들이 우리 아들을 품을 자격이 없다는 투의 신랄한 농담을 하며 아픔을 견뎠어요. 저는 어땠냐고요? 저는 올해 유치원에 지원할 거라고 동네방네 떠들어댄 자신을 저주하며 지인들이 말을 꺼내지 않기만을 기도했어요. 헨리가 아직 어려서 보내지 않기로 했다고 이야기를 잘 지어내면 되지 않을까? 헨리가 아직 만 두 살 반도 안 된 건 사실이니까요.

그러던 어느 날 오후, 일곱 번이나 불합격 통보를 받은 저희에게 남은 마지막 희망인 디비사데로 유치원의 편지가 도착했어요. 헨리가 최종 심사 단계까지 진출했다지 뭐예요. 놀이 참관 겸 면접 날짜가 다음 주 화요일 오전 9시로 잡혔고, 저는 문제 없이 잘 흘러가게끔 최선을 다하기로 결심했어요.

면접 당일, 마리아와 저는 헨리를 데리고 15분 일찍 도착했어요. 맘카페 엄마들이 그러는데 너무 일찍 도착하면 아이가 지루해한대요. 또 너무 늦게 도착하면 적응할 시간이 없어 짜증을 내고 혼란스러워할 수 있고요. 그늘진 도로에 주차하고 바람이 들어오게 창문을 열었어요.

뒷좌석에서 마리아와 헨리는 벌써 몇 번째인지 모를 짝짜꿍 놀이를 하는 중이었어요. 돌돌 말아서 납작하게 누르고 H 자를 만들자, 마리아가 노래를 부를 때마다(손가락으로 헨리의 배에 H 자를 그리면서요) 헨리는 고개를 끄덕이는 인형처럼 위아래로 몸을 들썩였어요. 전부 우리에게 유리한 상황이었어요. 일단 헨리 기분이 좋았죠. 전날 밤에 한 번만 잠깐 깨고 푹 잤고, 제일 좋아하는 아침 식사인 블루베리 초콜릿칩 팬케이크를 마리아가 싸 와서 허겁지겁 다 먹어치웠거든요. 옷은 분홍색 뺨이 돋보이도록 깜찍한 분홍색 라코스테 폴로셔츠를 입혔어요. (아이가 절대 배고프거나 목마르거나 피곤하면 안 된다는 것이 맘카페 엄마들의 조언이었어요. 기저귀도 깨끗해야 하고요.)

마리아가 이따끔 손목시계를 힐끔거렸어요. 마리아도 저 못지않게 초조하다는 의미였죠. 10분 남았을 때 마리아는 헨리를 들어 엉덩이 냄새를 맡고 두 번 톡톡 두드린 후 말했어요. 장미 향기밖에 안 나요. 준비 다 된 것 같아요. 마리아가 양손으로 헨리의 얼굴을 감쌌어요. 학교에서 재미있게 놀아, 미 아모르(스페인어로 '내 사랑'이라는 뜻–옮긴이).

마리아를 교실로 같이 들여보낼 수 있으면 좋겠다는 생각이 다시금 고개를 들었어요. 모든 지원자가 보호자 한 명과 와야 한다고 학교에서 명시했으면 부모 중 한 명을 말하는 거겠죠? 하지만 그럴듯한 사정이 있으면 어떨까요? 가족 상을 당해 다른 지역으로 가야 한다고 할까? 아니면 항암 치료로 정신이 없다고? 네, 그 정도로 제정신이 아니었어요.

제가 의미 없는 말을 했어요, 가자, 아가야, 마리아, 우리 한 시간 있다가 돌아올게. 그런 다음 조수석 문을 열어 헨리를 꺼내려 했죠. 하지만 아이는 몸을 비틀고 마리아에게 손을 내밀었어요.

웃고 있던 마리아의 표정이 굳었어요. 마리아가 손을 흔들며 말했어요, 누나 여기 있을 거야, 미 아모르.

헨리는 돈을 요구하는 꼬마 독재자처럼 고집스럽게 손바닥을 쥐었다 폈다 했고요.

제가 헨리의 얼굴을 제 쪽으로 돌리면서 말했어요, 엄마랑 둘만 가는 거야, 아가, 재미있을 거야, 가서 새 친구들과 놀자.

안고 가려 했지만 헨리는 몸을 비틀며 품에서 빠져나와 마리아의 티셔츠 자락을 붙잡았어요. 마리아가 부드럽게 헨리의 손을 풀었어요. 엄마랑 가.

헨리가 인상을 찌푸리고 귓불을 잡아당겼어요.

그래, 그래, 그럼 마리아랑 정문까지 같이 걸어갔다가 거기서 인사할까? 제가 말했어요.

어느새 차에서 내린 마리아가 헨리를 안아 올리자 칭얼거리는 소리가 뚝 그쳤어요. 이런 상황만은 정말 피하고 싶었는데요. 정문에서 우리를 맞이하려고 선생님이 서 있을 거 아니에요. 보모를 찾아 악을 쓰는 아이라는 첫인상을 남길 수는 없었어요.

마리아와 저는 천천히 걸으며 이 난관에서 벗어날 방법을 궁리했어요.

마리아가 헨리에게 말했어요, 누나가 했던 말 기억하지? 너도 이제 다 컸고, 다 큰 아이는 학교에 가야 한다는 말.

헨리는 조용히 마리아의 머리카락만 씹어댔어요.

새 장난감이 무지무지 많대. 선생님이 놀이랑 노래를 가르쳐주고 맛있는 간식도 줄 거야.

학교까지 반 블록도 안 남았을 때 제가 말했어요, 이제부터는 엄마가 안을까?

마리아가 헨리 손에서 자기 머리카락을 뺐어요. 그래, 엄마한테 가.

마리아와 저는 똑같은 계획을 세웠어요. 마리아가 걸음을 늦춰 뒤로 빠지면 제가 얼른 헨리를 안고 주의를 분산시키며 학교로 들어가는 거죠. 마리아가 없다는 사실을 눈치채기 전에요. 하지만 제가 팔을 내밀자 헨리는 마리아 가슴에 얼굴을 묻었어요.

미 아모르, 잠깐만이야, 마리아 누나가 밖에서 기다리고 있을게, 마리아가 속삭였어요. 얼마나 위기 상황이었으면 제 앞에서 그런 말이 나왔겠어요. 평소에는 부모의 질투심을 자극하지 않으려고 마리아도 굉장히 조심했거든요.

솔직히, 스트레스가 너무 심해서 마리아 발언에 상처 입지 않았어요. (최대한 평온한 태도를 보이라는 맘카페 조언도 있었고요. 엄마가 긴장하면 아이도 눈치채고 따라서 긴장한대요.) 교문까지 열

걸음도 남지 않았을 때 키가 크고 백금발을 포니테일로 묶은 백인 여자가 자기처럼 발육이 남다른 금발 남자아이와 함께 교문으로 성큼성큼 걸어가는 모습이 보였어요. 아이는 앞에 서 있는 선생님과 신나게 하이파이브를 했어요.

프랜시스 라이트예요, 이름을 밝힌 여자가 교사에게 악수를 청했어요, 그러고는 아들을 재촉했지요, 선생님께 이름 말씀드려야지.

소년은 말했어요, 스펜서 알렉산더 라이트입니다. 그러고는 깜찍하게도 이런 말을 덧붙였어요, 만나서 정말로 반갑습니다.

선생님 얼굴이 환해졌어요. 저도 반갑습니다, 이렇게 대답하고 명단에서 두 사람 이름에 체크 표시를 하고 들여보냈어요. 아이 이름 옆에 뭐라고 끄적였는데 보나 마나 매력적이고 말도 잘하는 아이라며 면접관들에게 입학시켜야 한다고 주장하는 내용이겠죠. 다시 고개를 든 선생님이 자기를 향해 다가오는 우리 셋을 발견하고 손을 흔들었어요. 저도 손을 흔들었죠. 마리아는 계속 헨리 귀에 대고 속삭였어요. 무슨 말을 했는지 모르지만 효과는 있었어요. 마리아가 땅에 내려놓으니 헨리가 제 손을 잡았거든요.

가서 재미있게 놀아, 마리아가 말했고 인도로 되돌아가는 마리아의 발소리가 들렸어요.

준비됐어, 아들? 제가 물었어요.

헨리는 저를 올려다보고 세상에서 제일 재미있는 농담을 들은 것처럼 까르르 웃었어요.

에이바 씨죠, 선생님이 말했어요. 그러면서 허리를 굽혀 헨리와 눈높이를 맞췄어요. 너는 헨리구나. 손을 잡고 악수해도 헨리가 가만히 있었을 때는 진짜 심장이 터지는 줄 알았어요. 안내를 받고 다른 지원자들이 있는 교실로 들어갔죠. 전부 다섯 명이었어요. 엄마 넷에 아빠도 하나 있고요. 놀이 참관을 진행할 선생님은 '미스 제니'라고 불러달라며 자기소개를 한 후 우리 부모들에게는 맞은편 벽에 일렬로 놓인 미니어처 의자에 앉으라고 했어요.

미스 제니는 아역 배우 셜리 템플처럼 머리가 꼬불꼬불했고 치아는 말처럼 길고 반짝였어요. 앉아서 긴장을 푸세요, 미스 제니의 말에 우리 엄마들은 긴장된 웃음을 터뜨렸죠. 청일점 아버지는 코웃음을 쳤지만요. 오늘은 아이들이 교실을 탐험하고 즐기는 시간입니다. 그것뿐이에요! 다른 목적은 없습니다.

남자 학부형이 작은 소리로 콧방귀를 뀌었어요. 불그스름한 턱수염, 한쪽에만 낀 은색 링 귀걸이, 지나치게 친근한 태도까지. 벌써부터 신경에 거슬려서 저는 그 남자를 무시했어요. 백금발 여자는 에블린백(루즈토마토 색상, 클레망스 가죽)에서 수첩을 꺼내 메모를 했어요. 미스 제니의 말을 받아 적는 걸까요? 아니면 자기 아이에 대해 적는 걸까요? 다른 아이들에 대해? 모를 일이죠.

선생님이 아이들을 데리고 교실을 구경시켜줬어요. 동화책이 가득 꽂힌 책장, 스케치북과 색연필이 쌓여 있는 책상, 인형과 트럭과 비행기로 가득한 장난감 상자, 수제 찰흙이 든 플라스틱통, 레고 장난감 코너를 손가락으로 가리키면서요. 아이들이 여기저기 흩어졌어요. 짧은 머리를 양 갈래로 삐죽 묶은 아시아계 백인 혼혈 여자아이가 책장 옆에 무릎을 꿇고 앉아 책을 골랐을 때는 어찌나 부럽던지요.

남자 학부형이 입꼬리만 움직여 말했어요, 세실리는 취미가 독서예요.

아하, 이 남자가 주 양육자라면 아시아인 아내는 IT나 금융계에 종사하고 돈을 갈퀴로 쓸어 담고 있겠죠? 아이 아빠가 꼬마 독서가에게 손을 흔들자 손목 안쪽에 [sic](틀린 원문을 그대로 인용할 때 삽입하는 라틴어 부사 – 옮긴이)라는 문신이 드러났어요.

헨리와 스펜서 알렉산더 라이트가 공사장 장난감으로 직행하는 모습에 저는 의자 팔걸이를 움켜쥐었어요. 덩치가 더 큰 스펜서가 먼저 도착해 헨리도 노렸던 반짝이는 노란 불도저를 꺼내지 뭐예요. 낙담하고 당황한 헨리가 그 자리에 멀뚱히 서 있어서, 저는 숨을 참고 기도해야 했어요. 그런데 헨리는 우기지 않고 장난감 상자를 뒤져 아까 것보다 낡고 작은 불도저를 꺼냈어요. 벌떡 일어나서 환호하고 싶었죠. 선생님 쪽을 쳐다봤어요. 우리 아들이 얼마나 마음이 넓은지 봤으면 싶었죠. 하지만 미스 제니는 다른 꼬마가 종이에 주황색 선을 쭉 긋는 모습만 보고 있더군요.

제 아들이에요, 제가 여자아이 아빠 쪽을 보고 말했죠. 여자아이 아빠가 격하게 호응해줬어요, 애가 착하네요.

이후 20여 분 동안, 우리 부모들은 세상에서 제일 재미있는 영화라도 보는 것처럼 중얼거리고, 키득거리고, 입을 벌리며 아이들이 노는 모습을 감상했어요. 다른 활동으로 넘어갈 시간이라고 미스 제니가 알렸을 때, 저는 턱을 살짝 움직여 헨리에게 신호를 보냈죠. 책, 책으로 가.

헨리는 서두르지 않고 교실을 돌아다니며 다른 아이들을

지켜봤어요.

주의력이 대단해, 어쩌면 저렇게 생각이 깊담, 저는 기분 좋게 생각했어요.

어린 세실리는 『배고픈 애벌레』에 푹 빠진 듯 선생님은 안중에 없고 책장만 넘기고 있었어요. 미스 제니가 다가가 다른 놀이를 할 시간이라고 하자, 세실리가 얼굴을 구기고 길게 비명을 지르며 책을 바닥에 던졌어요.

헨리가 걱정스럽게 쳐다봤지만 선생님은 다른 데 정신이 팔려 우리 아들의 뛰어난 공감 능력을 알아보지 못했어요.

아빠의 목소리가 커졌어요, 괜찮아, 세실리, 죄송합니다, 미스 제니, 아이가 그 책을 너무 좋아해서요. 의자에서 일어나려는 아빠를 선생님이 고갯짓으로 제지했어요.

미스 제니는 차분하게 말했어요, 세실리, 이제 다른 놀이 할 시간이야.

꼬마 공주님이 책을 집어 들더니 미스 제니의 가슴팍에 정통으로 던졌어요.

아야, 선생님이 말했어요.

아이는 키득키득 웃기만 해요. 악의가 있다기보다는 놀라서 그랬겠죠.

아이 아빠의 목소리가 커졌어요, 세실리, 선생님께 사과해.

달려온 아이에게 아빠는 다시 한번 사과하라고 혼냈고요.

세실리는 고개만 뒤로 돌리고 아양을 떨듯 말꼬리를 길게 늘어뜨렸어요, 죄송해요오오오.

정말 죄송하답니다, 진심을 담아서 말하렴, 애 아빠가 딸을 선생님 쪽으로 밀며 말했어요.

세실리는 미스 제니에게 다가갔어요. 긴 속눈썹 사이로 올려다보며 매혹적인 미소를 지어 보였죠. 죄송해요, 미스 제니.

선생님은 씁쓸하게 아이의 머리를 쓰다듬었어요.

우리 학부형들은 혀를 찼죠. 어린애가 묘한 매력이 있는 게 귀여우면서도 무섭더라고요. 무엇보다도 난동을 부린 아이가 다른 사람 자식이라 안도했어요.

뒤에서 한 엄마가 옆의 엄마에게 말하는 소리가 들렸어요, 고집 있는 애들이 발달도 빨라요.

백금발 학부형이 목소리를 높였어요, 잘했어, 스펜서! 아들이 망치로 널빤지에 고무 못을 박았다 그거죠. 큰 소리에 미스 제니가 날카로운 눈빛을 보냈어요.

헨리가 책장을 지나 선택한 곳은 찰흙 통이 있는 탁자였어요. 좋은 선택이죠. 찰흙은 안전하니까요. 찌르거나 던지거나 무기로 사용할 수 없어요. 얼마 있으니 세실리도 헨리와 같은 책상에 앉았어요. 친화력을 보여줄 기회가 온 거죠. 잠시였지만 두 아이가 나란히 서서 사이 좋게 찰흙을 반죽하는 장면은 아름다웠어요.

이거 봐라, 세실리가 말하고는 찰흙 뭉치를 탁자에 팬케이크처럼 납작하게 눌렀어요. 헨리도 그게 재미있어 보였는지 세실리를 따라 자기 반죽을 납작하게 두드렸어요. 그러고 나서 보답을 해야 한다고 생각했나 봐요. 헨리가 탁자에서 반죽을 뜯더니 끝을 야금야금 씹어 먹었어요.

세실리가 눈을 크게 뜨더니 고개를 젖히고 웃음을 터뜨렸어요. 저는 천천히 심호흡을 했어요. 말이 찰흙이지 그냥 밀가루와 물이잖아요? (무수한 유치원생의 손에서 나온 때도 있겠지만요.)

어쨌든 괜찮아요. 미스 제니가 알아차릴 것도 아니고요.

찰흙이 꽤 맛있었는지 헨리가 한 입을 더 뜯어 먹었어요. 더는 참을 수 없었던 세실리는 택시를 잡는 것처럼 선생님을 향해 손을 흔들고 외쳤어요, 아기가 찰흙 먹어요!

세실리 아빠가 무릎을 탁 쳤어요. 역시 보스 기질이 있어요, CEO가 될 인재라고 아내가 그러거든요, 이런 걸 모를 리 없죠.

그 남자 목을 조르고 싶었어요. 솔직히 말하면 그 꼬마 애도요. 하지만 반죽을 동그랗게 말아 막대사탕처럼 핥아 먹는 아들에게서 도저히 눈을 뗄 수 없었어요.

저런 적이 없는데, 아가야, 그러지 마, 그만, 제 목소리가 커졌어요.

미스 제니가 아이의 명찰을 보고 말했어요, 헨리, 찰흙은 먹는 게 아니지.

헨리가 커다란 갈색 눈으로 선생님을 올려다보고 천천히 혀를 뗐어요. 저는 작은 의자에 주저앉았어요.

안 돼, 선생님이 아이 손에서 찰흙을 빼앗으며 말했어요.

헨리는 그렁그렁한 눈으로 목을 빼고 저를 봤고요.

고개를 저으며 입 모양으로 말했어요, 괜찮아. 울지 마. 사랑해.

헨리가 귓불을 잡아당기고 섬뜩한 비명을 지르기 시작했어요.

뒤에서 엄마들이 헉 소리를 냈고, 세실리는 호들갑스럽게 손가락으로 귀를 틀어막는 시늉을 했어요. 참을 수가 없어 세실리를 째려보며 젖 먹던 힘을 다해 울고 있는 아들에게 달려갔죠.

(맘카페 엄마들은 말했어요. 걱정하지 말고 바깥 공기 쐰다고 데리고

나가요. 엄마 마음이죠!)

제가 말했어요, 잠깐 데리고 나갔다 올게요. 놀랍게도 제 말에 미스 제니는 고개만 끄덕였어요.

무슨 뜻일까요? 벌써 헨리에 대한 결정을 내렸다는 걸까요? 더는 볼 필요가 없다는 뜻?

헨리를 안고 복도를 서성이며 울음소리가 들리지 않게 아이 얼굴을 제 소매에 눌렀어요. 그랬는데도 다른 교실에서 교사 하나가 고개를 내밀고 조용하라더군요. 앞마당으로 나와 마리아가 있을까 고개를 빼고 찾았지만 마리아는 차에 돌아가 있었어요.

봐, 헨리. 저는 나뭇가지에 앉은 참새를 가리켰어요. 하지만 홍콩 참새 아니면 관심이 안 가나 봐요.

쎄쎄쎄, 쎄쎄쎄. 제가 손뼉 놀이를 하자고 손을 올렸어요.

헨리는 눈을 질끈 감고 더 크게 울었어요.

미스 제니 때문에 기분 상했어? 선생님도 진심은 아니었을 거야. 아니면 세실리 때문에 그래? 다시 들어가면 걔랑 안 놀아도 돼.

이건 뭐 달랠 수가 있어야죠.

제발, 아가. 우리 들어가자. 몇 분이면 돼.

헨리는 애처롭게 고개를 저었어요.

10분만, 약속.

바로 그때 기적이 일어났어요. 진짜 불도저가 길가를 따라 느릿느릿 움직이고 있었던 거예요.

봐, 아가. 이번에는 헨리도 고개를 번쩍 들고 손을 마구 흔들었어요. 천사가 분명한 불도저 기사님은 아이의 인사에 안전

모를 기울여 화답했고요. 저는 아들의 콧물과 옷깃에 묻은 침을 최대한 닦고 교실 안으로 떠밀었어요. 하지만 교실을 정리하고 간식을 나눠 먹는 차례도 지나 놀이 참관이 아예 끝났더라고요.

다음에 다시 올 수 있을까요? 다른 학부형들이 귀엽고 착한 아이들과 줄지어 나가는 동안 미스 제니에게 물었어요.

이런 대답이 돌아왔어요. 그건 불가능하겠네요.

저는 애원했어요, 수줍음이 많아서 그래요, 외아들이거든요, 다른 아이들과 어울리는 것도 점차 익숙해질 거예요.

오늘이 마지막이었어요. 다음 주에 결과가 나갈 겁니다.

실제 교실에 앉을 수 없을까요? 선생님 몇 분을 더 뵈면 어때요? 친해지면 정말 사랑스러운 아이예요. 제가 들어도 광기어린 목소리였어요.

분명 그럴 거예요, 헨리에게 맞는 학교를 찾으실 겁니다, 저희 학교가 아니라 다른 곳이라 해도요, 미스 제니가 다정하게 말할수록 제 기분은 우울해졌어요.

이곳뿐이에요, 이 학교가 마음에 든단 말이에요, 다른 선택은 없어요, 제가 말했어요.

미스 제니가 제게 웃어 보였지만 눈은 굳어 있었어요. 다 잘 될 거예요. 기다려보세요.

엄청난 굉음에 고개를 돌리니 헨리가 아래쪽 책장에 있는 책을 전부 밀어서 떨어뜨리고 만족해서 키득거리고 있어요.

세상에, 아가, 무슨 짓을 한 거야? 저는 무릎을 꿇고 앉아 책들을 책장에 다시 꽂기 시작했어요.

놔두세요, 미스 제니가 말했어요.

저는 그럴 수 없다고 했어요.

날카로운 대답이 돌아왔어요. 아니, 놔두시라고요. 순서를 잘못 꽂으셨잖아요. 이러면 제가 처음부터 다시 해야 해요. 말 끝에 한숨까지 쉬었어요.

저는 『모자 속 고양이』를 내려놓고 일어나 아들 손을 잡았어요. 헨리와 차로 걸어가니 마리아가 차에서 튀어나와 물었어요, 어땠어요? 잘했어요? 재미있었니, 미 아모르?

제가 고개를 젓자 마리아도 입을 다물고 더 이상 말을 꺼내지 않았어요.

물론 올리는 쉽게 입을 다물지 않았지만요.

주차장에서 차를 빼는데 올리 전화가 와서 스피커폰으로 받았어요.

무슨 소리야? 얼마나 엉망이었길래?

아침에 있었던 일을 전부 들려줬어요.

아기잖아. 가르치는 사람들이 아기가 어떻게 행동하는지 모르나?

끝난 일이야, 제가 말했어요.

그렇지만은 않아. 원래는 안 이런다고 설명했어? 다시 데리고 와도 되냐고 물은 거야?

저는 그랬다고 하면서 쏟아지는 질문에 일일이 대답했어요. 결국 올리가 한다는 말은 이거였어요. 아직 끝이 아냐. 난 자신 있어.

그렇게 자신 있으면 당신이 해결해. 백미러를 힐끗 보다 눈이 마주치자 마리아가 공손하게 시선을 피했어요.

잠깐만, 올리가 말했어요.

수화기 너머의 동료에게 중요할 법한 뭔가에 대해 퉁명스레 대꾸하는 소리가 들리더라고요.

올리는 끊어야겠다고 말했어요, 당신 친구 위니한테 연락해 봐, 유치원에서 애들 가르쳤다고 하지 않았어?

올리가 그 말을 기억한다니 놀랐어요. 위니보고 뭘 어떻게 하라고?

올리는 기가 막혀서 더 들어줄 수가 없다는 투로 말했어요, 나도 모르지, 에이바, 그러니까 당신이 전화해서 물어보라고.

위니는 단번에 전화를 받았어요.

전화가 늦어서 미안해, 제가 말했어요.

위니는 괜찮다고 했고요. 너 바쁜 거 아는데.

코끝이 찡했어요. 다른 사람의 다정한 말을 몇 주, 아니 몇 달 만에 처음 들어보는 기분이었거든요. 제가 말했어요, 그동안 너무 힘들었어.

저는 놀이 참관일에 있었던 일을 들려줬어요. 선생이 얼마나 편파적이었는지 설명하니 위니는 말했어요, 솔직히 말해서 사람들이 그 학교를 좋다고 하는 이유를 난 모르겠더라, 내가 봤을 때는 특별한 구석이 하나도 없어.

그 말만 들어도 기분이 풀리는 거 있죠.

위니가 말했어요, 이러는 게 어때, 내가 리치먼드 밍량 아카데미에 있는 플로렌스 린한테 연락해볼게.

저는 너무 늦었다고 했어요. 괜찮은 학교는 전부 1월에 접수가 끝났어. 이제 결과 발표만 남았단 말이야.

위니가 푸하하 웃음을 터뜨렸어요. 플로렌스는 내 친구야.

컬버시티에서 같이 일한 사이라 내가 추천하면 헨리를 받아줄 거야.

진심으로? 이렇게 쉽게? 올리가 벌써 프랑스어를 가르치고 있어 중국 국제학교는 아예 고려 대상이 아니었지만 밍량이라면 평판이 좋은 학교였어요.

그 학교는 헨리도 좋아할 거야, 위니가 말했어요.

정말로 가능할까? 위니에게서 그 친구 얘기를 들어본 적은 없었어요. 플로렌스라는 사람에게 대체 뭘 해줬기에 이런 부탁을 할 수 있는지 궁금했어요.

당연하지. 그래도 정 불안하면 기부금을 조금 내. 몇천이면 될 거야.

저는 망설였어요.

왜? 3,000~4,000달러면 충분해. 지금 쓰는 학비의 몇 퍼센트도 안 되잖아.

돈은 걱정이 되지 않았어요. 남편이 걱정이었죠. 벌써부터 남편의 잔소리가 들렸어요. ***우리 아들을 뇌물로 유치원에 보내진 않을 거야, 에이바. 멍청한 소리 하지 마.***

위챗 계좌에 얼마 남았는지 재빨리 계산을 해보니 답이 나오더라고요. 헨리가 곧 비싼 언어 치료사를 만나러 간다는 얘기를 할 필요가 없는 것처럼, 이 일도 올리에게 알릴 필요는 없는 거예요.

기꺼이 기부금을 내겠다고 하니 위니가 말했어요, 잘됐네, 당장 플로렌스에게 전화할게.

제가 말했어요, 고마워, 진심으로.

위니는 됐다는 듯 웃어넘겼어요, 친구 좋다는 게 뭐니?

주말이 되자 밍량 아카데미의 정식 입학 허가서가 우편으로 도착했어요. 남편은 ***내가 뭐랬어***라는 표정을 지었고 저는 위니의 거미줄에 더 깊이 걸려들고 말았어요. 위니가 잡으러 올 때까지 매번 얌전히 기다려야 하는 신세가 된 거죠.

9

헨리가 유치원에 입학한다는 기쁨은 몇 주밖에 가지 않았어요. 그 정도면 됐다는 듯 위니가 샌프란시스코에 도착했다며 문자를 보내왔거든요. ***웨스트필드몰 블루밍데일스에서 2시에 만나.*** 자세한 정보는 없고요.

폐쇄회로 TV 영상을 봤을 테니 걔가 얼마나 빨리 저를 작업에 투입했는지 알겠죠, 형사님. 일주일에 한 번은 일을 시켰어요. 반품을 습관으로 만들어 긴장을 풀게 하려는 목적이었죠. 위니는 제발 걱정 좀 그만하라고 했어요. 역할에 몰입할수록 잡힐 가능성은 줄어든다면서요.

계획이 얼마나 치밀한지 솔직히 변호사로서 인정하지 않을 수 없었어요. 아무리 예리한 구매자도 소매업체의 평판이 좋으면 가방의 진위를 의심하지 않죠. 그만큼 연상의 힘은 대단하고, 확증 편향 효과는 강력했어요.

위니가 저 혼자 출동할 준비가 되었다고 선언한 건 얼마 후의 일이에요. 영상을 보면 알겠지만 저는 매주 가게별로 다른 페르소나를 시험했어요. 지금은 망하고 없는 바니스에서는 점심시간을 틈타 찾아온 고위직 커리어우먼을 연기했어요. 색스에서의 모습도 저예요. 최근 들어 명품에 입문한 우유부단한 중간관리자요. 구찌에서는 변덕스러운 트로피 와이프, 루이비통에서는 버릇없는 상속녀였죠. 개인적으로 제일 좋아하는 노드스트롬에서는 실리에 밝은 전업주부로 행동했고요. 말하자면, 저 자신과 비슷하게요.

왜 노드스트롬을 좋아했냐고요? 이유를 짚어보면요, 우선 환불 정책이 지구상에서 제일 허술해요. 점원들은 친절하고 유능한데 괜한 질문을 하지 않는다는 점에서 최고였고요. 시내에 있다 보니 사람들로 붐벼서 누가 지켜보는 느낌을 받지 못했고, 그 말은 제 쪽에서 사람들을 자유롭게 지켜볼 수 있었다는 뜻이었어요.

저는 계산대 주변을 알짱거리며 입었던 옷, 신발, 심지어 속옷을 뻔뻔하게 환불해 가는 사람들을 지켜봤어요. 가격표도, 영수증도 없이요. 그저 본인들의 수상쩍은 주장뿐이었어요. 이 사람들을 보니 내가 상대적으로 낫다는 생각이 들더라고요. 어쨌거나 제가 반품한 가짜 롱샴 르플리아주(L 사이즈, 레몬색)는 어려움 없이 다시 팔 수 있잖아요. 노드스트롬은 저 때문에 단 1센트도 손해를 보지 않았어요.

한번은 백인 중년 여자가 쇼핑백에서 낡아빠진 하이킹 부츠를 꺼내는 장면도 목격했어요. 신발이 어찌나 너덜너덜하던지, 그 여자도 이야기를 지어내봤자 소용이 없다고 생각했나 봐요. 1년 전에 샀다고 순순히 말하더군요. 최근에 처방약을 바꾸는 바람에 10킬로그램 가까이 쪘는데 발이 부어서 이제 그 빌어먹을 신발만 신으면 물집이 생긴다고 했어요.

남자 직원은 미소를 유지하며 부츠 한 짝을 신중하게 살펴보고 말했어요, 와, 이런, 이 제품은 저희 매장에서 빠진 지 꽤 됐는데요.

여자는 어깨를 으쓱했어요. 알았어요, 그럼 어떻게 해줄 거예요?

당연한 권리를 요구하는 듯한 태도에 어이가 없었어요. 미안한 표정을 지으면 누가 죽이기라도 한대요?

직원은 이렇게 말했어요, 다른 하이킹 부츠를 고르시면 어떨까요? 바로 교환 처리를 해드릴게요. 이렇게도 덧붙였어요, 저희 매장에 마음에 드는 상품이 없으면 온라인으로 주문해 댁까지 배송해드릴 수도 있고요.

감사하다고 무릎을 꿇기는커녕 여자는 말했어요, 하이킹 부츠는 필요 없어요, 나는 튼튼한 샌들이 필요해요, 그거로 가져가도 돼요?

직원의 미간에 주름이 잡혔어요. 저는 슬그머니 다가가 진열장에 매달린 고무 스트랩 샌들을 구경하는 척했죠. 역사가 이루어지는 순간일까? 노드스트롬의 환불 정책이 드디어 적수를 만났나?

직원은 매니저를 불렀어요. 둘이 몇 분 의논하더니 뭐라고 했게요? 다행입니다! 가능할 것 같아요!

위니에게 그 이야기를 전했더니 위니도 겨드랑이에 구멍이 나고 변색된 체크 셔츠를 반품하러 온 사람을 본 적 있다고 하더라고요.

이유를 말했어?

응, 구멍이 나서 반품한대.

위니는 미국에 와서 놀랐던 점 하나가 기이할 정도로 관대한 환불 정책이라고 말했어요. 1인분의 양, 4방향 정지 체계(교차로에서 모든 차량이 정차 후 도착한 순서대로 통과하는 교통 시스템-옮긴이), 폐수만큼이나요. 위니는 말했어요, 100퍼센트 소비자 만족, 그게 미국 스타일이야.

그러니까 제 말은, 우리가 하는 일이 착하고 무해한 범죄라는 위니의 설득에 제가 넘어갔다는 거예요. 관련된 모든 사람이 행복해졌잖아요. 온라인 구매자는 우리 이베이 스토어에서 간절히 원하던 명품백을 합리적인 가격에 구매했고, 매장 직원은 가품인지 모르고 가방을 팔아 짭짤한 수수료를 챙겼어요. 그 가품을 산 소비자도 만족했을 거고요(아니면 간단하게 환불하면 되죠). 이 상황에 연루된 가방들 가운데 딱 하나만이 진짜라고 한들 그게 무슨 상관일까요?

이렇게 말도 안 되는 '내가 옳다고 하면 옳은 거야'라는 논리로 무장한 위니는 제게 더 중요한 책임을 떠넘겼어요. 우리 집 문 앞에 물건이 도착해서 기겁한 적도 있죠. 마리아가 실수로 상자를 열어보면 어쩌려고 그랬는지. 그때도 위니는 사우스샌프란시스코의 평범한 오피스촌에 창고를 하나 빌리라고 했어요. 반품 업무를 너무 많이 맡긴다고 투덜댔을 때는 쇼퍼를 더 많이 고용해 가르치게 만들었고요. 정신을 차리고 보니 저는 혼자서 인사 업무를 총괄하는, 위니의 오른팔이 되어 있었어요. 변호사로 일하는 내내 불행했던 제가 이 일에 제격이라는 사실을 위니는 잘 알았어요. 사회에 나온 이후 처음으로 저는 전 과정을 처음부터 끝까지 관리했고, 노동의 결실을 눈으로 확인했어요. 수년 동안 서류 작업을 위한 서류 작업만 해왔던 제게는 가히 획기적인 변화였죠.

이 무렵 저희의 연 수입은 200만 달러에 이르렀고 위니는 첫 계약 조건대로 그중 15퍼센트를 막 회장에게 떼어줬어요.

저도 월급을 꽤 많이 받았어요. 절반의 근무 시간으로 로펌에 다닐 때 못지않게 돈을 벌었으니까요. 그중 일부는 마리아에게 초과 수당으로 기분 좋게 썼죠.

아니요, 마리아는 우리 일이 뭔지 짐작도 못 했을 거예요. 확신해요. 친구 위니를 돕는다는 얘기밖에 안 했는데요. 계약서를 검토하거나 관세나 세금 관련해서 조언하는 것처럼 지루한 일들을 한다고요. 마리아 진술을 들었으니 형사님도 아시겠죠? 제 차 트렁크를 열었다가 안에 가득 찬 핸드백을 한두 번 보기는 했어요. 그런데 자선 모금 행사를 위한 상품이라고 둘러댔단 말이에요. 네, 당연히 지금도 가족이라고 생각하죠. 왜요, 형사님 가족은 서로의 시시콜콜한 사생활을 다 아나요?

따지려는 건 아니었어요. 마리아와 그렇게 멀어지면 안 됐다는 후회가 아직 남아 있나 보죠. 제가 계속 거짓말을 하는 바람에 주변 친구들과 갈등을 빚었다는 것 자체가 후회스러워요. 마리아와 제가 나눈 우정은 진짜였어요. 부유한 신자유주의자들이 가정부와 끈끈하게 지내는 척하는 것과는 차원이 달랐죠. 저는 우리 관계를 진심으로 소중하게 여겼어요. 헨리가 낮잠을 자는 동안 둘이 레몬 쿠키를 곁들여 차를 마셨고 마리아는 언니가 자꾸만 들이미는 남자들, 정치적으로 보수적인 아버지에 대해 한탄했어요. 저도 속마음을 털어놨고요. 변호사로 살기 싫다고 처음 고백한 사람도 마리아였는걸요. 남편에게 말하기 몇 달 전에요.

우리가 이렇게 된 건 제 탓이에요. 4월의 어느 날이었어요. 위니를 돕기 시작한 지 석 달쯤 됐나, 사우스샌프란시스코에서 돌아오다 고속도로에 발이 묶였어요. 대형 트럭이 전복될

정도로 추돌 사고가 크게 일어나서요. 차가 꼬리에 꼬리를 물어 30분 동안 말 그대로 요만큼도 움직이지 못했어요. 이렇게 옴짝달싹 못 하는 와중에 올리가 일찍 퇴근해 집에 가고 있다는 문자를 보낸 거예요. 이러다가는 올리가 먼저 도착해 헨리와 있는 마리아를 볼 게 뻔했어요.

제가 이 일에 얼마나 많은 시간을 투자하는지는 올리도 몰랐어요. 올리에게도 마리아에게 했던 말을 그대로 들려줬어요. 진로를 모색하는 동안 몸을 바쁘게 움직일 겸 위니를 돕고 있다고요. 당연히 돈을 받으면서요. 매월 우리 공동 계좌에 5,000달러가 이체되도록 설정했어요. 캐묻지는 않더라고요. 제가 일을 시작하면서 팰로앨토 집에 대한 불만이 쏙 들어갔으니 그럴 만도 하죠.

저는 차가 막힌다고, 마리아가 늦게까지 남아 있으니 걱정하지 말라고 답장을 보냈어요. 어딜 다녀오는 거냐는 질문에는 예전 직장 동료와 멘로파크에서 커피를 마셨다고 거짓말했고요.

그러고 나서는 마리아에게 전화해 올리가 오면 퇴근하라고 했어요. 다음 말이 선뜻 나오지 않아 뜸을 들였죠.

그리고요? 마리아가 물었어요.

아, 그래. 사우스샌프란시스코 얘기는 빼줄 수 있을까? 어디 갔는지 모른다고 해줘.

이번에는 마리아가 조용해졌어요. 그러더니 마지막 음절을 길게 끌면서 말했어요, 알았어요.

왜?

마리아가 머뭇거렸어요. 외출할 때 항상 목적지와 도착 시간을 말씀하시잖아요.

듣고 보니 그랬어요. 알았어, 그럼 친구와 커피 마시러 멘로 파크로 갔다고 말해줄래?

그럴게요.

왠지 해명을 해야 할 것 같더라고요. 그래서 이렇게 말했어요, 내가 파트타임으로 일하는 건 아는데 보수를 제대로 못 받는다고 생각하거든, 얼마나 오래 일하는지 모르게 하고 싶어.

네, 알았어요. 원래 마리아는 질문하는 법이 없었어요.

그쯤에서 멈췄어야 하는데. 하지만 저는 마리아에게 거짓말을 시켰다는 죄책감을 떨치지 못하고 어리석게도 다음 날 아침 마리아 가방에 50달러 지폐가 든 봉투를 넣고 말았어요. 그러고 나니 기분은 좋더라고요.

이게 뭐예요? 얼마 있다가 마리아가 종이부채처럼 봉투를 흔들며 물었어요. 진심으로 혼란스러운 표정을 하고요.

그냥…… 올리에게 말해줘서 고맙다고. 왜 있잖아, 내가 어디 다녀왔는지.

마리아의 얼굴이 어두워졌어요. 그런 일로 돈 안 주셔도 되는데요.

재빨리 말했어요, 알아, 다 고마워서 그래, 몇 주 동안 늦게까지 헨리 보면서 정말 많이 도와줬으니까.

초과 근무 수당 받았잖아요. 마리아가 우리 사이의 아일랜드 식탁에 봉투를 내려놨어요.

저는 봉투를 다시 마리아 쪽으로 밀면서 말했어요, 작은 성의 표시야.

마리아는 한쪽 눈썹을 세우더니 중얼거렸어요, 알았어요,

고마워요.

그날 이후로 마리아는 제게 거리를 뒀어요. 평소와 같은 시간에 차와 쿠키를 내와도 시간 있을 때 빨래를 돌려야겠다며 거절했고요. 우리는 그저 형식적으로 헨리에 대해서만 이야기하기 시작했어요. 밥은 몇 시에 먹었나? 똥은 언제 쌌나? 얼마나 오래 울었나?

마리아가 우리 가족을 불만스럽게 생각하면 어쩌지 하는 마음에 저는 여유 자금을 다 털어 봉급 인상으로 선수를 쳤어요. 이번에도 마리아는 의심스럽게 받아들였고요. 아마 그 후로 우리 사이가 더 멀어졌던 것 같아요.

형사님, 누누이 말했지만 저는 주변 사람들이 제 일을 짐작조차 하지 못하도록 혼신의 노력을 기울였어요. 올리와 마리아만이 아니라 친구 칼라와 조앤에게도요. 셋이 모처럼 스케줄이 맞아 같이 저녁 식사를 하게 된 날에는 친구들이 물어볼까 봐 새 로즈골드 롤렉스 시계를 풀고 나갔을 정도라니까요.

조앤이 둘째를 낳고 칼라도 진지하게 사귀는 남자 친구가 생기면서 얼굴 보기가 어려워졌어요. 둘은 바나나 리퍼블릭 임원에, 산부인과 의사라 정신없이 바쁘기도 하고요. 위니가 다시 나타났을 무렵 셋이서 그 애를 씹는 문자를 열심히 주고받긴 했지만 위니와 친구가 됐다는 말은 하지 않았어요. 위니가 제 상사라는 말은 더더욱 할 수 없었죠.

약속 장소인 칵테일 바에는 제가 먼저 도착했어요. 조앤과 칼라는 몇 분 후 팔짱을 끼고 같이 나타났고요. 자리에 앉자마자 속사포처럼 질문이 날아왔어요. 위니 얼굴 얼마나 달라졌어? 샌프란시스코에 얼마나 자주 와? 대체 왜 개랑 자주 만나는 거야?

다행히 웨이터가 각각 다르게 생긴 빈티지 잔을 들고 오는 바람에 마지막 질문은 대답할 겨를이 없었어요. 친구들은 질문을 멈추고 거품 없은 칵테일을 맛있게 홀짝였죠. 그때 조앤이 제 자수정 색 켈리백을 알아봤어요. 친구들이 좋아할 것 같아서 외출 직전에 들고 나왔거든요.

내가 생각하는 그거 맞아? 조앤이 가방에 손을 뻗으며 물었어요.

저는 얼른 대답했어요, 짝퉁이지, 홍콩에서 샀어.

명품에 관심 없는 칼라가 말했어요, 보라색이라니! 너답지 않게 이게 무슨 일이니, 네 평생 검은색 아닌 가방을 든 적이나 있어?

괜찮은 가품이라고 평가하던 조앤이 테이블 밑으로 제 얼룩말 무늬 플랫슈즈를 발견했어요. 조앤이 칼라를 돌아봤어요. 몇 달 못 본 사이에 완전히 다른 사람이 됐네? 내가 얘한테 색깔 있는 옷 좀 시도해보라고 한 게 언제부터지?

오래됐지, 족히 몇십 년은 됐지, 칼라가 말했어요.

친구들은 위니의 진짜 직업을 알아냈느냐고 물었어요.

조앤은 이렇게 말했어요, 굉장히 구린 일일 거야, 수출입, 위생 이런 쪽으로.

친구들이 웃음을 터뜨려 저도 따라 웃었죠.

제가 말했어요, 믿기 힘들겠지만 사실이더라, 미국 가죽 제품 회사를 중국 공장과 연결해주는 일이야, 예상대로 지루해, 내가 잘못 판단했지, 시간이 남아서 계약서를 검토해주고 있거든.

진짜? 언제부터? 칼라가 물었어요.

그거 괜찮겠니? 이건 조앤의 의견이었고요.

저는 확실하게 사전 조사를 했다고 말했어요, 우리 중에 나 말고 변호사 또 있어?

친구들이 눈빛을 주고받는 것을 보니 알겠더라고요. 그동안 나만 빼고 둘이 문자 주고받고 점심 같이 먹었구나.

헨리 유치원 문제가 어떻게 되었냐고 물었을 때는 이렇게만 대답했어요, 잘됐어! 최종 결정만 내리면 돼! 그 얘기는 하지 말자, 유치원에 시간을 너무 많이 낭비했단 말이야.

우리를 거부한 학교 중 한 곳에 두 아이를 보내는 조앤이 이해한다는 듯 고개를 끄덕였어요. 나중에는 디비사데로 유치원으로 보내려다 생각을 바꿔 막판에 밍량에 지원했다는 허무맹랑한 이야기를 지어냈어요. 위니는 처음부터 이럴 줄 알았던 거예요. 자기 밑에서 일하도록 나를 설득만 하면 다른 건 전부 저절로 굴러들어 온다는 사실을 내다봤던 거예요. 강제로 비밀을 지키려다 보면 친구나 가족과 멀어질 테고, 어느 날 주위를 둘러보면 의지할 사람이 위니밖에 남아 있지 않겠죠.

세상에, 깜박하고 말 안 했다, 조앤이 말했어요.

세상에, 왜 처음부터 그 얘기를 안 했지? 칼라도 맞장구를 쳤어요.

조앤이 흥분해서 얼굴을 붉혔어요. 컨퍼런스에서 우리 동기인 헬레나 손택을 우연히 만나 헬레나가 버지니아대 경영대학원에서 가끔 강의를 한다는 말을 들었대요.

그래서? 제가 물었어요. 짜증이 오븐에 들어간 반죽처럼 부풀어 올랐어요.

칼라는 중요한 정보가 분명하다고 장담했어요. 몇 년 전, 헬레나가 마케팅 수업을 하는데 위니가 들어와서 청강을 요청했다는 거예요.

저는 위니가 이모를 간병하는 동안 샬러츠빌에 몇 년 살았으니 그럴 수도 있겠다고 했어요.

맞아, 문제는 이모가 돌아가신 후에도 위니가 그곳에 살았다는 거야, 조앤이 말했어요. 얼마나 흥분했는지 이제는 홍조가 목까지 번져서 말이죠. 그러더니 극적인 효과를 주기 위해 잠시 끊었다가 말을 이었어요, 왜냐하면 죽은 이모의 남편과 불륜 관계였거든.

그렇게 영주권을 얻은 거야, 자기 이모부와 결혼해서, 칼라가 비명을 지르듯 큰 소리로 말하는 바람에 주변 테이블이 우리 쪽을 쳐다봤어요.

입을 떡 벌린 옆 테이블 여자들에게 조앤이 해명했어요, 피가 섞인 건 아니잖아요.

충격을 받았지만 참았어요. 친구들 뜻대로 움직이고 싶지 않았거든요. 오래전 위니 이모와 우리 기숙사 문 앞에 나타났던 남자를 떠올려봤어요. 이모 모습은 금방 생각이 났어요. 계절과 어울리지 않게 더운 날씨였는데 재킷을 입고 스카프를 두르고 있었거든요. 햇빛을 피하려고 어마어마한 밀짚모자도 썼고요. 하지만 남편은 별 특징이 없었어요. 크지도 작지도 않은, 뚱뚱하지도 마르지도 않은 평범한 백인 남자였어요. 후키 스시에서 저녁을 먹으며 무슨 말을 했더라? 회를 못 먹었던 기억이 나요. 특이하지만 당시 기준으로 말 안 되는 소리는 아니었죠.

진짜 징그럽지 않니? 조앤이 말했어요.

걔 본성을 알 수 있지, 원하는 걸 얻기 위해서는 무슨 짓이든 하는 애인 거야, 칼라도 한마디 했어요.

지저분한 뉘앙스를 담아 소문을 전하고, 의미심장한 눈빛을 주고받고, 자기들끼리 합심하고…… 전부 다 거슬렸어요. 아마 이런 말을 했던 것 같아요, 너희가 미국 시민권의 가치를 이해 못 해서 그런가 보지, 우리는 그걸 너무 당연하다고 생각하는 거 아닐까.

에이바, 자기 이모 남편과 결혼했다니까, 우디 앨런과 순이 같은 짓이라고, 조앤이 말했어요.

너무 가까워지지 마, 걔가 무슨 짓을 할지 누가 아니, 칼라가 말했어요.

저는 위니의 사업에 관여하지 않는다고, 꼼짝 못 할 상황이 전혀 아니라고 장담했어요. 그러고 나서 화제는 다가오는 대학 15주년 동문회로 금방 넘어갔고요. 5개월이나 남았는데 벌써부터 일주일 간격으로 메일이 오고 있었어요. 참석 여부를 밝히고 호텔을 예약하고 슬라이드쇼에 필요한 사진을 내라는 거죠.

15주년이 뭐라고 이 난리인지 모르겠다, 제가 말했어요.

나는 10주년에 빠져서 꼭 갈 거야, 조앤이 말했어요.

칼라는 이렇게 말했고요, 너희 둘이 가면 나도 갈래.

두 친구의 눈빛을 받고 저는 확실한 대답 없이 어깨만 으쓱했어요.

위니도 올까? 조앤이 물었어요.

올 수는 있겠어? 칼라가 물었죠.

저는 올 이유가 없다고 했어요. 연락하는 사람이 있는 것도 아니니까요.

너 있잖아, 칼라가 말했어요.

조앤은 남은 거품으로 점을 치려는 것처럼 칵테일 잔 바닥을 들여다봤어요. 진짜 이상해. 갑자기 나타난 것도 그렇고, 너를 찾아냈다는 방법도 수상하단 말이지.

칼라도 거들었어요. 올리가 이식 전문이라는 건 대체 어떻게 알았대? SNS도 안 하고, 20년 가까이 둘이 대화한 적도 없잖아.

동문 메일 리스트, 저는 이렇게 말하려다 깨달았어요. 위니가 그 리스트를 볼 수 있을 리 없잖아요. 애초에 졸업을 하지 않았는데요.

하지만 조앤과 칼라는 이미 다른 이야기로 넘어갔어요.

이모부 겸 남편에 대해 물어보고 알려줘, 조앤이 말했어요. 그사이, 칼라는 술을 한 잔씩 더 가져오라고 웨이터에게 손짓했고요.

주문을 취소하고 싶은 마음이 간절했어요. 그냥 자리를 박차고 나오고 싶더라고요. 이 여자들과는 단 1분도 같이 있고 싶지 않았어요. 가장 오래되고 절친한 내 친구들인데 말이에요.

그러니까 형사님, 제가 그 정도로 깊이 빠져 있었던 거예요. 위니가 버트런드 루이스와 결혼했다는 사실이 역겹기보다는 친구들이 불편했어요. 친구들은 지극히 자연스러운 반응을 보였을 뿐인데 말이에요. 솔직히 말하면, 머리가 병적으로 엉망이 된 저는 언젠가 이런 말을 했던 위니가 존경스럽기까지 했어요. 안티들은 꺼지라 그래. 나는 내 갈 길을 간다. 그렇게 뻔뻔하고 대담하고 용감한 기분은…… 뭐랄까, 중독적이었어요.

10

위니가 처음 연락한 날로부터 6개월이 지난 그해 6월, 막 회장이 팰로앨토에 도착했어요. 올리가 속한 스탠퍼드 이식팀과 면담을 하고 검사를 받기 위해서였죠. 위니는 통역 겸 정신적 지주 역할로 따라왔고요.

공항에서 본 막 회장의 모습은 충격이었대요. 얼굴 살이 다 빠지고 쪼그라든 몸에 양복 재킷이 벙벙하게 늘어져서요. 이제는 사무실로 출근하지도 않고, 줄거리가 복잡해서 따라잡을 수조차 없는 한국 드라마만 종일 보는 것 같더래요. 자기 대신 공장 일을 맡은 딸에 대해 불평할 기운도 없었어요. 애지중지 키운 외동딸은 예쁘고 세상에서 제일 좋다는 학교만 골라 다녔지만 어쩐지 상식이 부족하다는 것이 막 회장 생각이었거든요.

검사 결과를 받은 올리는 앞으로 몇 주간 이식 위원회에서 사례를 논의한 후 결과를 통지하겠다고 막 회장에게 말했어요. 외국인을 환자로 받아들이기가 힘든 현실도 강조했죠. 막 회장은 점잖게 고개를 끄덕이고 말했어요(위니의 통역으로요), 그럼에도 시간 내서 제 상황을 검토해주시다니 감사합니다, 선생님들의 노고를 위로하는 의미로 병원에 50만 달러를 기부하고자 합니다.

형사님도 아시겠지만 미국은 이식 관련 규정이 엄격하고 간

이식을 기다리는 환자도 굉장히 많잖아요. 그래서 막 회장 사연을 처음 들었을 때도 위니에게 그냥 중국에 있는 편이 낫지 않겠냐고 말한 거고요. 중국에는 처형당한 정치범의 간이 널렸다는 소문을 올리한테 들었거든요. 하지만 위니는 중국의 다른 부자들처럼 막 회장도 수준 이하인 자기 나라 의료 시스템에 몸을 맡기지 않을 거라고 했어요. 막 회장은 최고의 실력자를 원한대요.

그래도 저는 올리를 통해 알게 된 사실들을 들려줬어요. 전국적으로 이식할 장기의 수가 부족한 상태고 대선 이후로 외국인이 이식 수술을 받는 건 사실상 금지되었다고요. 그때 위니의 입가에 걸려 있던 건 비웃음이었어요. 누구나 알다시피 언제나 규칙을 우회할 방법은 있어, 위니는 말했어요. 저도 UCLA 메디컬 센터에서 일어났던 일이 떠오르기는 했어요. 싱싱한 간을 차지하겠다고 야쿠자 두목 네 명이 제트기를 타고 도쿄에서 날아오고 외과 과장이 직접 수술을 집도했던 사건 있잖아요. 네,《LA 타임스》가 대대적인 폭로 기사를 실어 이 외국 폭력배들이 어떻게 새치기를 했는지 의문을 제기했죠. 하지만 그래서 어떻게 됐나요? 과장은 자기 자리를 지켰고, 야쿠자는 간을 지켰잖아요.

위니가 팔을 걷어붙이고 막 회장을 도우려 해서 놀랐냐고요? 놀랐다고 할 수는 없어요, 형사님. 어쨌든 막 회장이 위니에게 제일 가족 같은 사람 아닌가요? 부모님하고는 거의 절연했고, 버지니아 이모는 세상을 떠났으니까요.

부모님과의 불화 때문에 위니가 범죄자의 길로 들어섰다고 생각하냐고요? 네, 그런 것 같아요. 원래 부모에게도 어느 정도 책임이 있지 않나요? 제가 알기로 위니와 부모님 사이가 소원해지까지, 15년 동안 결정적으로 두 번의 계기가 있었어요. 첫 번째는 스탠퍼드를 그만뒀을 때였죠. 부모님에게 진실을 말하자니 위험 부담이 너무 컸어요. 그 중국 학생들이 징역형을 피하려고 비싼 변호사를 선임하고 있었거든요. 하지만 갑자기 학교를 그만둔 이유를 어떻게 설명할 수 있을까요? 위니는 문제를 모든 각도에서 뜯어본 후 퇴학을 당했다고 말할 수밖에 없다는 결론을 내렸어요.

탑승 전 샌프란시스코 공항에서 부모님에게 공중전화로 전화를 했어요. 그 말을 하기가 얼마나 괴로웠는지 나중에 얘기하더라고요. 특히 맥주잔에 플라스틱 공을 던지고 놀면서 B 학점을 받고 있을 동기들을 상상하는 게 고문 같았대요. 사실이에요. 명문이라는 우리 학교에서도 학점 인플레이션은 장난이 아니었어요. 진심으로 낙제하려고 노력하지 않는 이상 성적 미달로 퇴학당하기는 불가능했을 거예요. 다행히 중국에 있는 대학들과 달리 스탠퍼드는 부모에게 성적표를 보내지 않죠. 그래서 위니 부모님은 A가 줄줄이 찍힌 딸 성적표를 볼 기회가 없었어요. 네, 작문과 수사학에서도요(도서관에 있는 작문 튜터 중에 위니 이름을 모르는 사람은 없었어요).

열일곱 시간 만에 비행기에서 내린 위니는 한참 기다려 버스에 올라 뜨겁고 먼지 풀풀 날리는 길을 달려 집까지 도착했어요. 낑낑대며 캐리어를 끌고 계단을 올라갔을 때, 아버지는 방에서 나오려 하지도 않더래요. 어머니는 그릇 몇 개를 밥상보로 덮어놓은 식탁을 손가락으로 가리켰고요. 위니가 허겁지겁 먹는 모습을 물끄러미 보고 있던 어머니가 말했어요, 왜 다시 왔는지 아무한테도 얘기하지 마, 그냥 등록금을 못 냈다고 해. 그러고는 일어나 남편이 있는 안방으로 들어갔어요.

위니는 너무 배가 고파서 걸쭉한 갈색 소스를 뿌린 두부, 질척한 겨잣잎, 식어서 딱딱해진 쌀밥을 다 해치웠어요. 벽 너머에서 텔레비전 음량이 커졌다 작아졌다 하는 소리, 어머니가 키득키득 웃는 소리, 아버지가 투덜거리는 소리가 들렸어요. 석 달 만에 온 딸인데 얼굴조차 보지 않으려 했던 거예요.

위니는 정식 모집 기간이 아니지만 샤먼 대학교에 지원했고, 학교는 예외적으로 위니를 받아줬어요. 우수한 고등학교 성적 덕분이었죠. 애초에 유학이 가능한 국가 장학금을 받은 학생이니까요. 어쩌면 위니를 불쌍하게 여겼을지도 몰라요.

네가 스탠퍼드를 그만둔 애로구나, 거긴 어땠어? 교수들이고, 학생들이고 다 말을 걸었대요.

위니는 기분에 따라 대답을 했다고 해요. 통통하고 의욕 넘치는 실험 파트너에게는 천국이었다고 말했어요, 캠퍼스가 얼마나 예쁜지 자전거를 타고 할리우드 영화를 체험하는 기분이었어.

홀쭉하고 신경질적인 경제학 조교에게는 이렇게 말했고요, 솔직히 별로였어요, 시간을 돌릴 수 있다면 옥스브리지에 지원할 거예요, 그쪽이 학문에 더 집중하잖아요, 학비도 싸고요.

그리고 자리가 나자마자 기숙사로 들어갔어요. 하도 집에 안 가서 위니가 그 지역 사람이라는 사실을 알면 다들 놀랐다고 해요.

위니가 부모님과 틀어진 두 번째이자 마지막 계기는 몇 년이 더 흐르고 버트런드 루이스와 이혼한 거예요. 영주권 때문에 버트런드와 결혼했다고 부모님이 펄펄 뛴 거야 당연하죠. 그런데 이혼했다고 했더니 또 펄펄 뛴 거예요. 위니는 부모님을 이해할 수 없었어요.

그날 칵테일 바에서 칼라와 조앤을 만나고 나서 저도 위니에게 버트런드에 관해 물어봤어요. 위니는 죽은 아내의 조카와 결혼하는 남자에 대한 선입견을 지우라고 하더라고요. 버트는 오직 이모만을 사랑했다고 했어요. 솔직히 말하면 아내를 잃고 너무 괴로운 마음에 위니의 청혼을 받아들였다고 생각한대요.

시청에서 결혼식을 올리고 돌아온 오후, 버트는 수줍어하며 싸구려 샴페인을 땄어요. 위니는 거북함을 느꼈어요. 이 말도 안 되는 상황을 정리해야 했지만, 좋은 재킷까지 갖춰 입고 기대하는데 어쩌겠어요. 위니도 자리에 앉았고 둘은 와인 한 병을 다 비웠어요. 요리할 기분이 아니라 저녁은 감자칩을 랜치 드레싱에 찍어 흡입했고요. 두 사람은 느지막이 테이블에서 일어났어요. 눈꺼풀이 천근만근이었고 위니는 그저 따뜻한 가슴을 베고 눕고 싶었어요. 바보처럼 버트에게 이끌려 안방으로 들어갔죠. 전에는 그 방에 들어가본 적이 없었어요. 세탁한 옷은 언제나 텔레비전 앞 안락의자에 깔끔하게 개어놨죠. 그런데 버트는 그 옷을 가져다 서랍에 넣지도 않았더래요. 킹사이즈 침대 한쪽에 아무렇게나 쌓여 있는 옷가지를 보자 위니는 짜증이 솟구쳤어요. 이럴 거면 뭐 하러 시간 아깝게 속옷 한 장, 한 장 갠 거지? 버트가 세탁물을 카펫으로 밀쳐놓고 씩 웃었을 때는 더 짜증이 났어요. 하지만 그렇게 기뻐하는 걸 보고 있으니 소년 시절의 모습이 얼핏 드러났대요. 그래서 위니는 청바지를 벗고 후다닥 이불 안으로 들어갔어요. 적어도 그 안은 따뜻하고 편안했어요.

그러다 한밤이 되어 서재에 있는 접이식 의자로 돌아왔고요. 이 부분에서 위니는 급하게 해명했어요. 자신의 감정을 털어놓은 후로는 버트가 절대 잠자리를 요구하지 않았다고요. 버트는 영주권이 나올 때까지 3년 동안 위니가 살 공간을 마련해줬어요. 그사이 위니는 버지니아대 경영대학원 수업을 청강하고, 세금 신고를 하지 않는 일이라면 닥치는 대로 했어요. 베이비시터로 일했던 집 부모가 아직 아기인 딸에게 중국어로만 대화하라고 요청한 후로는 중국어 과외 교사로도 나섰고요. 형사님도 예상했겠지만, 버트의 깔끔한 지하실은 1년도 되지 않아 도시 전문직들을 위한 방과 후 중국어 강좌 교실로 탈바꿈했어요. 경영인, 의사, 변호사, 학자, 이런 사람들이 두 살에서 열여덟 살 사이의 자녀들을 위니에게 보낸 거예요.

하지만 위니는 바쁘게 일하면서도 버트와 한 계약을 성실하게 지켰어요. 화장실을 청소하고, 장을 보고, 맛있고 영양가 있는 음식을 만들었죠. 영주권이 나온 날, 버트는 축하하자며 이탈리아 레스토랑으로 위니를 데려갔어요.

조각 티라미수를 나눠 먹던 중에 버트가 촉촉해진 눈으로 말했대요, 그동안 함께여서 즐거웠어, 네가 없으면 많이 외로울 거야.

이후 아파트를 구해 따로 나와 살면서도 위니는 과외 사업을 위해 버트의 지하실을 계속 빌려 썼어요. 대선만 아니었으면 샬러츠빌에 더 오래 있었을지도 모르죠. 선거 결과가 실망스럽기도 했지만 위니는 기초 중국어를 가르치는 일에도 질렸고 남부 특유의 위협적으로 느껴질 정도로 상냥한 태도도 불쾌해지기 시작했대요. 그래서 8년 만에 부모님을 뵈러 중국으로 긴 휴가를 떠나기로 한 거예요. 완전히 돌아가 살면 어떨까 시험해보고도 싶었고요.

하지만 고향 집 아파트 입구에서 깜박이는 천장 불빛과 벗겨진 페인트를 보자마자 잘못된 판단이었다는 사실을 깨달았죠. 위니는 비좁은 공간에서 다섯 주를 보내며 부모님과 욕실 하나를 같이 써야 했어요. 간혹 셋이 밥을 같이 먹을 때도 침묵만 흘렀고요. 사촌, 사촌 친구들과 어울려 떠난 광저우 여행에서 막 회장을 만났을 무렵, 위니는 깊은 권태감에 빠져 있었어요. 매일 아침 눈을 뜨고 싶지 않았대요. 다른 사람 입에서 흥미로운 말을 들은 게 언제인지 까마득했어요.

그날 호텔 방에서 위니는 막 회장 품에 안겨 그의 말을 귀담아들으며 공장이 더 성장할 수 있는지, 글로벌 브랜드들과 일하기가 힘들지는 않은지 밤늦도록 질문을 했어요.

막 회장은 말했어요, 너같이 똑똑한 사람은 샤먼에 처박혀 있기 아까워, 베이징이나 상하이로 가렴, 내가 아는 사람들과 연결해줄 수 있어.

문제는 위니가 그 도시들을 싫어했다는 거예요. 스모그가 너무 짙어 몇 주나 태양을 못 보기 일쑤죠. 사람이 너무 많아 줄을 서느라 하루를 다 보내고요.

막 회장이 껄껄 웃자 위니가 베고 누운 가슴이 가볍게 들썩였어요. 막 회장은 말했어요, 이제 미국인 다 됐군, 그럼 왜 중국에서 시간을 낭비하지?

나중에 말하기를 자기에게는 그 말이 꼭 필요했대요. 몇 주

후 위니는 로스앤젤레스행 비행기 표를 사고 부모님에게 미국에 남기로 했다고 말했어요.

그제야 아버지가 밥그릇에서 눈을 떼고 위니를 똑바로 쳐다보더래요. 그게 최선이지, 아버지는 그 말을 남기고 방으로 들어갔어요. 다 먹은 그릇은 위니와 어머니가 치웠고요.

비행기에 오른 순간, 다시는 중국 집에 돌아가지 않으리란 걸 알았어요. 해방된 거죠. 자신만을 위해 살 자유, 원하는 대로 행동할 자유를 얻은 거죠. 형사님, 과장이 아니라 위니처럼 중국인 부모를 둔 외동딸이 그런 결정을 하는 경우는 정말 드물어요. 그러니 부모와의 갈등이 이후 행보에 영향을 미쳤냐고 묻는다면 저는 그렇다고 생각해요. 분명히 그랬어요.

하지만 위니가 중국을 떠난 과정을 아는 사람들도 이건 몰랐을 거예요. 몇 달도 되지 않아 위니가 고국으로 돌아와 가짜 핸드백을 사들이고 쉐라톤 둥관, 샹그릴라 선전, 메리어트 광저우를 제2의 고향으로 삼으리라고 누가 짐작이나 했을까요.

건강한 막 회장을 마지막으로 본 때는 미국 시민권을 신청한 직후였다고 했어요. 두 사람은 둥관에 있는 막 회장의 컨트리클럽에서 골프를 치고 클럽하우스에서 시원한 음료수를 마셨어요. 그 무렵부터는 사업 파트너로서 공공연히 같이 다녔대요. 아직 병이 진행되지 않은 시점이라 막 회장은 구릿빛 피부를 자랑했고 건강해 보였어요. 그래서 맥주를 들이켜고 또 한 잔 주문하는 모습을 보고도 말리지 않았죠. 다른 생각으로 바쁘기도 했고요. 위니는 시민권 신청이 받아들여질 경우 새 여권이 나올 때까지 미국을 떠나지 못하니 잠깐 샤먼에 가서 부모님을 뵙고 올까 고민하고 있었어요. 막 회장 생각은 어땠을까요?

언제나처럼 신중한 태도로 막 회장은 대답했어요, 네 의도에 따라 다르지.

위니는 다른 것보다도 부모님 앞에서 성공을 과시하고 싶었어요. 에이컨을 빵빵하게 튼 클럽하우스의 폭신한 의자, 빳빳한 테이블보, 차갑고 새콤한 레모네이드 때문이었을까요? 어쨌든 위니는 스탠퍼드에서 성적 미달로 퇴학당했다는 말을 믿은 부모님에게 갑자기 화가 났어요. 자기 딸을 그렇게 모르나? 내 능력을 몰랐던 건가? 왜 진상을 알아내려고 노력하지 않았지?

그러고는 자기가 한 짓을 고백했다면 부모님이 어떻게 반응했을지 상상해봤어요. 딱히 다른 반응을 보였을 것 같지는 않았어요. 분노, 경멸, 그리고 수치. 실제로 문제가 터졌을 때 부모님이 위니를 보호해줬을 것 같지도 않고요. 근사한 시상식에서 상을 받고, 《샤먼일보》에 기사가 실리고, 모교에서 성대한 송별회도 치러주고 그야말로 난리가 났는데 이제 와서 학교를 그만두고 부모 망신을 시키다니, 그건 용납할 수 없는 행위였거든요.

고등학교 3학년 때 국가 장학생으로 선발되고 스탠퍼드에 입학했다는 사실을 막 회장에게 고백한 것도 그때였어요. 그 전까지는 샤먼 대학을 과 수석으로 졸업했다는 것밖에 몰랐어요.

막 회장이 빈 유리잔을 내려놓았어요. 왜 안 갔어?

위니는 대답했죠, 갔어요, 한 학기 동안, 석 달도 못 다녔죠. 씁쓸한 웃음이 나오더래요.

그러면서 한 편의 대서사시 같은 사연을 들려주자 막 회장은 감정을 주체하지 못하고 손수건으로 눈물을 닦고 말했어요, 그때 널 알았어야 하는데, 학교에 남게 내가 설득할 수 있었을 거야.

위니는 수년 전, 지금과는 전혀 다른 시대의 일이라는 사실을 굳이 지적하지 않았어요. 당시에는 관련 학생들에게 조금의 관용도 베풀지 않았어요. 톈진 당 서기의 아들도 하버드에서 퇴학을 당했는걸요.

그다음으로 막 회장이 한 말을 위니는 잊지 못해요.

너는 절박한 어린애였어. 게다가 다른 학생들 못지않게 똑똑하고. 그런 점이 참작이 되어야지.

결국에는 샤먼 집에 가지 않았다고 해요. 그 대신 어머니 계좌에 어마어마한 액수의 돈을 보냈어요. 어머니는 돈을 받았지만 고맙다는 말도 하지 않았어요.

그래서요, 형사님, 전 이식 수술로 막 회장을 살리려는 위니의 굳은 결심에 놀라지 않았어요. 물론 반대 상황이 됐을 때도 놀라지 않았죠.

11

막 회장이 둥관으로 돌아가 올리와 위원회의 결정을 기다리며 침대에서 시름시름 앓고 있는 동안, 막 회장의 딸인 막 인터내셔널 전무가 임시 회장직을 맡게 되었어요. 맨디 막은 와튼스쿨 MBA 학위와 세련된 비대칭이 특징인 비비안 웨스트우드 정장, 아버지의 전폭적인 지지로 무장하고 새로운 아이디어를 꾸준히 도입했죠. 작업 과정의 유연성을 극대화하기 위해 생산라인을 소규모 팀으로 재편했고, 사기 진작을 위해 멋진 유니폼을 지급했어요. 하지만 맨디가 가장 크게 건드린 부분은 막 인터내셔널의 정식 공장들이 아니라 우리 모조품 사업이었어요.

우리는 위니의 초기 사업 구상에 따라 계속 수비하는 입장에서 명품 브랜드들을 따라잡는 식으로 일했어요. 부티크에 신상이 나오면 광저우로 달려가 그 가방을 확보할 수 있는 불법 공장을 찾았죠. 입수한 가방을 분해해 필요한 재료를 구하고 각 부품을 완벽하게 재현하도록 직원들을 훈련할 수 있는 공장 말이에요. 그러다 보니 시간이 많이 걸렸어요. 또 가품 공장들은 주기적으로 단속과 폐업 대상이 됐기 때문에 새로운 파트너를 계속 찾아다녀야 했죠.

맨디 막이 전화로 위니에게 제시한 해결책은 단순한 만큼 위험했어요. 어차피 막 인터내셔널의 정식 공장에서 대형 브랜드 핸드백들을 찍어내고 있는데 합법인 사업과 덜 합법인 사업을 따로 운영할 필요 없다는 거죠. 맨디는 자기네 공장 부지에서 **우리가 하청을 받은 브랜드들을 카피하자**고 제안했어요. 근처에 불법 공장을 지으면 되잖아요? 그러면 뒷문을 통해 진품 샘플과 설계도를 우리 직원 손에 전달하고 가품을 진품과 동시에 출시해 대박을 칠 수 있어요.

알아요, 형사님, 지금 무슨 생각 하시는지. 불법 공장이 합법 공장의 수익을 빼앗아 가지 않겠냐는 거죠? 아뇨, 꼭 그렇지만은 않아요. 몇백 달러를 내고 최상급 가품을 사는 소비자와 2,000달러 넘는 진품을 사는 소비자는 사는 세상이 달라요. 맨디 막의 불법 공장은 제 살 깎아 먹기가 아니라 자기 집안 핸드백 제국의 몸집을 불리는 수단이었어요. 남은 과제는 그 명품 브랜드들에게 절대로, 결단코 들키면 안 된다는 것뿐이었고요.

정말 어이없는 계획이었죠. 말도 안 돼요. 왜 단칼에 거절하지 않고 나한테까지 그 이야기를 전했는지 위니를 이해할 수 없었어요. 안 그래도 중국에서 가방을 생산한다는 걸 찜찜하게 생각하는 브랜드들인데요. 그래도 저렴한 노동력을 포기할 수 없으니 지적 재산권 침해를 막을 엄격한 규정들을 도입한 거고요. 재료가 남으면 밀리미터 단위까지 이유를 설명해야 했어요. 설계도는 공업용 금고에 보관했고, 기준에 못 미치는 제품들은 나오는 즉시 폐기 처리 됐어요.

저는 새 사업이 너무 위험하다고, 막 회장이 건강했다면 이런 움직임을 단칼에 거부했을 거라고 위니에게 경고했어요. 하지만 그럴 때마다 위니는 피식 웃으며 말했어요, 막 회장이 돈을 마다하는 꼴은 본 적도 없어, 더구나 이건 돈이 굴러드는 일이야. 위니는 제가 둥관에 가서 새로운 협력 관계를 맺고 상세한 부분까지 의견 조율을 하고 와야 한다는 결론을 내렸어요. 그럴 경우 우리는 막 인터내셔널에서만 가짜 핸드백을 공급받게 돼요.

저는 너무 위험하다고 반발했어요. 막 인터내셔널이 물량을 다 소화할 수도 없을 테고, 위니가 주도권을 지나치게 빼앗기는 셈이 아니냐고요. 그래봤자 망할 게 뻔한 사업인데 말이에요.

위니의 자부심도 자극해봤어요. 이건 네 독창적인 계획이었어. 네가 아니었으면 여기까지 오지도 못했을 거야. 만약 그쪽에서 공급망을 쥐면 너는 휘둘릴 수밖에 없어. 시키는 대로 해야 한다고.

솔직히 제가 한 말이지만 진심으로 그렇게 믿었다고는 말 못 하겠어요. 그냥 출장 가기 싫어서 아무 이유나 갖다 붙이고 있었는지도 모르죠. 그 의미를 모르지 않았거든요. 둥관 출장을 갈 경우, 저는 위니의 대리인이 돼요. 이제는 직원이 아니라 파트너인 거죠. 위니와 똑같이 책임을 져야 하는, 똑같이 범죄를 저지르고, 똑같이 막 인터내셔널과 그들의 무수한 불법 행위와 엮이는 처지가 된다고요.

그래서 시간을 벌기 위해 몇 주 동안 다른 방안을 생각해보자고 제안했어요. 하지만 위니는 들으려 하지도 않더군요. 제 걱정을 전부 날려버릴 수 있다는 듯 허공에 팔을 휘둘렀어요.

위니는 말했어요, 아니, 안전한 길을 택했다면 여기까지 오지도 못했어, 우리는 할 거야.

저는 지푸라기라도 잡는 심정으로 헨리를 두고 떠날 수 없다고 했어요.

위니는 한심하다는 투로 말했고요, 이러지 마, 두 번은 안

통해.

올리가 허락하지 않을 거야. 그 사람 성격 알잖아.

위니 얼굴이 험악해졌어요. 네가 말하기 힘들면 내가 할게. 그러지 말고 이참에 다 털어놔버릴까? 그랬으면 좋겠니?

머리털이 쭈뼛 섰어요. 혹시 농담이나 반어법인가 해서 위니의 얼굴을 살폈죠. 진담일 리 없잖아요. 이러다 금방 웃음을 터뜨릴 거예요. 하지만 위니의 얼굴에서는 순수한 경멸밖에 보이지 않았어요. 그 순간, 저는 위니의 본모습을 확인했어요. 눈치 없는 공부벌레도, 천재적인 인습 타파주의자도 아닌 그냥 평범한 사기꾼이었어요.

저는 말했어요, 알았어, 언제 떠나면 돼?

위니는 금세 예의 그 유쾌한 모습으로 돌아와 손뼉을 쳤어요. 갑작스러운 변화에 눈앞이 아찔했어요.

다음 비행기로 출발하자, 두고 봐, 끝내줄 거야, 위니는 말했어요. 조금 전까지 나를, 내 결혼을, 내 인생을 무너뜨리겠다고 협박해놓고 말이죠.

그날 저녁, 올리가 여느 주말과 마찬가지로 지치고 피곤한 몸을 이끌고 집에 돌아왔을 때 저는 제 주장을 관철할 준비를 끝냈어요. 가스레인지에서는 올리가 제일 좋아하는 음식이자 제가 할 줄 아는 유일한 요리인 뵈프 부르기뇽이 끓고 있었어요. 호두나무 도마에는 부드럽고 단단한 치즈 네 종류와 얇은 비스킷이 펼쳐져 있었고, 디캔터에서는 맛 좋은 버건디 레드 와인이 보는 사람을 유혹했어요.

김이 모락모락 나는 진한 갈색 스튜를 남편에게 떠줬죠. 고기는 부드럽고 양파는 향기롭고 버섯은 진주처럼 반짝거렸어요. 올리가 제 쪽으로 의자를 끌고 와 어깨에 머리를 기댔어요. 손가락으로 두피를 문질러주니 거의 몸을 부르르 떨어요.

그 틈을 놓치지 않고 출장 얘기를 꺼냈어요.

올리 머리가 농구공처럼 튀었어요. 중국 선전이라고? 모레?

위니가 시민권 신청 문제로 미국을 떠날 수 없는데 직원 중에 변호사는 나뿐이라고 설명했어요. 제 입에서 나오는 말이지만 저 스스로도 이해가 안 돼서 계속 주절댔어요. 하지만 출장의 진짜 목적을 밝히지 못하니 올리가 알아들은 말이라고는 아내가 다시금 직전에 통보하고 비행기를 타러 간다는 것뿐이었죠. 심지어 이번에는 아들도 떼어놓고 가겠다고 한 거예요.

에이바, 솔직히 말해봐, 당신 바람피워? 올리가 물었어요.

씹고 있던 고기가 질겨서 냅킨에 뱉었어요.

새로 부분 염색 한 적갈색 머리카락을 가리키며 올리가 말했어요, 당신 머리를 봐, 색깔 있는 옷들은 어떻고, 뻔해도 너무 뻔하잖아.

저는 외도하지 않는다고 맹세했어요. 당신이 항상 색깔 있는 옷을 입으라고 잔소리하지 않았느냐, 당신을 위해서 한 거다! 그리고 중국 쪽 일은 대면해서 처리해야 한다고, 악수 좀 하고 서명 좀 하고 곧장 나와 비행기를 탈 거라고 설명했어요. 아, 이번 주가 외할머니 아흔 번째 생신인데 이번이 태어나서 처음으로 직접 축하 인사를 할 기회라고도 했네요. 그 정도도 허락해줄 수 없는 거냐?

당신 정신 나갔어? 지금 그 말이 얼마나 해괴하게 들리는지 알아? 올리가 물었어요.

저는 입을 다물었어요.

올리가 접시를 옆으로 밀었어요. 우리 아들이 보모 손에 자라고 있어.

너무하잖아요. 내가 신중하게 펼친 주장이 조목조목 반박되어버렸어요. 저도 목소리를 높이고 따졌죠, 그게 내 탓이라는 거야? 지금 그게 일주일의 대부분을 자기 가족과 살지도 않는 남자가 할 얘기야?

당신도 내 근무 시간 알잖아, 나 오늘 3주 만에 처음으로 쉬는 거야, 올리가 갈라지는 목소리로 말했어요.

평소의 저였다면, **진정한** 저 자신이었다면 이쯤에서 말을 멈추고 남편 말을 들었을 거예요. 하지만 저를 사로잡은 여자는 이기적인 생각을 밀고 나갔어요.

웃겨, 시작할 때 몰랐던 것도 아니면서. 누가 강요했나.

올리의 얼굴이 하얗게 질렸어요. 좋아. 마리아한테 돈 주고 당신 없는 동안 집에 있으라고 해. 내가 매일 밤 팰로앨토에서 여기까지 왔다 갔다 할 수는 없어.

우선순위가 그렇게 확실하다니 기쁘네. 저는 발을 쿵쿵 구르며 휴대전화를 찾아다녔어요. 마리아에게 또 한 번 봉급 인상을 제안하는 문자를 보내야 했으니까요.

올리는 말했어요, 일한답시고 우리 인생을 뒤흔들어놓은 건 당신이야, 아니, 당신이 한다는 그 일이 뭔지 아직도 모르겠어.

제가 주방에서 외쳤어요, 안 들었으니까 모르지, 내가 몇 번이나 말했지만 당신은 일, 일, 일밖에 모르지, 그러다 주말이라고 집에 와서 아들이랑 논다고 15분 왔다 갔다 하는 게 전부고, 그것도 육아야? 휴대전화는 싱크대 근처에 아슬아슬하게 놓여 있었어요.

대답 대신 귀 찢어지는 굉음이 들렸어요. 식당으로 달려가니 올리가 벽면 찬장에 있던 자기 어머니 선물인 바카라 크리스털 화병을 바닥으로 쳐서 깨뜨렸더라고요. 올리답지 않은 행동이었죠.

올리는 머리를 감싸 쥐고 숨을 쉴 때마다 어깨를 들썩이며 그 자리에 서 있어요. 전생의 저라면 남편을 품에 안고 따스한 턱 아래 공간에 얼굴을 묻었을 거예요. 하지만 저는 말했어요, 떠나기 전에 치우고 가. 그러고는 식당에서 나왔어요.

위니가 출장을 제안하고 지시한 날로부터 사흘 후, 저는 폭우가 쏟아지는 선전 공항에 도착했어요. 왜 우산을 놓고 왔나 후회하고 있을 때 플래카드에 적힌 제 이름을 발견했죠. 플래카드를 들고 있는 젊은 남자는 목덜미까지 오는 머리를 세련된 샤기컷으로 잘랐고 저렴하지만 질 좋은 양복을 입고 있었어요.

됐다는데도 실랑이 끝에 제 롤러보드 캐리어를 받아 든 남자는 차를 가지고 돌아오겠다며 검은색 골프 우산을 쓰고 빗속으로 달려갔어요.

잠시 후, 밖으로 나오자마자 엄청난 습기에 온몸이 쪼그라들었지만 금세 번쩍이는 은색 메르세데스에 올라탈 수 있었어요. 온도를 얼마나 낮췄는지 차 안은 냉동고 수준이었죠. 가죽 시트는 단단하고 빳빳했고, 컵홀더에 있는 얼음물은 이가 쑤실 만큼 차가웠어요. 손잡이에 붙은 와이파이 비밀번호를 휴대전화에 입력하니 마리아가 보낸 헨리의 자는 사진이 떴어요.

땀으로 젖은 머리카락이 이마에 달라붙은 건 울었다는 표시였죠. 죄책감이 끈적끈적한 유독성 폐기물처럼 제 안에 밀려들었어요. 혹시 올리가 이메일을 보냈나 확인했지만 도착한 건 없었어요.

차가 점점 천천히 달리더니 멈췄고 기사는 강이 범람해 고속도로 차선 하나가 폐쇄되었다고 설명했어요. 완전히 밀폐된 이 공간 밖으로 시선을 돌리자 쓰레기봉투로 임시 우비를 만들어 입고 오토바이를 탄 커플이 쏟아지는 비를 참담한 얼굴로 바라보는 모습이 보였어요. 작은 전기차 안에서는 얼굴이 시뻘건 남자가 팔로 경적을 누르고는 창문을 내리고 가래를 한 덩어리 뱉었고요.

이어폰을 꽂고 중국어 팟캐스트를 틀었어요. 이런 식으로 제가 중국어를 머리에 집어넣으려고 노력하면 위니는 비웃으며 잔소리를 했어요, 걱정 그만해, 가서 심오한 대화를 하라는 것도 아니잖아, 직접 방문할 만큼 우리가 이 관계에 진심이라는 걸 보여주려는 목적일 뿐이야, 이번만은 우등생처럼 행동하지 않아도 돼, 그냥 비행기 타고 출발해.

다시 옛 친구로 돌아간 것처럼 농담을 해대서 놀랐냐고요? 별로요. 형사님이 저보다는 잘 알지 않나요? 그게 성공한 악당의 특징이잖아요. 매력적이던 사람이 눈 깜짝할 사이에 무자비하게 변하는 거요.

아무튼, 저는 차 안에서 다리를 뻗고 카리스마 넘치는 전직 사기꾼이 중국 가정주부들을 등쳐먹은 이야기를 듣고 있었어요. 돈만 주면 바람피우는 남편을 죽여줄 것처럼 꼬여서는 노후 자금을 들고 튀었다네요.

다음으로 눈을 뜨니 비가 그치고 구름 사이로 희미한 햇빛이 쏟아지고 있었어요. 앞에서 차가 멈추자 철문이 열리고 우리를 들여보내더라고요. 기사는 공장 정문까지 운전해 차를 세우고 허둥지둥 뛰어와 제가 내릴 문을 열었어요.

키가 크고 나이에 비해 머리숱이 적은 남자가 낮은 계단을 껑충껑충 뛰어나와 저를 맞아줬죠. 기사와 달리 캐주얼한 프라다 폴로셔츠 차림이었어요. 중국 억양이 섞인 영어로 남자는 빠르게 말했어요, 안녕하세요! 막 인터내셔널의 카이저 스 과장입니다, 비행은 어떠셨어요? 샌프란시스코에서 오셨죠? 저도 지난주에 LA에서 막 도착했어요, 미국에서 제일 좋아하는 도시죠, 아, 라스베이거스 다음으로요, 물론.

남자를 따라 유리문을 지나 엘리베이터를 탔고 문이 열렸을 때는 환하고 고상하게 꾸민 회의실이 눈앞에 나타났어요. 상석에는 발레리나처럼 올림머리를 한 젊은 여자가 고야드 모노그램 케이스를 씌운 휴대전화를 들고 엄지로 빠르게 뭔가를 쓰고 있었고요. 그 여자가 맨디 막이었어요. 트레이드마크인 옷차림이 눈에 띄었어요. 목선이 비대칭인 상의와 주름 잡힌 롱스커트, 거기다 빨간 립스틱과 똑같은 색인 에나멜 스틸레토를 더한 패션 덕분에 할리우드 로맨틱 코미디 영화에서 CEO를 연기하는 영화배우처럼 보였죠. 그 옆에는 남루한 셔츠를 입은 통통한 남자가 서 있었고요. 짧은 목을 감싼 두꺼운 금목걸이는 셔츠와 정말 대조적이었어요. 카이저 스가 말하기를 장부장이라는 이 남자는 새 모조품 공장의 공장장이었어요.

각자 자기소개를 했죠. 막 회장의 안부를 물었더니 맨디가 충격적인 행동을 했어요. 올리의 이식팀에 진료 예약을 해줘서 고맙다며 저를 덥석 끌어안은 거예요.

반면 장 부장은 점잖게 악수만 했고요.

일을 잘하신다고 들었어요, 저는 말했어요.

아닙니다, 아니에요, 장 부장은 대답했어요.

맨디가 말했어요, 겸손도 하셔라, 부장님이 만드는 가품이 왜 그렇게 훌륭한지 아세요? 디올 메인 공장의 현장 감독을 저희 공장으로 스카우트했거든요.

장 부장은 온화하게 말했어요, 그건 사실이죠.

우리는 테이블에 앉아 새로운 계약 조건을 확정한 후 다시금 돌아가며 악수를 했어요.

장 부장은 다른 회의가 있다며 중간에 자리를 떴고요.

밑바닥에서 시작한 분이에요, 5학년 때 학교를 그만두고 차근차근 이 자리까지 올라왔대요, 완전히 차이니즈 드림이죠, 카이저 스가 말했어요.

잠시 후 맨디도 밀라노 무역박람회에 참석하기 위해 비행기를 타야 한다고 일어났어요. 카이저 스에게 공장 투어를 부탁한다는 말을 잊지 않고요.

맨디는 말했어요, 오늘 저녁 같이 못 먹어서 미안해요, 그래도 여기 카이저 스와 다른 분들이 잘 모실 거예요, 즐거운 시간 보내고 나 대신 샴페인 한잔 마셔줘요! 그러고는 10센티미터짜리 하이힐을 신고도 쌩하니 회의실을 나갔어요.

카이저 스를 따라 한 쌍의 유리문을 통과해 들어간 곳에서는 세계에서 가장 훌륭한 핸드백이 만들어지고 있었어요. 새하얀 공간은 환기가 잘되어 쾌적했고 유니폼을 입은 직원들이 줄줄이 배치되어 있었어요. 전부 젊은 여자들이었는데 올백으로 넘긴 머리를 머리망으로 고정하고 의료용 마스크로 코와 입을 가린 모습에서 왠지 섬세하고 유능한 수술실 간호사 분위기가 났어요.

샘플실에서 카이저는 광택이 도는 가죽으로 만든 1950년대 풍의 진녹색 사각형 가방을 들어 보이며 말했어요. 내년에 출시될 마크제이콥스 2020년 봄 신상이에요.

공장을 계속 둘러보며 저는 테이블에 고대 지도처럼 놓인 불규칙한 형태의 가죽 본을 유심히 관찰했고, 노동자들이 패턴이 새겨진 클러치에 토리 버치 라벨을 박아 넣는 모습도 지켜봤어요. 이제는 쌍둥이 같은 남색 T 자 두 개로 이루어진 로고만 봐도 알 수 있었어요. 모퉁이를 돌다 프라다 사피아노 가죽 토트백이 쌓인 선반에 부딪힐 뻔도 했고요. 가방이 마치 차이나타운 쇼윈도에 보이는 통오리 구이처럼 예사롭게 매달려 있지 뭐예요.

카이저 스가 까불거리며 말했어요, 어디 가서 봤다고 하지 마세요, 그랬다가는 프라다가 제 목을 자르러 올 거예요. 카이저가 웃으면 왠지 따라 웃고 싶었어요. 수도꼭지에서 쏟아져 나오는 물처럼 웃음소리에 울림이 있다고 할까요.

장거리 비행으로 탈수 상태가 되었는지, 서양 언론에서 허구한 날 욕하는 중국의 치명적인 스모그에 살짝 중독되었는지, 아니면 단순히 심리적인 현상인지 모르겠어요. 서서히 부풀어 오른 죄책감이 단단한 합리화의 껍질을 뚫고 나온 건지, 아무튼 머리가 지끈거리기 시작했죠. 힘이 빠져 몸이 휘청거렸어요. 카이저 스를 따라 다시금 계단을 오르다가 조그맣게 튀어나온 부분에 발부리가 걸려 넘어졌어요.

죄송해요! 괜찮으세요? 카이저가 말했어요.

저는 머리가 띵하다고, 공기가 나빠서 그런 것 같다고 했어요.

카이저가 말했어요, 그럴 수도 있죠, 항상 보면 외국에서 오신 분들이 불편해하더라고요. 다정한 눈으로 안쓰럽게 쳐다보는 카이저를 보며 혹시 우리의 종이 다른가 의심스러웠어요. 저 사람은 저렇게 건강하고 튼튼한데 나는 왜 이리 약하고 무기력한 걸까요.

카이저가 호텔로 데려다줄 테니 쉬라고 했지만 저는 모조품 공장을 보겠다고 고집했어요. 그러려고 여기까지 왔으니까요.

밖으로 나오니 그사이 구름이 흩어져 얼굴 가득 정오의 햇살이 쏟아졌어요. 물웅덩이를 피하며 안뜰을 가로지르고 무성한 나무가 그늘을 드리운 좁은 길을 따라 공장 부지 끝에 있는 콘크리트 건물에 도착했죠. 이 건물은 외국 브랜드나 중국 정부의 조사관의 눈에 띄지 않게 숨겨져 있었어요. 다른 공장 건물들과 달리 페인트가 다 벗겨지고 쇠창살과 두꺼운 커튼으로 창문을 가린 상태였어요.

안으로 들어가니 곡예 서커스라도 하는지 계단에 거대한 그물이 걸려 있더라고요.

이게 뭐예요? 제 질문에 카이저 스가 답했어요.

근로자의 안전을 위한 장치요.

속이 뒤집혔어요.

꼭대기 층으로 올라가니 카이저가 열쇠 꾸러미를 꺼내고 육중한 문을 열었어요. 여깁니다.

문이 열리고 드러난 공간은 열기로 펄펄 끓고 있었어요. 하지만 대부분 알 수 없는 이유로 긴소매 옷을 입었고 재봉틀을 다루는 이 여자들은 더위를 의식하지 못하는 듯했어요. 검은 머리보다 흰머리가 더 많은 중년 여자 한두 명이 제 쪽을 힐끗 보다가 광택 도는 진녹색 가죽을 재봉틀로 밀어 넣는 일에 다시 집중했어요.

보셨죠? 마크제이콥스만큼이나 우리 물건도 빨리 준비될 겁니다, 카이저 스가 손가락으로 가리키며 말했어요.

한쪽 구석은 사무실이었고 책상에 앉아 있던 사람 하나가 제게 손을 흔들었어요. 아썽이었어요. 지난 1월에 소름 끼치는 아파트 건물로 저를 데려갔던 남자 말이에요. 같이 손을 흔들던 저는 반대쪽 구석에서 한 여자아이를 발견했어요. 도저히 열네 살 이상으로는 볼 수 없는 어린애요. 아이가 이마에 맺힌 땀을 닦으려고 손수건을 든 순간, 저는 보고 말았어요. 손가락 두 개가 없는 거예요. 목구멍으로 신물이 올라왔어요. 덥고 습한 공기 속에서 제대로 호흡을 할 수 없었고 창문마다 압정으로 고정한 모직 담요를 보자 제 상태는 더 악화됐어요. 순진하게 저걸 커튼이라고 착각했다니요.

카이저 스가 제 팔꿈치에 손을 올리고 물었어요, 괜찮아요?

침을 꿀꺽 삼켰어요. 카이저가 디올에 있었다던 현장 감독에게 손을 흔들었어요. 얼굴에 여드름 자국이 있는 꺽다리 남자요.

미국에서 오신 웡 님이에요, 카이저가 말했어요.

현장 감독은 손가락 다섯 개가 다 달린 손을 내밀었고, 그 손을 잡으려 할 때 제 몸이 거부감을 일으키며 한쪽으로 쓰러졌어요.

용케 카이저 스가 저를 붙잡아 세웠어요. 아썽이 깡통 컵에

물을 받아 달려왔지만 카이저는 컵을 밀어내며 외쳤어요, 병에 든 물을 가져와요, 외국에서 오신 분 아닙니까.

카이저의 부축을 받아 훨씬 시원한 복도로 나온 저는 벽에 등을 기대고 중력이 이끄는 대로 바닥으로 주저앉았어요. 그러는 동안에도 지옥 같은 방 안에서는 윙윙거리는 기계 소리가 단 한 순간도 멈추지 않았어요.

아썽이 물병을 들고 돌아왔고 저는 물을 벌컥벌컥 마셨어요.

호텔까지 차로 모셔다 드릴게요, 카이저 스가 말했어요.

기사가 있어요, 저는 힘겹게 내뱉었고요.

그럼 제가 함께 가죠.

차에 탄 카이저는 기사에게 에어컨 온도를 낮추라고 지시하고 통풍구를 제 쪽으로 고정했어요.

어떻게 그런 식으로 일할 수 있어요? 제가 물었어요.

무슨 말씀이세요? 카이저 스가 물었어요.

너무 덥잖아요.

익숙해져서 괜찮아요.

비인도적이에요.

카이저는 코웃음을 쳤어요. 저는 저 공장보다 훨씬 열악한 곳도 수없이 봤어요. 그러면서 저를 훑어봐요. 위니가 말 안 했어요?

입을 다물어야 했지만 참을 수 없더라고요. 구석에 있던 애는 몇 살이에요?

누구요?

손가락 두 개가 없는 아이요. 열둘? 열셋?

카이저는 한숨과 신음의 중간 같은 소리를 내더니 말했어요, 에이바, 정당한 일자리를 구할 수 있으면 그 아이들이 왜 거기서 일하고 있겠어요?

할 말이 없었죠.

차가 쉐라톤 호텔 앞에 멈춰 섰어요. 1970년대풍 원형 건물 있잖아요. 과하게 익힌 연어 스테이크 색 흉물요.

가서 좀 쉬세요, 저녁에 기사가 모시러 올 겁니다, 카이저가 말했어요.

동굴 같은 아트리움에 들어서자 한 호텔 접수원이 제 중국어가 미국인치고 훌륭하다고 장담하고는 프런트에서 나와 꼭대기 층에 있는 주니어 스위트룸까지 안내했어요. 접수원은 이 방의 전망과 조명 시스템, 무료로 제공되는 과일에 대해 뭐라 뭐라 주절거렸어요. 곡선의 유리창 너머로 스모그로 뒤덮인 지저분한 공업 도시의 전경이 훤히 보이더군요. 조명을 켜고 조절하는 벽 스위치는 사용하기가 복잡했고, 과일 접시에 놓인 배와 사과와 망고에는 이 지역을 대표하는 동식물 모양을 새겨놓았더라고요. 한참 만에 접수원이 나간 뒤 저는 과일을 모조리, 백조가 새겨진 사과 한 알까지 쓰레기통에 버렸어요(혹시 몰라서 중국에 가면 늘 그렇게 해요. 양치할 때도 전기 주전자에 물을 끓이고요). 실내 온도를 낮추고 암막 커튼을 치고 침대로 들어갔어요. 자그마한 주먹 여러 개가 관자놀이를 두드리는 기분이었어요. 손등을 이마에 대니 타는 듯 뜨거웠고요. 몸이 도망가라고 외치는데도 머리는 너무 늦었다고 대꾸했어요. 저는 계약서에 제 이름을 쓰고, 모든 사람과 악수했어요. 돈과 연줄이 있고 불법 거래를 일삼는 이 사람들은 배신자를 곱게 놔두지 않을 거예요. 겨우 용기 내서 반항한 순간, 위니도 저한테 칼을 들이댔잖아요?

저는 기사가 오기로 한 시간에 맞춰 아직도 뜨거운 바깥으로 터덜터덜 걸어 나왔고, 기사는 등관에 있는 다른 고급 호텔로 저를 태워다 줬어요. 제 전략은 아주 상냥하고 재미없는 사람처럼 행동하는 거였어요. 저녁이 끝날 때까지 불편한 질문을 하거나 누군가의 심기를 거스르지 않을 작정이었죠. 엘리베이터 문이 열리자 대궐 같은 루프탑 레스토랑이 나타났어요. 벽은 다 황금색이고 거울로 된 천장에는 황동 용이 새겨져 있었어요. 안내를 받아 들어간 프라이빗룸은 쉰 명도 너끈히 들어갈 크기였지만 중앙에 테이블 하나만 두고 검은색 재킷을 입은 평범한 남자 세 명이 둘러앉아 있었어요. 여자 한 명하고요.

발레리나 머리를 알아보고 제가 목소리를 높였어요, 맨디, 밀라노에 간 거 아니었어요?

여자가 고개를 돌렸지만 꽉 끼는 검은색 드레스를 입고 묵직한 금색 체인 목걸이를 한 젊은 여자는 맨디가 아니었어요. 남자 두 명이 어색하게 껄껄 웃었고 세 번째 남자가 말했어요, 이쪽은 린린, 내 애인입니다.

위니와 올리에게 생김새를 전해 들었지만 실제로 보니 막 회장의 풍성한 은발과 깔끔한 콧수염은 황달기로 노르스름해진 눈 흰자위며 피부와 정말이지 부조화를 이뤘어요. 빈약한 어깨는 벙벙한 재킷 안에서 허우적대고 있었고요.

창피해서 고개를 숙이고 막 회장 애인에게 사과했죠. 그 여자는 딱히 불쾌한 기색이 아니었지만요. 그러고 나서 막 회장과 악수하려 손을 잡았어요. 건강 때문에 참석할 거란 기대를 하지 않았는데 말이지요.

그래도 손힘은 아직 대단했어요. 막 회장이 말했어요, 변호사님을 직접 만나 뵐 기회를 놓칠 수 있나요? 부군께도 시간 내줘 고맙다고 다시 한번 감사 인사 전해줘요.

다른 남자들도 자기소개를 했어요. 눈빛이 음흉하고 선명한 오렌지색 넥타이를 맨 남자는 최근 취임한 광저우 부시장이었어요. 우리 사업에 투자하게 할 속셈으로 막 회장이 초대한 게 분명했죠. 그보다 나이가 많고 새까만 머리카락을 올백으로 빗어 넘긴 이중 턱은 얼마 전 퇴임한 경찰서장이었고요. 필요한 사람들에게 단속 일정을 알려주는 대가로 매월 수고료를 받는다더군요.

부시장은 아무도 영어를 못한다고 유쾌하게 경고했고, 경찰서장은 몸을 기울이고 제게 화이트 와인을 따라줬어요. 버건디 그랑크뤼요.

다 같이 잔을 부딪치고 간베이를 외쳤어요. 막 회장도 빠지지 않고 열심히 술을 마셔댔어요. 올리가 자기를 환자로 받아주면 최소 6개월은 금주 처분을 받을 거라 생각했나 보죠.

아까 진통제를 먹었는데도 관자놀이가 스테레오 스피커처럼 쿵쿵댔어요. 술을 권할 때마다 와인을 조금씩 홀짝이며 그들이 이 정도로 만족하기를 빌었죠.

처음 자기소개를 한 후로 막 회장은 에너지를 아끼려는 건지 별로 말을 하지 않았어요. 잔을 채워주며 쌀쌀하지 않으냐, 에어컨을 껐으면 좋겠느냐고 묻는 린린도 거의 무시하고요. 막 회장이 됐다고 하는데도 린린은 목에 캐멀 색 캐시미어 목도리를 둘러줬어요. 애인보다는 간병인처럼 보였죠. 어느 쪽이 더 나쁜지 모르겠지만요.

제 중국어 실력으로 대화가 가능한 화제는 빠르게 동이 났어요. 그래서 문이 활짝 열리고 카이저 스가 이 사람들 같은 정장 재킷이 아니라 아까 그 프라다 폴로셔츠를 입고 들어왔을 때 얼마나 안심했는지 몰라요.

안녕하세요, 늦어서 죄송합니다, 카이저 스가 영어로 말했어요.

술 때문에 얼굴이 벌겋게 익은 경찰서장이 말했어요, 드디어 우리 영어 전문가가 오셨군.

막 회장은 카이저 스에게 손가락 하나를 까딱이면서 얼굴은 저를 보고 말했어요, 이미 알겠지만 여기 있는 우리 스 과장이 말이 너무 많지요, 나야 영어를 모르니 이 사람이 하는 말의 50퍼센트만 들어도 충분하지만요.

성격 좋은 카이저 스는 자기를 놀리는 말을 담담하게 받아들였어요. 제게 괜찮아졌냐고 물었고 저는 그렇다고 거짓말했어요.

부시장이 직원을 불러 음식을 내오고 버건디 화이트 와인을 한 병 더 따라고 시켰어요. 웨이트리스가 와인을 들고 오자 부시장은 와인 병을 낚아채고 카이저 스의 잔을 가득 채운 후 영어로 말했어요, 쭉 들이켜.

쭉 들이켜, 제일 어리고 크니까 술도 제일 많이 마셔야지, 경찰서장이 맞장구쳤어요.

카이저 스가 충직하게 입술에 잔을 대고 비싼 와인을 한 번에 비우자 두 남자는 환호성을 질렀어요. 전에 다니던 로펌의 1년 차 변호사들이 떠오르더라고요. 파티를 비롯해 모든 일에 열정적이던 사람들 말이에요.

이제 두 분 차례예요, 카이저 스가 두 남자의 잔을 채우며 말했어요. 그러더니 저를 가리키고 말했어요, 에이바도요.

힘없이 잔을 들었어요. 파티에 다소 험악한 기운이 감돌았거든요. 당장에라도 우호적인 분위기가 공격적으로 변할 태세였어요.

그동안 막 회장은 적당히 즐거운 표정으로 상황을 관찰하고 있었고요. 높은 곳에서 신하들을 내려다보는 왕처럼요. 막 회장이 와인 잔을 입술에 댈 때마다 저는 망가져 있을 그 사람 간을 떠올렸어요. 쪼그라들고 딱딱해진 간은 내부에 쌓이는 독소를 해독하지 못하겠죠. 전에 올리가 건강한 간과 망가진 간 사진을 하나씩 보여준 적 있어요. 짙은 붉은색으로 빛나는 건강한 간은 매끈하고 부드러운 반면, 망가진 간은 혈색 없이 단단하고 징그럽게 상처가 나 있었어요. 똑같이 70대인데도 막 회장은 우리 엄마보다 적어도 열 살은 많아 보였어요. 하지만 지금 막 회장은 젊고 예쁜 여자의 시중을 받고 있고, 우리 엄마는 유골함에 담겨 고향 집 벽난로 선반에 놓여 있네요.

첫 번째로 나온 음식은 오독오독한 해파리와 지방이 적당히 박혀 있는 햄 슬라이스와 두툼한 훈제 거위로 이루어진 차가운 애피타이저였어요. 다음으로는 중탕한 상어 지느러미 수프, 그다음으로는 미니 청경채를 곁들인 전복, 바삭하게 튀긴 농어, 기름진 베이징덕이 나왔죠. 코스마다 와인도 함께 나왔는데 이번 와인은 보르도 레드 와인이었어요.

카이저 스는 제 접시가 비지 않도록 음식을 계속 채워주며 연신 맛있냐고 물었어요. 솔직히 말하면 다 기름지고 조미료를 너무 많이 친 게, 향락에서 타락으로 넘어갈락 말락 하는 음식들이었어요.

경찰서장과 부시장은 광둥어로 시끄럽게 대화하더니 서로 등을 때리며 요란하게 웃었어요. 무슨 얘기를 하나 들으려 했지만 들려야 말이죠. 얼마 후 마카오 자키 클럽에서 열릴 경마 경주의 예상 결과에 대해 얘기했나 봐요. 다들 그 클럽 회원 같더라고요. 린린이 하품을 참더니 화장실에 가겠다고 일어났을 때는 따라 일어나고 싶었어요. 하지만 린린에게 무슨 말을 해요? 이 자리에서 벗어나고 싶다는 것 말고 우리 사이에 공통점이 있기나 할까요?

웨이트리스가 차가운 멜론 화채와 과일 접시를 내왔어요(저는 어색하게 거절했고요). 린린이 립스틱을 새로 바르고 돌아왔는데 아마 변기에 앉아 휴대전화를 보다가 오지 않았나 싶어요. 디저트도 해치운 후 부시장이 코냑을 한 잔씩 주문했고 다들 제게 억지로 술을 권했어요.

건배합시다, 새로운 동업자와 새로운 수익을 위하여! 부시장이 말했어요.

모두 외쳤어요, 간베이!

머리가 달팽이처럼 느리게 돌아갔고, 눈을 깜박일 때마다 죽을힘을 다해 눈꺼풀을 떼야 했어요. 웨이트리스가 계산서가 꽂힌 가죽 홀더를 가져왔을 때는 허리를 똑바로 폈어요. 호텔에 도착했을 때 레스토랑 지배인에게 신용카드를 맡긴 제 선견지명에 잠시나마 기분이 좋아졌죠.

그런데 웨이트리스가 저 아닌 막 회장에게 가더라고요?

여기 사람들은 나를 알거든요, 변호사님이 계산하게 두지 않죠, 막 회장이 계산서에 이름을 휘갈겨 쓰며 말했어요.

저는 위니가 신신당부했다고 말했어요.

여두목님은 다음에 오면 쏘라고 해요, 경찰서장이 말했어요. 어느새 얼굴이 벌겋게 익었더군요.

순간 핸드백에 넣어 온 붉은색 봉투가 떠올랐어요. 그 사람들에게 양손으로 봉투를 건네며 말했죠, 저와 팡원이의 조그만 성의 표시입니다.

막 회장이 테이블 아래에서 어떻게 봐도 오렌지색인 대형 쇼핑백을 꺼냈어요. 이건 우리가 변호사님에게 주는 선물이에요.

예상치 못한 상황이었어요. 저는 따로 선물을 가져오지 않았기 때문에 난감했죠.

열어봐요, 부시장이 말했어요.

그래요, 열어봐요, 카이저 스와 경찰서장도 부추겼어요.

린린마저 생기가 돌았어요.

부시장이 다 먹은 술잔을 치워달라 부탁하자 웨이트리스는 한술 더 떠 더러워진 식탁보에 깨끗한 냅킨을 새로 펼쳐주었어요. 저는 살짝 오돌토돌한 질감의 주황색 상자를 테이블에 올려놓고 갈색 포장용 리본을 풀었어요. 그러고는 겹겹이 싼 하얀 티슈페이퍼를 펼쳤죠.

입에서 탄성이 나왔어요. 상자에 들어 있는 물건은 구하기 힘들다는 악어가죽 버킨백 25사이즈였어요. 그 색은 레드 와인보다, 루비보다, 아니, 피보다 더 붉었고요. 놀란 반응에 만족했는지 남자들이 환하게 웃더라고요. 린린이 붉은색 매니큐어를 칠한 손가락을 가방 쪽으로 움직이자 막 회장이 린린의 손을 쳐냈어요.

샹들리에를 향해 버킨백을 들고 보니 살아 숨 쉬는 생물처럼 펄떡거리는 느낌이 들었어요. 이리 봐도 저리 봐도 진품이에요. 그렇다면 가격은 최소 40,000달러예요.

눈앞이 뿌옇게 변해 몇 번이나 눈을 깜박였어요. 이걸 어떻게 구하셨어요?

막 회장은 윙크를 하며 말했어요, 취리히 부티크에 아는 사람이 있어요, 99퍼센트는 진짜와 최상급 가짜를 구분하지 못해도 우리는 할 수 있지.

붉은색 봉투에 든 돈을 다 합쳐도 저 가방의 10분의 1도 되지 않았어요. 그 순간 깨달았어요. 막 회장은 이식 수술 명단에 올라가고 말겠다고 단단히 결심한 거예요. 막 회장이 저를 보고 따스하게 웃어 보였어요. 원하는 것이 있으면 언제나 갖고야 마는 남자의 전형적인 얼굴이었죠.

또 건배합시다, 오랜 친구와 새로운 친구의 우정을 위하여! 어느새 우리 술잔을 다시 채운 부시장이 외쳤어요.

간베이, 간베이, 간베이!

코냑 병도 비운 후 일어나 소지품을 챙긴 우리는 엘리베이터를 타고 1층으로 내려갔어요. 린린이 막 회장을 부축해 레인지로버 뒷좌석에 태웠죠. 제가 기사를 찾아 주차장을 두리번거리고 있으니 경찰서장이 말했어요, 아직 11시도 안 됐는데 우리 가라오케 라운지나 갑시다.

눈에 눈물이 고였어요. 저는 그 주차장 바닥에서 그대로 잠들 수도 있는 상태였어요. 할머니 생신을 위해 아침 일찍 일어나 홍콩으로 차를 타고 가야 했고요. 저는 말했어요, 술이 과했나 봐요, 시차 적응도 안 됐고요, 제발요, 서 있을 수가 없어요.

하지만 그 사람들은 아랑곳하지 않았어요. 카이지 스가 커다란 손으로 제 손목을 붙잡고 잡아끌었어요. 이미 제 기사에게 집에 가라는 문자를 보냈다면서요. 저는 누군가에게 떠밀려 널찍한 SUV에 올라탔고 머리를 누일 곳이 생겼다는 데 감사하며 드러누웠어요.

잠시 후 카이저 스가 저를 쿡 찔러 깨우고 차에서 내리게 했어요. 고속 엘리베이터를 타고 하늘을 향해 솟구쳐 도착한 곳은 고급 라운지였어요. 보라색 형광등 조명 아래 화려한 벨벳 소파와 낮은 마호가니 테이블이 여기저기 놓여 있었죠. 호스트의 안내를 받아 프라이빗룸으로 들어가니 커다란 소파 두 개가 벽 전체를 가득 채운 스크린을 마주 보고 있었어요. 머리 위에서는 미니 디스코볼이 반짝였고요.

경찰서장이 시가를 나눠주는 사이, 저는 화장실을 찾는다고 나갔다가 바에서 더블 에스프레소를 주문했어요. 어리벙벙한 바텐더가 제 쪽으로 커피를 밀어주더군요. 방으로 돌아오니 웨이터가 돔 페리뇽, 조니 워커 블루 라벨을 내려놓고 있었어요. 서비스 과일 접시는 여기서도 나왔고요. 끈적한 현악기 전주가 울려 퍼졌고 부시장은 눈길 한 번 주지 않고 나긋나긋한 목소리로 집을 떠난 연인에 대한 노래를 불렀어요. 바리톤 목소리가 듣기 좋던데요. 따스하고 울림 있는 목소리만 들으면 매너가 거칠고 야한 색의 옷을 입는 사람이 맞나 의심스러웠어요.

노래를 중간쯤 불렀을 때 전부 똑같이 끈 없는 검은색 원피스를 입고 허리에 핀으로 숫자표를 꽂은 여자들이 깔깔 웃으며 방으로 쏟아져 들어왔어요. 화장이 짙지만 어린 티가 났어요. 몇 명은 미성년자 같기도 했고요.

나가, 나가라고, 경찰서장이 소 떼 몰듯 팔을 휘저으며 말했어요.

오늘 밤은 노래만 부릅니다, 카이저 스도 거들었어요.

멋쩍어하는 여자들이 우르르 나갔어요. 그 와중에도 부시장은 박자 하나 놓치지 않고 노래를 부르고 있었고요.

경찰서장이 시가 연기로 도넛을 만들며 어이없다는 표정을 지었어요. 올 때 여자들 안 받는다고 말했건만.

카이저 스는 제가 마실 생각 없는 샴페인 잔을 건네며 말했어요, 죄송해요.

저는 물었어요, 아까 그 숫자표는 뭐예요?

카이저는 질문을 이해하지 못하는 척했어요.

숫자요. 여자들이 붙이고 있던 거.

아, 그거요. 마음에 들면 요청하라는 거죠. 저도 그 이상은 몰라요. 노래 부를 때만 와서요.

막 회장과 린린도 그렇게 만났어요?

진지한 질문에 카이저 스가 킬킬 웃었어요. 린린은 대학까지 나온 여자예요. 조금 전 그 말 들으면 죽으려고 할걸요.

다시금 머리가 깨질 것처럼 지끈거렸어요. 두통약을 찾아 핸드백을 뒤지다 호텔에 두고 왔다는 사실을 깨달았죠. 공장에서 본 미성년자 노동자들을 생각했어요. 그 아이들은 웨이트리스가 되기를 원하고, 웨이트리스는 호스티스가 되기를 원하고, 호스티스는 늙은 부자의 정부가 되기를 원할 테죠.

몸이 정말 안 좋아요, 제가 카이저 스에게 말했어요.

상태가 많이 안 좋아 보였는지 이번에는 카이저도 무시하지 않고 술잔을 내려놓으며 차를 불러주겠다고 했어요.

다른 두 남자는 흥겨운 살사 반주에 맞춰 듀엣곡을 부르고 있었어요. 제게 손을 흔들며 유쾌하게 말하더라고요, 천천히 가요, 몸조심하고. 어쩌면 여자들을 방으로 부르고 싶어 몸이 달았을지도 모르죠.

인도로 나온 저는 오렌지색 쇼핑백을 가슴에 안은 채로 기둥에 등을 기댔어요. 파란색 세단이 서서히 멈춰 섰고 카이저스가 조수석 문을 열었어요.

그와 악수하며 고맙다고 말했어요.

다음에 또 봬요, 카이저가 말했어요.

가슴이 답답하게 조였어요. 얼른 차에 올라 허리를 굽혔죠. 이제는 나도 그 사람들과 한편이라는 사실을 돌이킬 수 없다고 생각하니 미칠 것 같았어요.

저들은 또 어떤 수상한 거래에 관여하고 있을까요? 경마? 카지노? 어쩌면 다른 모조품을 만드는 걸까요? 더 위험한 전자기기나 약물 같은 걸? 위니에게서 핸드백이 아닌 새로운 영역으로 진출하고 싶다는 말을 들은 적은 없어요. 하지만 저는 돈을 외면하기가 얼마나 힘든지 똑똑히 봤어요. 그 앞에서는 가장 확고한 윤리적 기준도 얼마든지 뒤틀리고 뒤집힌다는 사실을 잘 알아요.

저도 위니가 요즘 뭘 하고 다니는지 궁금해요. 더 위험하지만 돈이 되는 사기 행각을 벌이고 있을까요? 그럴 가능성이 가장 높죠. 하지만 저는 위니가 다시 한번 우리의 기대를 저버리고 과거의 삶에서 벗어나는 상상을 하곤 해요. 조용한 해변 마을에 숨어들어 지금까지 번 돈으로 살아가는 거예요. 제 환상 속 위니는 요리를 하고, 명상을 하고, 태양 아래에서 책을 읽으며 하루를 보내요. 연인을 만나고, 새로운 친구들도 사귀죠. 맞아요, 조금 전 제 입으로 범죄자의 길을 포기하기가 힘들다고 말했어요. 하지만 위니야말로 그런 불가능을 극복할 수 있는 사람이라고 생각하지 않으세요?

형사님, 마지막으로 말하지만 제가 지금 하는 건 추측일 뿐이에요. 잠적한 이후로 소식도 못 들었다니까요. 걔가 어디 있는지 몰라요. 전혀요. 아니, 제가 대체 뭘 더 해야 질문을 그만 하실래요?

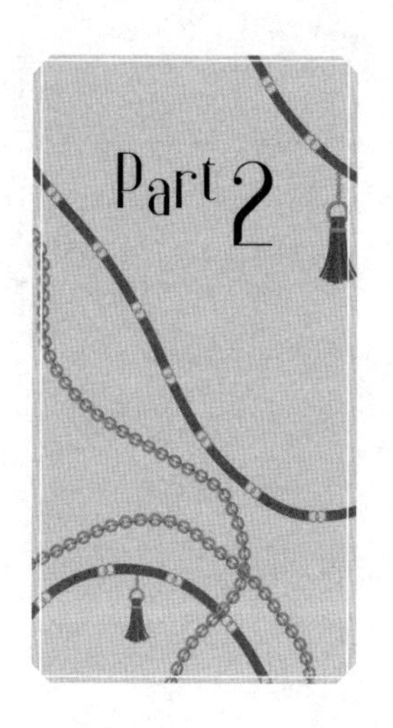
Part 2

12

다시 돌아온 위니는 얼굴 윗부분에 얼음팩을 얹은 채로 부드러운 가죽 안락의자에 기대앉아 있다. 고추를 다지다 실수로 눈을 문지른 것처럼 눈이 얼얼하다. 듣기 편안한 파도 소리가 규칙적인 리듬으로 귓가를 때린다. 서라운드 스피커의 소리가 얼마나 맑고 또렷한지 전 세계에서 인구 밀도가 가장 높은 도시의 초고층 건물 36층에 있는 이 병원이 아니라 저 멀리 어느 고요한 백사장에 혼자 누워 있는 기분이다.

치열한 경쟁률을 뚫고 베이징에서 가장 인기 있는 성형외과 의사를 만나기까지 굉장히 골치를 썩였다. 이 의사는 일주일에 이틀만 일하고 진료실 벽은 중국 영화계에 떠오르는 신인 배우들과 함께 찍은 사진으로 가득하다. 사진에 사인을 한 배우들의 매끄럽고 하얀 얼굴은 계란판을 빼곡이 채운 계란들처럼 누가 누구인지 구분하기 힘들다.

조그맣게 문 두드리는 소리가 들리고 의사가 들어온다. 의사는 듣기 좋은 저음으로 위니에게 가만히 있으라고, 긴장하지 말라고, 얼음팩을 떼지 말라고 말한다. 수술은 계획대로 잘 되었고, 잠시 후 간호사가 들어와 실밥을 어떻게 관리할지 가르쳐주면 떠나도 좋다고 한다. 닷새 후 상태를 확인하러 오면 된다.

위니는 감사 인사를 하기 위해 입을 열지만 입에서 사포처럼 거칠고 낯선 목소리가 나온다. 원래 목소리를 지킬 수 있다면 얼마나 좋았을까. 다른 것들도 마찬가지지만.

"천만에요." 의사는 말하고 진료실을 나간다. 솜씨가 얼마나 좋은지 하루에 쌍꺼풀 수술을 여덟 건 한다는 소문이 있다.

마취가 아직 풀리지 않아 다시 의자에 기대니 기분 좋게 흔들리는 느낌을 받는다. 약한 난기류를 지나가는 비행기에 탄 기분이다.

처음 상담했을 때 의사는 지난번 쌍꺼풀 수술이 왜 불만이냐고 물었다. 위니는 20대 초반에 수술을 했다는 이야기를 지어냈다. 그때는 눈을 최대한 크게 만드는 데만 관심이 있었다고, 하지만 지금은 사진을 볼 때마다 눈이 부자연스러워 가짜처럼 보인다고 말했다.

의사는 보라색 펜으로 위니의 눈꺼풀에 선을 그어 다른 쌍꺼풀 형태를 보여주며 말했다. "맞아요, 요즘은 은근한 스타일이 유행이죠. 젊은 사람들이 만화 캐릭터처럼 되기를 원하지 않으니까요."

간호사가 거울을 내밀고 말했다. "정말 예뻐요."

위니는 웃음을 참아야 했다. 볼펜으로 눈에 선을 그어놓으니 꼭 슬픈 어릿광대 같았다.

그때 그 간호사가 옆으로 다가와 위니를 일으켜주고 물이 든 작은 종이컵을 내민다. 그리고 얼굴을 볼 수 있지만 멍과 부기가 보여도 지극히 정상이니 놀라지 말라고 한다.

위니는 주의를 주는 간호사에게 됐다고 손짓하고 거울을 들여다본다. 붉은 기와 부기와 지워지지 않은 볼펜 자국 너머로 원형에서 타원형으로 바뀐 눈이 보인다. 위니는 고개를 이쪽저쪽으로 돌리고 의사의 솜씨에 감탄한다. 며칠 후에 상처가 아물고 나면 점을 제거하고 입술과 뺨에 지방을 주입하기 위해 예약을 잡을 것이다. 눈썹 문신도 하고 머리카락 염색도 해야 한다. 최소 절개로 극단적인 변신을 할 수 있는 성형 수술의 가능성은 무궁무진하다. 이렇게 살기 좋은 시대가 또 있을까. 유능한 미용 전문가들의 손을 거치고 나면 누가 위니의 얼굴 옆에 수배 전단을 갖다 대더라도 같은 사람인지 모를 것이다.

하지만 지금은 몸을 사려야 한다. 위니는 렌즈가 접시만 한 선글라스를 쓰고 머리에 실크 스카프를 두르고 오렌지색 버킨백을 집어 든다. 긴 복도를 걸어가자 간호사가 주변을 맴돌며 집까지 데려다줄 사람을 부를 테니 혼자 가지 말라고 한다.

위니가 대기실로 나오자 접수원도 합세한다. "저희가 택시라도 불러드릴게요, 저우 님."

위니는 제발 걱정하지 말라고 한다. "밑에 내려가서 잡는 게 더 빨라요. 5분만 가면 집인데요." 위니는 병원 근처 아파트를 빌렸다. 관광객이나 호텔들과는 떨어진 곳으로.

바깥으로 나오니 도시가 위니를 에워싼다. 가을의 추위가 양털 코트 속으로 침투하고 스모그 때문에 코가 따끔거린다. 사람들이 빠른 걸음으로 지나치며 날카로운 서류 가방 모서리로 위니를 친다. 참을성 없는 운전자가 경적을 울리자 오케스트라의 불협화음처럼 다른 운전자들도 따라서 경적을 울린다. 위니는 휘청거리며 몇 걸음 걷다가 잠시 숨을 돌린다. 병원 직원들의 걱정이 기우는 아니었나 보다. 다행히 멈춰 선 택시에서 승객이 내리고 위니는 곧바로 그 차에 올라탄다.

둥즈먼에 있는 작은 아파트로 돌아온 위니는 잠금장치를 이중으로 확인한 후 딱딱하고 낮은 소파에 주저앉는다. 이 아파트에 딸린 가구는 전부 땅딸막하고 딱딱해서 꼭 수행하는 난쟁이를 위해 지은 집 같다. 커피테이블에 놓인 위니의 대포폰이 울린다. 잠시 몸 상태도 잊고 구형 플립폰으로 몸을 날리다 머리가 어지러워 넘어질 뻔한다. 선글라스를 벗고 눈에 초점을 맞추기 위해 한 번, 두 번 눈을 깜박인다. 위니에게 연락할 방법을 아는 사람은 전 세계에 한 명뿐이지만 조심해서 나쁠 건 없다. 위니는 화면에 찍힌 에이바의 전화번호를 확인하고 수신 거부를 한다.

에이바의 흠 없이 완벽한 껍데기 안에 도사리고 있는 사악함을 처음 본 건 언제였을까? 아마 스탠퍼드 시절이었을 것이다. 위니가 캠퍼스를 떠나 학교를 그만둬야 한다는 사실을 깨달았던 그날이다.

늦은 오후, 위니는 캐리어 옆에 무릎을 꿇고 앉아 정신없이 짐을 싸고 있었다. 그때 영문을 모르는 에이바는 옆에 서서 위니가 기말고사를 못 치게 되었다며 안달했다.

"내가 지도교수님한테 말할까? 분명 만회할 방법을 알려줄 거야. 이렇게 긴급한 일이 생기는 애들이 얼마나 많겠어."

위니는 에이바에게 뭐라도 던져 닥치게 만들고 싶었다. 생각을 해야 했다. 이대로 스탠퍼드 생활을 접을 수는 없었다. 난관을 헤쳐나갈 방법이 있을 것이다.

에이바가 입술을 깨물었다. "네가 스트레스 받는다던 「햄릿」 에세이 있잖아?"

위니는 돌돌 만 양말을 움켜쥐고 캐리어에 던졌다. 그만 좀 떠들 수 없나?

에이바는 멈추지 않았다. "내 에세이를 쓰면 어떨까 생각하고 있어. 나 A- 받았거든." (모든 신입생 교양 과목은 어느 시점에서든 「햄릿」을 다룬다.)

이런저런 걱정 때문에 에세이 따위는 안중에도 없었지만, 위니는 스웨터를 개던 손을 멈추고 룸메이트를 돌아보았다. "네가 왜?" 만약 들키면 에이바도 퇴학을 면하지 못한다(물론 가능성은 낮지만 아예 없는 일도 아니다).

에이바는 자기 침대에 앉아 이불 가장자리를 손가락으로 쓸었다. "너도 끝낼 시간만 있었으면 A를 받았을 거 아냐."

"그런데 네가 왜 들킬 위험을 감수하냐고?"

에이바가 씩 웃었다. "내가 왜 들켜. 물어보면 당연히 네가 훔쳤다고 할 건데."

그래서 10년이 지나 버트 이모부와 결혼해 영주권 신청을 위한 추천서가 필요할 때 가장 먼저 연락해야겠다고 떠오른 사람이 에이바였다. 10년 동안 대화 한 번 하지 않았다는 사실은 중요하지 않았다.

위니는 말했다. "저기, 상황이 좋지는 않아. 상대 나이가 나보다 두 배는 많거든. 돌아가신 우리 이모와 결혼한 사이였고. 최대한 많은 도움이 필요해."

"정말 사랑하기는 하지?" 에이바가 물었다.

위니는 어떻게 빠져나가야 할지 몰라 침묵에 빠졌다. 에이바가 폭소를 터뜨리고 말했다. "알았어. 할 수 있는 한 해볼게."

그렇게 탄생한 편지는 당국이 듣고 싶은 이야기를 다 해주었다. 에이바는 대학에서 위니와 함께 보낸 시간들에 집중했다(겨우 두 달이 조금 넘었다는 사실은 생략하고). 위니가 근면하고 자의식이 강하며, 관습을 타파하고 꿈(사랑도!)을 좇으려는 의지가 미국인과 같다고 칭송했다. 두 장도 안 되는 편지에서 에이바는 위니와 버트의 결혼을 비슷한 영혼을 가진 두 사람의 용감한 결합으로 바꾸어놓았다.

면접 초반에 담당 공무원은 에이바의 편지를 훑어보고 표정이 밝아졌다. "우리 딸도 전액 장학금을 받고 스탠퍼드에 다녀요. 2012년 졸업반이죠."

이것이 미국의 불가사의한 역설이었다. 다들 자신을 적응 못 하는 아웃사이더라 생각하지만 실상은 하나의 거대한 컨트리클럽을 형성하고 있었으니 말이다.

공무원은 테이블 너머로 손을 뻗고 위니와 악수했다. "미국에 온 것을 환영해요."

위니가 다시 에이바를 찾은 것은 10년이 더 지난 후의 일이다. 이번에는 에이바 남편의 도움이 필요했다. 하지만 마음 한편에는 에이바에게 새로운 일자리를 소개할 기회가 있을까 궁금하기도 했다(에이바의 SNS를 보니 로펌을 그만뒀다고 했다). 위니는 일손뿐만 아니라 옛 친구의 세법 지식도 필요했다.

에이바와 몇 번 어울리지도 않았는데 기회를 발견했다. 에이바의 하버드 출신 의사 남편은 역시나 가정에 소홀하고 무심했다. 역시나 에이바는 자신이 변호사라는 직업을 싫어한다는 사실도, 아들의 발달 문제도 외면한 채 수렁으로 빠져들고 있었다. 위니가 생각했을 때 에이바의 삶은 한 문장으로 요약할 수 있었다. 겉보기에는 훌륭하지만 모든 구석이 썩어 있다.

위니는 안타까웠다. 옛 친구 에이바는 더 나은 삶을 살 자격이 있었다. 에이바를 사업에 끌어들이기로 했을 때는 정말 호의를 베푸는 마음이었다. 위니도 에이바의 도움이 필요했지만, 그만큼 에이바도 위니의 도움이 절실했기 때문이다.

첫 단계로 에이바의 관심을 시험하기 위해 모조품 사기 계획을 고백했다. 니만마커스로 부른 후 자신이 반품하는 과정을 지켜보게 했다. 이후 허름하고 손님 없는 카페에 들어가 결과를 보고했다.

"하지만 그건 사기잖아." 목격한 장면의 실체를 눈치챈 에이바가 더듬거리며 말했다.

위니는 대비가 되어 있었다. 닳고 닳은 주장을 펼쳤다. 진짜 악당은 대기업이다. 노동자를 학대하고 푼돈을 주고 부려먹은 후 노동의 결실을 수천 달러에 팔고 있다고 했다. 지겹도록 한 말이라 이제는 의미가 다 사라졌고 어쩌면 횡설수설이나 다름없었다.

에이바는 윗입술을 일그러뜨리며 비웃었다. "변명은 듣고 싶지 않아. 넌 로빈 후드가 아니야. 그냥 돈을 벌 기회를 발견하고 잡았다고 해."

위니는 어떻게 대꾸할지 몰라 기름 낀 테이블을 내려다보다 천천히 말했다. "알았어, 네 말이 맞아. 내 계획은 완벽하고 자랑스러워. 돈도 꽤 벌었지. 아니, 돈을 아주 많이 벌었어. 이제 네 도움이 필요해."

고개를 들었을 때 에이바의 눈이 위니를 꿰뚫었다. "너 정말 역겹다." 그렇게 내뱉은 에이바는 위니를 남겨두고 가게 문을 박차고 나갔다.

카페에 있던 유일한 손님인 페도라 쓴 노인이 신문 뒤에서 낮은 휘파람을 불었다. 위니는 자리를 뜨지 못하고 양손으로 반대쪽 팔꿈치를 움켜쥐며 어디서 잘못되었는지 생각했다. 충격, 불쾌감은 예상했다. 경멸도 있을 수 있었다. 하지만 분노는 정말 예상 밖이었다.

그러다 이해했다. 에이바는 위니의 사기를 개인적인 모욕으로 받아들인 것이다. 자신의 것이어야 마땅한 것을 위니가 빼앗아 갔다고 본 것이다. 돈과 행복과 모험으로 가득한 삶. 열심히 일하고 규칙을 지키고 절대 옆길로 새지 않으면 가질 수 있다고 약속받았던 삶 말이다. 에이바도 시키는 대로 했다. 좋은 학교에 들어가고, 좋은 직업을 선택하고, 좋은 배우자를 만나 좋은 가정을 꾸렸다. 그리고 그 과정에서 자신을 한없이 희생했다. 그런데 지금 어떠한가. 완전히 절망에 빠져 있지 않은가. 자신의 모든 인생을 거짓 위에 쌓아 올렸다는 사실이 드러날까 봐 두려워하고 있다.

그 순간, 위니는 친구의 삶에 멋대로 들어온 것을 후회했다. 사과 문자를 보내고 다시는 에이바를 귀찮게 하지 않기로 결심했다. 막 회장에게 연줄이 끊어졌다고, 간 이식을 하려면 다른 방법을 찾아야 한다고 알리기까지 했다.

일주일도 되지 않아 에이바가 홍콩에 있는 자기 가족을 방문하고 개자식 올리가 에이바의 카드를 정지시키리라고 누가 예상했을까? 전혀 상관없는 요인들이 동시에 작용하여 에이바가 위니의 세계를 엿보고 다시 생각하게끔 이끈 것이다.

샌프란시스코로 돌아온 후 에이바는 전화로 광저우에서 경험한 모험을 보고했다. "어떻게 모르는 남자 아파트로 보낼 수가 있어. 진짜 차 열쇠로 그 사람 눈을 후벼 팔 준비를 다 했다니까." 에이바의 목소리는 밝았다. 기쁨과 생기가 가득한 목소리였다.

"에이, 아썽이? 네가 위협하자마자 벌벌 떨며 주저앉았을걸." 위니는 고민했다. 에이바에게 은근슬쩍 다른 임무를 맡겨야 하나? 아니면 에이바 스스로 말을 꺼내게 기다려야 하나?

에이바가 아무렇지 않은 척 가볍게 말을 던졌다. "저기, 올리가 팰로앨토 집을 포기하겠대."

"통근은 어쩌고." 위니는 무표정으로 말하다 빈정거리는 것처럼 들릴까 봐 얼른 덧붙였다. "그래도 잘됐네. 네가 원했던 거잖아."

수화기 반대편에서 에이바가 멈칫하다가 말을 이었다. "그냥 살라고 했어."

"왜 그랬어?"

에이바가 목소리를 낮추고 중얼거렸다. "네 말처럼 부부 사이에 약간의 자립이 나쁘다고만은 할 수 없잖아."

가슴에 벌새가 갇힌 것처럼 위니의 심장이 뛰었다. 에이바가 이 일에 이렇게 빨리 뛰어들 줄은 예상하지 못했다.

혼잣말처럼 에이바가 나직이 말했다. "대체 어떤 남자가 자기 아내 카드를 정지시킬까?"

위니가 곧바로 대답하지 않자 에이바는 덧붙였다. "네가 안다는 거 알아. 우연히 만났다며."

위니는 숨을 내쉬었다. "주도권을 쥐지 않고는 못 견디는 부류겠지."

"예전에는 이러지 않았어."

이번에는 위니도 대답하지 않았다. 거기다 무슨 말을 하겠는가?

에이바가 완전히 한배를 탔으니 이제 환불에 익숙하게 만들어야 했다. 두 사람은 스탠퍼드 쇼핑센터로 운전해 샤넬 부티크를 찾아갔다. 위니는 매장이 일직선상에 보이는 야외 테이블에 자리를 잡았다. 커다란 선글라스를 끼고 에이바가 최상급 가짜 가브리엘을 들고 유리문을 유유히 지나가는 모습을 지켜보았다. 에이바는 경비원에게 고개를 까딱였다. 자기를 모시려는 주변 사람들에게 익숙한 여자의 전형적인 태도였다. 루즈한 실크 셔츠와 슬림핏 바지를 캐주얼하지만 말쑥하게 차려입고 머리를 낮은 포니테일로 묶고 위니의 에블린백을 어깨에 걸친 에이바는 돈, 기품, 세련미를 뿜어냈다. 하지만 단순히 탯줄을 잘 잡아서가 아니라 열심히 노력해 그것들은 얻은 사람으로 보였다. 그래서 에이바는 사람들에게 호감과 매력을 주었다. 그래서 완벽한 사기꾼이었다.

매장에 들어간 에이바는 첫 번째 결정을 내려야 했다. 벌써 프로처럼 중국인 점원을 피해 백인 점원에게 향했다. 위니는 에이바가 점원과 수월하게 대화하고 상태 확인을 위해 가품을 유리 계산대에 올려놓는 모습을 지켜보았다. 뒤이어 점원이 더스트백을 열자마자 주의를 분산시키기 위해 에블린백을 들어 올리고 어떤 부분인지를 가리키고 있었다. 무슨 일로 키득거리는 걸까? 점원이 수줍게 어떤 말을 했길래 친한 친구인 것처럼 여자의 팔을 손가락으로 만지지?

멋진 데뷔전이었다. 휴대전화를 계산대에 놓고 나오는 마지막 한 방이 없었어도 충분했을 것이다. 에이바는 점원이 반품한 핸드백을 점검하는 대신 자신을 따라 달려 나올 수밖에 없게 만들었다.

정말이었다. 백인 점원이 에이바를 쫓아 가게 밖으로 나오는 사이 위니는 중국인 점원이 동료의 일을 대행하는 모습을 관찰했다. 점원은 최상급 가품을 더스트백에서 다 꺼내지도 않고 대충 살피고는 창고로 들고 들어갔다.

샌프란시스코로 돌아가는 차 안에서 위니가 물었다.

"휴대전화 아이디어 좋았어. 어떻게 생각해낸 거야? 관심 분산의 기술, 맞지?"

이후 휴대전화를 두고 오는 것은 에이바의 트레이드마크가 된다.

몇 달 지나지 않아, 에이바는 쇼퍼를 채용하고 훈련하는 일을 맡았다. 제품이 집으로 배송되지 않도록 사우스샌프란시스코 오피스촌에 창고도 빌렸다. 케이맨제도에 법인을 설립하고 두 사람의 스위스 은행 계좌를 개설했다. 프라이버시는 최대한 보호하고 세금을 최소한으로 줄이기 위해서였다.

같이 일하기 시작한 지 5개월에 접어들고 수익이 꾸준히 성장하고 있을 때, 맨디 막이 자체적인 불법 공장을 짓자는 황당한 계획을 들고 전화했다. 위니에게 하자고 부추긴 사람은 에이바였다.

전화로 오랜 시간 회의를 한 그들은 에이바의 서재에 틀어박혀 맨디의 제안을 상세히 검토했다.

"맨디는 불장난을 하고 있어." 눈빛이 예리한 보모 마리아가 엿듣는 위험을 감수하지 않으려고 위니가 속삭였다. (에이바는 마리아가 안전하다고 주장했다. 똑똑해서 들으면 안 되는 말을 구분한다는 것이다. 위니도 동의했지만 언제나 경계의 끈을 늦추지 않았다.)

"대담하지." 에이바도 동의했다.

"브랜드 한 군데에서 무슨 수작인지 의심하면 막 인터내셔널은 끝장이야."

"그건 우리 문제가 아니니 다행이지." 에이바의 대답이었다.

위니는 놀랐다. 에이바가 쇼퍼들의 이름을 부르면서 필요에 따라 가차 없이 휘두르는 모습을 지켜봐왔지만 아직도 때때로 놀라웠다.

에이바가 말을 이었다. "나는 이렇게 생각해. 우리가 계약서에 서명하지 않으면 그 사람들은 우리를 대체할 수 있어. 네 천재적인 계획을 우리와 똑같이 구현할 꼭두각시를 찾을 거고, 그러면 우리만 끝이야."

"만약 한다고 치자. 그러면 힘의 균형이 완전히 뒤집혀. 만약 그쪽에서 공급망을 쥐면 우리는 휘둘릴 수밖에 없어. 시키는 대로 해야 한다고." 위니는 아무래도 걱정이 되었다.

에이바는 뇌에서 생각의 흐름을 방해하는 장애물을 치울 수 있다는 듯 손가락을 머리카락에 찔러 넣고 두피를 문질렀다. "우리 신세를 지는 한은 그럴 수 없어. 우리에게 갚아야 할 빚이 있으면, 진짜 빚 말이야."

위니는 이해할 수 없었다. 막 회장 쪽은 연줄과 영향력이 대단했다. 전부 쉽게 얻을 수 있을 텐데 뭐가 부족하겠는가?

"그러니까, 보답이 불가능한 부탁을 들어주면 어때? 영원히 의리를 지키고 감사할 부탁 말이야."

"예를 들면 막 회장에게 간 이식 수술을 해주고 생명을 구해

주는 거?"

"아니면 언젠가는 수술이 가능하다는 희망을 계속 품게 할 수도 있고."

위니의 머리털이 쭈뼛 솟았다. 막 회장의 퀭하고 창백한 얼굴과 튀어나온 광대뼈, 감춰야 할 물건처럼 툭 불거진 목젖을 떠올렸다.

에이바의 말투가 누그러졌다. "아니, 이식을 하라고 최선을 다해서 올리를 설득할 거야. 혹시 모른다는 얘기지."

이렇게 결론이 났다. 막 인터내셔널에서만 가짜 핸드백을 공급받게 되는 계약서에 서명하기로 했다. 그에 따르는 수익을 거둘 수 있고, 그 수익으로 더 새롭고 수익성 높은 사업에 투자할 수 있다. 위니는 다음 사업을 찾아내면 될 뿐이다. 위니가 하는 일의 핵심이 창의력 아니던가? 그게 위니가 이 일을 좋아하는 이유 아니던가? 이 세계에서는 일상적으로 아류들이 생겨났고 가장 혁신적이고, 가장 영리한 업체만이 정상에 남을 자격이 있었다.

광저우에서 에이바는 순조롭게 조율이 되었다고 보고했다. 새 공장은 기대보다 더 훌륭했다. 장 부장의 방식이 대단하다고 했다. 전통적인 공장과 달리 작업장을 U 자로 만들어 한쪽에 재봉틀, 한쪽에 부품을 두고 일할 수 있었다. 한 작업대에서 다른 작업대로 일감을 전달하는 시간이 절약된 것이다. 에이바는 말했다, 그래, 초 단위로 계산한다니까, 각 작업을 완수하는 데 필요한 숫자를 보여주는 플라스틱 판이 있어.

"일하는 사람들을 네가 봤어야 해. 집중력, 효율성이 최고야." 합법 공장 노동자들과 비슷한 임금을 받는다는 사실도 도움이 되었다. 불법 공장에서는 전례가 없는 일이었다.

에이바는 열네 살도 되지 않은 어린 노동자와의 만남도 이야기했다. 소녀는 자기 월급으로 동생을 학교에 보낼 수 있다고 수줍게 고백했다. "서양 사람들은 노동자들이 원하는 걸 묻지도 않고 윤리적인 노동에 대해 떠들어대지."

"언니, 멋져." 위니가 말했다. 그런 표현을 쓸 때면 친구는 항상 즐거워했다.

기념 만찬으로 남자들은 에이바를 그레이트월드 호텔의 루프탑 레스토랑으로 데려갔다. 천박함과 화려함이 부조화를 이루는 그곳에서는 막 회장의 취향이 고스란히 드러났다.

에이바가 말했다. "사람 몇 명에 그렇게 많은 와인이 나온 건 처음 봤어. 다 비싸고 다 프랑스산인 거야." 남자들에게 지지 않고 술을 마시며 에이바는 로펌에서 젊은 에너지를 무한히 불태우던 시절의 기분을 느꼈다.

같이 나온 식사에는 감탄이 나왔다. 에이바가 베이징덕을 얼마나 오래 묘사했던가? 베이징에서 공수한 특수 오븐에 넣고 갓 벌채한 사과나무와 야자나무를 연료로 사용해 고기에 강한 향이 배어들었다고 했다.

남자들을 에이바를 귀빈 대접 하며 쉴 새 없이 잔을 채워주고 음식 중에서도 제일 좋은 부위를 내주었다. 튀긴 농어의 달콤하고 부드러운 볼살도 그중 하나였다.

위니는 둥관에서 에이바를 외부인이라 여기고 거리를 둘까 봐 걱정했다. 하지만 친구는 최선을 다해 환영해주었다고 위니를 안심시켰다.

"나랑 대화하고 친해지려고 엄청 노력하더라. 통역할 카이저 스가 그 자리에 있어서 다행이었지."

전부터 알고 있었지만 이것은 에이바만의 대단한 능력이었다. 에이바에게는 사람들이 보살펴주고 싶게 만드는 능력이 있었다. 무해하고 순수한 매력을 뿜어냈고 그래서 치명적이었다.

저녁을 먹은 후에는 대형 텔레비전 화면이 있는 호화로운 프라이빗룸에서 가라오케를 즐겼다. 음향도 최고였고 사이키델릭 디스코 조명, 무제한으로 나오는 위스키와 샴페인도 있었다.

"호스티스들이 들이닥쳤을 때 그 남자들 얼굴을 봤어야 해. 부끄러워서 죽으려 하더라고. 좀 귀여웠어." 에이바는 말했다.

남자들은 위니가 알 법한 노래들을 선곡했다. 아바, 브라이언 애덤스, 마돈나, 본 조비. 어느새 다들 일어나 큰 소리로 합창하고 있었다. 어깨를 흔들고 몸을 털며 유리잔을 부딪치고 또 부딪쳤다.

중간에 위니는 방에서 몰래 나와 계산을 했다. 돌아오는 길에 남자들을 놀리기 위해 매니저에게 지폐를 몇 장 쥐여주고 여자들을 들여보내라고 했다. 「댄싱 퀸」의 첫 음이 울려 퍼지는 순간, 다 똑같은 검은색 원피스를 입은 여자들이 룸으로 쏟아져 들어왔다. 남자들은 필요 없다고 소리를 지르다 문가에서 웃음을 참고 있는 에이바를 발견했다. 결국에는 모든 사람이 함께 노래를 불렀다. 여자들은 가느다란 팔로 남자들을 끌어안고 몸을 양옆으로 흔들었다. 경찰서장이 에이바의 손목을 잡고 빙글빙글 돌리며 나이와 뱃살을 배반하는 놀라운 민첩함으로 룸을 활보했다. 그동안 카이저 스는 탬버린을 흔들었다.

"춤을 춰요, 신나게 춤을 춰요. 지금 최고로 즐겁잖아요." 다들 서로의 얼굴에 대고 외쳤다.

몇 시간 후 이명이 울리고 목이 얼얼해져 비틀거리며 밖으로 나왔다. 저 빛은 동쪽 하늘을 물들이는 새벽 햇살인가, 아니면 둥관 시내의 불빛인가? 남자들은 번갈아가며 에이바의 등을 두드리고 주량을 칭찬하며 계산해줘서 고맙다고 했다. 에이바가 호텔로 돌아가는 차에 오르기 전 다 같이 껴안고 중요한 경기를 이긴 운동선수들처럼 하이파이브를 했다.

에이바의 이야기를 들으며 위니는 부모가 느낄 법한 뿌듯함을 느꼈다.

3주 후, 장 부장이 만든 최상급 가품 1차분이 창고에 도착했고 전국의 쇼퍼들에게 우편으로 보낼 준비를 마쳤다. 보테가 베네타 파우치와 디올의 북토트, 발렌티노 호보백은 전부 신상 컬러에 마감도 훌륭했고 너무나 정교해서 최상급이라는 등급도 진가를 제대로 보여주지 못했다. 아예 급이 다른 물건들이었다. 쇼퍼들은 아무것도 모르는 부티크에 가짜를 반품했고, 진짜는 위니와 에이바의 이베이 스토어에서 날개 돋친 듯 팔려나갔다. 인터넷 게시판의 핸드백광들 덕분에 수익은 두 배로 뛰었다. 그들은 에이바와 위니의 가방뿐만 아니라 고객 서비스도 최고라고 극찬했다.

어디서 가방을 구하는 걸까? 어떻게 그렇게 빨리 구하지? 그러고도 장사가 된다고? 한번 의문이 제기되자 의혹은 점점 커져갔다. ***샤넬에서는 대기 리스트에 올려준다고 할 때 이 스토어에서 베이지 블랙 가브리엘을 샀어. 다른 사이트에서는 사용감 있는 중고를 프리미엄급이라고 팔고 있었는데!***

수요에 맞춰 에이바는 더 많은 쇼퍼를 채용하고 배치해 구매, 구매, 구매를 지시했다(반품, 반품, 반품도). 그러는 내내 위니와 에이바는 절대 안주하거나 경계심을 풀지 말자고 서로에게 다짐했다. 익명의 텔레그램 계정으로 쇼퍼들과 소통했고 귀찮은 패션 블로거나 기자의 인터뷰 요청을 거절했다. 개인 정보를 인터넷에서 전부 삭제하는 서비스에 돈을 지불해, 사업이 추적당할 여지를 차단했다.

그렇게 작은 것까지 꼼꼼하게 신경 쓰고 엄격한 규칙을 따랐지만 전체 사업을 모래성처럼 무너뜨린 것은 단 하나의 무해한 행동이었다.

발단에는 오하이오주 캔턴에 사는 메리수 클라크가 있었다. 평범하게 하루하루를 살아가던 그 여자는 에이바가 막 인터내셔널과 새 계약서에 서명하고 석 달이 지난 후인 10월에 쉰 번째 생일을 맞았다. 메리수의 남편 필 클라크는 아내의 50세 생일을 기념해 루이비통을 대표하는 다미에 캔버스로 만든 클랩튼 지갑을 선물했다. 출장 중에 오렌지카운티 니만마커스에서 구매한 지갑이었다.

나중에 위니의 사립 탐정이 보고한 내용에 따르면, 메리수는 선물을 받고 기뻐했다. 하지만 행복은 며칠 가지 않았다. 묵직한 버클을 고정하는 작은 금색 나사 하나가 갑자기 풀려 지갑을 사용할 수 없게 됐기 때문이다.

엄밀히 말하면 이건 루이비통의 디자인 결함이지, 막 인터내셔널 공장의 실력 문제가 아니었다. 하지만 이런 차이가 메리수에게는 중요하지 않았을 것이다. 소위 명품이라는 지갑의 품질에 실망한 메리수는 동네 수선집을 방문했고 완벽하게 일치하는 나사를 찾을 수 없다는 답변을 들었다. 이제는 클리블랜드에서 한 시간 거리인 가장 가까운 루이비통 부티크로 운전해 가는 방법밖에 없었다.

비대칭으로 칼단발을 하고 하얀 장갑을 낀 판매원이 지갑을 살폈고 메리수는 그 모습이 가식적인 연극 같다고 느꼈다. 직원은 지갑을 수선하기 위해 공장에 보내야 하지만 수리비는 무료라고 메리수를 안심시켰다. 루이비통은 자사의 상품을 끝까지 책임지기 때문이었다.

메리수는 만족해서 매장을 나왔다. 차에서 남편에게 좋은 소식을 알리려고 전화를 걸었지만 다른 전화가 통화를 방해했다. 조금 전 그 매장 매니저였다. 딱딱한 말투로 매니저는 추가로 살펴본 결과 지갑이 우리 제품이 아니라는 사실이 드러났다고 전했다. 정확히 그렇게 말했다.

"그게 무슨 뜻이에요?" 메리수가 물었다.

"이건 루이비통 지갑이 아닙니다, 고객님."

"무슨 말을 하는 거예요? 다 LV로 뒤덮여 있는데."

"죄송합니다, 고객님. 하지만 이 지갑은 루이비통 진품이 아니에요."

"어떻게 그럴 수 있어요? 니만마커스에서 산 거예요."

"그쪽에 가져가서 물어보시죠."

언쟁이 조금 더 오간 후 매니저는 매장 정책상 모든 가품을 압수해야 하지만 오늘 안에 돌아오면 지갑을 돌려주겠다고 말했다.

그래서 메리수는 차가 막히는 퇴근길의 고속도로에서 빠져나와 부티크로 돌아갔다. 조금 전 그렇게 친절하던 젊은 여직원이 지갑을 엄지와 검지로 집어서 건넸다. 지갑이 아니라 죽은 생선이라도 만진 표정이었다.

다시 고속도로를 탄 메리수는 남편에게 전화해 화를 냈다. 어떻게 나를 망신시킬 수가 있냐? 그냥 진실을 말하지 그랬냐? 또 무슨 거짓말을 한 것이냐? 지금 손가락에 낀 다이아몬드도 알고 보면 큐빅 아니냐?

천성이 차분하고 말수가 없는 필 클라크는 아내의 호통을 끝까지 들어주었다. 메리수가 드디어 말을 끊고 숨을 돌릴 때 필은 말했다. "세금 포함 1,080달러나 주고 산 거야. 당신이 교환하고 싶을까 봐 영수증도 보관했다고."

그날 저녁 필과 메리수는 뉴포트비치에 있는 니만마커스에 전화했다. 전화를 받은 책임자는 몇 번이나 사과하며 전액을 환불하고 다음에 자기네 제품을 구매할 경우 30퍼센트 할인을 받을 수 있게 했다. 추가 조사를 위해 지갑을 우편으로 보내달라는 요청도 잊지 않았다.

그때부터 일은 순식간에 커졌다.

니만마커스는 그날로 정책 점검에 들어가, 반품으로 들어온 명품 가죽 제품 전부를 추가 조사 하기로 했다. 위니와 에이바가 가장 신뢰하던 쇼퍼로 '핸드백중독자'라는 닉네임을 썼던 한국계 미국인 대학원생은 핫핑크 색 발렌시아가 시티백의 최상급 가품을 반품하기 위해 문 닫을 시간이 다 되어 보스턴 코플리 스퀘어에 있는 니만마커스에 들어갔다고 한다. 직원이 가방의 안주머니 지퍼를 열어 유방 종양이라도 찾는 것처럼 손으로 더듬고는 (돋보기가 필요한 나이가 아니었는데도) 눈을 찌푸리며 신용카드를 쳐다봤을 때 핸드백중독자는 불안해졌다. 직원은 핸드백중독자에게 등을 돌리고 전화로 '진품 전문 감정사'를 매장으로 불렀다.

그 즉시 핸드백중독자는 몸을 날려 가품을 쥐고 매장에서 빠져나왔다.

며칠 후 다른 쇼퍼도 댈러스 니만마커스에서 같은 경험을 했다. 이곳 직원은 쇼퍼의 신용카드를 꽉 붙잡고 달아날 기회를 주지 않았다. 다행히 문제의 보테가 베네타 우븐 클러치는 특별히 더 훌륭한 가품이라 감정을 통과해 환불 처리가 되었다. 하지만 겁을 먹은 쇼퍼는 곧바로 일을 그만두었다.

이내 아시아인과 아시아계 미국인 쇼퍼들이 인종을 이유로 걸러지고 있다는 사실이 분명해졌다. 한때 가장 강력했던 무기(온순하고 말을 잘 듣는다는 인식과 눈에 잘 띄지 않는다는 특징)가 이제는 약점이 되었다. 서사가 뒤집혔다. 교활하고 야비하고 믿을 수 없는 것이 아시아인의 특징이 되었다. 니만마커스에서 색스로, 노드스트롬으로, 모든 백화점에 소문이 퍼져나갔다. 모든 곳에서 환불 정책이 더 엄격해졌다. 수익은 뚝 떨어졌다. 막 인터내셔널은 물품 대금을 요구했다. 그러는 동안 최상급 가품들은 사우스샌프란시스코 창고에, 자동차 트렁크에, 집에 쌓여가고 있었다.

경찰이 수사를 시작하자 위니와 에이바는 두 사람이 처한 곤경을 다각도로 연구하고 선택지가 없다는 결론을 내렸다. 핸드백 사업은 골칫거리가 되었다. 목숨을 건지려면 괴사한 발을 잘라내듯 사업을 정리해야 했다.

하지만 유죄를 입증하는 증거가 발각되기 전에 발을 뺀다 해도 결백을 주장하기는 너무 늦어버린 뒤였다.

위니는 로스앤젤레스 펜트하우스에서 노트북을 앞에 두고 앉아 LA 국제공항에서 출발하는 마지막 비행기 표를 구매한 후 에이바에게 전화를 했다. "샌프란시스코 공항에서 타이페이로 가는 자정 비행기에 비즈니스석이 한 자리 남아 있어."

"말도 안 돼. 나는 그냥 짐 싸서 떠날 수 없어." 에이바의 대답이었다.

위니는 천장부터 바닥까지 이어진 침실의 통창을 내다보았다. 이 하늘을 참 많이 그리워하겠지. 맑게 갠 푸른 하늘에 그림으로 그린 듯한 구름이 둥실 떠 있었다. 위니가 말했다. "이해를 못 하는 것 같으니 내가 자세히 설명할게. 우린 체포돼서 감옥 가기 일보 직전이야. 몇 달, 아니 몇 년도 썩을 수 있어. 나는 지금 당장 떠날 거고 너도 그렇게 하는 게 좋을 거야."

"내 아들은 어쩌고?"

"거기 마리아 있어?"

"위니, 말도 안 되는 소리 하지 마."

위니는 벌떡 일어나 방 안을 서성였다. "잠깐만이야. 자세한 방법은 나중에 찾으면 돼."

"나보고 자식을 두고 무기한 떠나라는 거야?"

위니가 몸을 틀어 벽을 발로 차다 엄지를 찧었다. "너 감옥 가면 어떻게 될 것 같아?"

수화기 반대편에서는 대답이 없었다.

위니가 불렀다. "에이바? 에이바, 듣고 있어?"

"듣고 있어." 소름 끼치게 차분한 목소리였다.

"다른 방법은 없어. 알겠니? 다른 방법은 없어." 위니는 어떻게 하면 친구가 상황을 이해하도록 만들 수 있을까 고민하며 서랍장을 손가락으로 두드렸다.

"잠깐, 방법이 있는 것 같아." 에이바가 말했다.

위니는 손바닥으로 이마를 짚었다. 정말 이럴 시간이 없었다.

"체포하러 오기를 기다리지 말고 자수하면 어때?"

위니는 비명을 지르지 않으려 엄지를 깨물어야 했다. "그러면 감옥에 가는 건 따놓은 당상이지."

조금 전과 같이 침착한 말투였다. "제대로 실행하면 아니야."

베이징의 태양이 지기 시작한다. 햇살이 블라인드를 뚫고 들어와 바닥에 감옥의 쇠창살 같은 줄무늬를 그린다. 딱딱한 소파 쿠션 때문에 허리 근육이 아프다. 위니는 편안해지려고 몸을 옆으로 굴리지만 소용이 없다. 왜 통증이 머리로 퍼지는 느낌일까? 선반에 놓인 시계를 확인한다. 그렇다. 약 먹을 시간이다. 위니는 진통제 두 알을 혀에 올리고 물을 마시러 욕실로 간다. 거울에 김이 서릴 만큼 얼굴을 가까이 대고 얼룩덜룩하고 퉁퉁 붓고 아기 피부처럼 보드라운 눈꺼풀에 찐득하고 투명한 액체를 짠다. 이번 달 내내 얼굴을 맞대고 대화한, 진짜로 말을 건 유일한 상대인 거울 속 자신에게 위니는 말한다. "새로운 시작을 위하여."

위니는 노트북을 들고 침실로 와 옷도 갈아입지 않고 이불을 젖혀 침대에 오른다. 노트북을 펼치고 지난주 하루에 한 번은 본 영상을 재생한다. 영국의 주요 신문사에서 공개한 영상인데, 웨일스 카디프에 있는 다이아몬드 연구소가 등장한다. 그래, 육안으로는 천연 다이아몬드와 구별할 수 없지만 훨씬 저렴한 가짜 다이아몬드를 키우는 연구소 말이다. 당연히 기회는 그곳에 있다. 잘 굴러갔던 모조 핸드백 작전의 설계도를 15도, 30도, 45도 돌리면 되지 않아? 하지만 이번에는 생산과 공급 과정을 처음부터 끝까지 감독할 것이다. 주도권을 넘겨주지 않을 것이다.

위니는 과학자가 자그마한 다이아몬드 씨앗을 복잡하게 생긴 생장실에 놓는 모습을 다시 본다. 씨앗이 구름 같은 보라색 불빛 안에서 아주 조금씩 커지는 모습도 다시 본다. 과학자는 말한다, 몇 주 후면 완전한 크기의 다이아몬드가 될 겁니다, 그러면 커팅과 연마를 거쳐 반지로 만들 수 있죠. 거친 보석을 손바닥에 놓고 무게를 재는 상상을 하자 심장이 북처럼 고동친다. 에이바에게는 말하지 않았다. 계획을 실행할 때 무엇이 필요한지 더 명확히 알기 전까지는 참아야 한다. 그리고 이번 주에 에이바의 머리를 복잡하게 할 필요도 없다.

협탁 나무 표면에서 위니의 휴대전화가 요란한 소리를 낸다. 번호를 확인하고 이번에는 전화를 받는다. "어때? 오늘 형사와 이야기한 건 어떻게 됐어?"

"아직까지는 좋아." 에이바가 차분하게 말한다.

"그래서 나보고 어쩌라는 거야?"

"지나친 자신감에 대해 네가 뭐라고 했지? 계획대로 돌아가고 있어. 하지만 갈 길이 멀지." 에이바가 지적한다.

"네가 뭐라고 했는지만이라도 알려줘."

에이바는 어제 일어난 일들을 들려준다. 형사에게 남편과 점차 서먹해졌던 가슴 아픈 순간들을 줄줄이 늘어놓았다고 했다. 결혼 생활에 끝이 보인다고, 위니도 싫고, 험악한 남자들도 지긋지긋하다는 하소연을 곁들여서.

“들어봐.” 에이바의 목소리 톤이 높아진다.

위니는 지금 에이바의 모습을 상상할 수 있다. 흥분을 주체하지 못해 눈을 반짝이고 뺨을 붉히고 있으리라.

“공장 여자애한테 손가락 두 개가 없다고 했을 때 그 여자 얼굴을 네가 봤어야 해.”

위니는 비명을 지르고 자기 몸에서 낸 소리에 놀라 입을 틀어막는다. 에이바는 어떻게 그런 이야기를 지어냈을까? 이렇게 쉽게 이야기를 지어내는 걸 보면 베스트셀러 작가가 될 수도 있었을 것이다. 다음에는 어떤 이야기를 지어낼까? 관자놀이부터 턱까지 불거진 상처가 있는 폭력배? 학교로 돌아가는 꿈을 꾸는 술집 여자? 위니는 궁금해 죽을 지경이다.

13

형사님, 이야기 속 주인공이 자기가 한 약속이나 계약에 묶여 그냥 앞으로 나아갈 수밖에 없다고 깨닫는 순간 있죠? 뭐라고 하더라…… 돌이킬 수 없는 강을 건넜다. 네, 둥관 출장이 끝났을 무렵 제가 느꼈던 감정도 그랬어요. 다른 선택지가 있어야죠. 한 발, 한 발 조심스럽게 내디디며 위니나 막 회장 사람들이 요구하는 일들을 최소한으로 완수할 뿐이었어요. 일을 따로 떼어놓을 수 있다고 생각했어요. 주변에 울타리를 쳐서 다른 차원의 세계와 분리하면 제 진짜 인생과 제가 사랑하는 사람들은 그 더러움에 물들지 않을 거라 생각했죠.

하지만 일은 제 뜻대로 진행되지 않았어요. 말도 안 되게 방탕한 저녁을 보내고 호텔로 들어온 저는 침대로 쓰러졌어요. 하지만 저를 덮친 건 손가락 없는 아이들이 독이 든 깡통 컵을 들고 있는 악몽이었어요. 잠에서 깨니 햇빛이 정통으로 쏟아져 피부가 온통 땀으로 뒤덮여 있더군요. 배가 부글거리고 종아리와 정강이가 쑤셨지만 이 더러운 도시에서 단 1초도 머물고 싶지 않았어요. 홍콩으로 넘어가 할머니와 우리 가족을 만나고 저라는 사람의 본질을 저 자신에게 일깨워줘야 했어요.

네, 할머니 생신이 겹친 게 수상하다고 생각하실 수도 있어요. 무슨 말을 더 해야 해명이 될지 모르겠네요. 할머니는

1930년 7월 17일에 태어나셨어요. 이건 절대 지어낸 사실이 아니죠. 네, 아흔 번째 생일요. 아, 그래서 혼동이 생겼군요. 중국 나이로 아흔요. 서양식 나이와 달라요. 중국 사람들은 엄마 배 속에 있던 시기도 나이에 포함해 태어나면 한 살로 치거든요.

아뇨, 그것 말고는 홍콩에 갈 이유가 없었어요. 둥관 호텔에서 출발해(여기 보시면 오전 10시 2분에 체크아웃을 했잖아요) 곧장 홍콩 레스토랑으로 갔고 가족과 점심을 먹은 후에 다시 차를 타고 저녁 비행기 시간에 맞춰 공항으로 갔어요. 어디 들르지도, 멈추지도 않았어요.

홍콩에 가기 정말 잘했다고 생각해요. 할머니 생신 파티에 참석해서도 좋았지만, 할머니 덕분에 이 자리에 있기 때문이죠. 할머니가 아니었다면 지금 형사님 앞에 앉아 위니와 동업자들을 고발하고, 이 비열한 사기 행각에 대해 아는 대로 털어놓을 일도 없었을 거예요.

할머니가 이 일과 무슨 상관이냐고요? 형사님, 코즈웨이 베이에 있는 유명 딤섬 레스토랑에 도착한 제 모습을 상상해보세요. 토요일 낮이었고 환한 실내는 우리처럼 몇 세대나 되는 대가족들로 북적였어요. 사방이 신나서 꺅꺅대는 아이들, 그런 아이들을 꾸짖는 부모, 너그럽게 혀만 차는 조부모 천지였죠. 이보다 완벽한 장면을 상상하기는 어려울 거예요.

제일 좋은 창가 자리에 우리 가족이 있었어요. 머리를 감고 새 꽃무늬 블라우스를 입은 우리 할머니. 메뉴 주문을 담당한 이모와 이모부. 사촌 케일라와 남편 윈스턴, 두 딸들은 이날을 위해 온통 행운의 빨간색으로 차려입었어요. 사촌 카리나도 호주인 남자 친구 휴와 싱가포르에서 날아왔고요. 휴는 큰 키에 등이 구부정했고 머리부터 발끝까지 스포츠웨어를 입고 있었어요.

그 순간, 저는 목에 두른 주홍색 실크 스카프를 매만지고 원래의 제 모습으로 돌아왔어요. 저는 여기 있는 맑고 유쾌하고 눈이 반짝이는 사람들에 속했어요. 더러운 돈을 흘리고 다니는 어젯밤의 그 추잡한 부호들과 다르게요.

볼이 통통한 네 살과 여섯 살 조카들을 보자 가슴에 구멍이 뻥 뚫렸고 사랑하는 우리 아들을 꽉 끌어안고만 싶었어요. 데이나와 엘라는 놀랍도록 얌전했고 어른들과 문제없이 의사소통을 했어요. 만두도 어쩌면 그렇게 맛있게 잘 먹던지요.

둘 중 동생인 엘라가 접시를 다 비우고 제 무릎에 올라오더니 광둥어로 말을 걸었어요. 그러다 제가 알아듣지 못한다는 걸 알고는 영어를 써서 자기 아빠가 고양이를 사줬다고 말하더군요.

고양이 이름을 물었어요.

곰돌이예요.

저와 눈이 마주친 케일라가 씩 웃었어요.

저는 말했죠, 참 재미있는 이름이구나.

아이는 제 가슴에 뒷머리를 기대고 저를 올려다보며 까르르 웃었어요. 천사나 요정이 분명하다고 생각할 만큼 순수하고 맑은 소리였어요. 지난 24시간이 각질 덩어리처럼 벗겨져 나갔어요. 속으로 되뇌었죠, 이게 진짜다, 진짜 내 모습이다, 나는 엄마이자 이모이자 아내, 사랑받는 여자다, 치열하고 고독하게 사는 위니와는 사는 세계가 다르다.

엘라에게 친척 동생 헨리도 다음에 홍콩에 오면 네 고양이와 놀고 싶어 할 거라 말했어요. 그랬더니 엘라가 믿을 수 없다는 표정으로 저를 보더라고요. 친척 동생? 엘라가 외쳤어요. 나도 모르는 동생이 있어요? 태어나서 한 번도 못 본 동생?

으이구, 카리나 남자 친구는 아이의 작은 코를 꼬집으며 말하고는 제게 물었어요, 둥관에는 어쩐 일로 갔어요?

다들 제 대답에 귀를 기울이는지 테이블이 조용해졌어요. 아, 별로 재미없는 일이에요, 이것저것 하느라고요, 제가 말했어요.

재미없는 일, 뭐? 카리나가 물었어요.

저는 컵을 들고 차를 마셨어요. 친구 컨설팅 사업을 도와주고 있어. 걔가 미국 브랜드와 중국 공장을 이어주는 일을 하거든. 다행히 사촌의 눈은 흥미를 잃고 멍해졌어요. 그건 그렇고 너는 어때? 싱가포르 생활 만족해?

카리나는 싱가포르에서 첫날 본 장면을 들려줬어요. 쇼핑몰 밖에서 한 여자가 담배꽁초를 바닥에 던졌더니 대체 어디 숨어 있었는지 모를 사복 경찰이 나타나 쓰레기 무단 투기로 벌금을 물렸대요.

휴가 덧붙였어요, 흠잡을 데 없이 아름다운 곳이긴 하죠, 하지만 뭘 위해서일까요?

다행히 스포트라이트에서 벗어난 저는 의자에 기대앉아 이야기를 들었어요. 친척들과 둘러앉아 가벼운 일상 이야기를 듣는 시간을 감사히 여기면서요.

카리나가 말했어요, 아니, 진짜로, 나도 홍콩을 사랑하지만 여기서 의사로 일하기가 너무 힘들어졌어. 카리나는 이직하기 전에는 국경 너머 선전 클리닉에서 일주일의 절반을 일해야 했대요. 돈만 있으면 완벽한 치료를 받을 수 있다는 부유한 본토 중국인들의 믿음은 날이 갈수록 강해졌고요. 스트레스로 위궤양이 악화되고 머리카락이 뭉텅이로 빠지기 시작했다고 해요.

리디아 이모는 말했어요, 슬프지만 잘 갔다고 생각해.

마크 이모부는 말했어요, 작년에 수술 받고 상태가 나빠졌다면서 환자 하나가 의사를 칼로 찔러 죽인 일도 있잖니, 그것도 베이징에서 제일 좋은 병원에서! 그런 식으로 공격당하는 의료인이 한둘이 아니야.

저는 심각하게 걱정하는 것 같은 표정을 짓고 고개를 무겁게 끄덕였어요. 하지만 머릿속으로는 아무렇지 않게 착취에 착취를 거듭하던 어젯밤의 남자들을 떠올리고 있었죠. 악어가죽 버킨백은 경고, 협박의 표시였어요. 그 가방은 근처 비싼 주차장에 서 있는 메르세데스 트렁크 안에 제 캐리어와 나란히 놓여 있었어요. 다시는 볼 일 없게 누가 차를 털어 가져가버리면 좋겠다고 생각했죠. 누가 제 인생에 침입해 위니가 만들어낸 제 모습을 납치해 가면 얼마나 좋을까요. 그러면 다시는 그 여자가 될 필요 없잖아요.

할머니가 제 상념을 깨뜨렸어요. 에이바, 피곤해 보인다. 왜 이렇게 말랐어. 일을 너무 많이 하는 거 아니니.

시차 때문이에요, 저는 말했어요.

집에 가면 너를 챙겨줄 사람은 있어?

이렇게 정곡을 찌르는 질문을 얼마 만에 받아보는지, 갑자기 울고 싶어졌어요. 저는 말했어요, 그럼요, 올리 있잖아요, 친구들도 있고요. 제가 들어도 못 미더운 대답이었죠.

할머니는 말했어요, 친구로는 안 돼.

저는 힘없이 웃었어요. 무슨 말씀을 하려는 걸까요?

내 나이 구십인데 내 친구들은 다 죽었어!

제가 할머니 친구 할게요, 휴가 입에 발린 말을 했어요.

할머니는 됐다고 휴의 소매를 두드려주고 다시 저를 쳐다보며 말했어요, 미국에 있는 네 엄마 걱정을 참 많이 했지, 늙으면 주변에 사람이 없을까 봐 걱정했어, 너랑 네 오빠는 너무 멀리 사니까. 할머니가 떨리는 손으로 냅킨을 들고 눈가를 콕콕 닦았어요.

하고 싶은 말들이 머릿속에서 아우성을 쳤지만 이렇게 말했어요, 제 걱정은 하지 마세요, 할머니, 저 정말 괜찮아요, 여기요, 살찌게 에그타르트 하나 더 먹을게요.

엄마의 엄마, 엄마의 언니, 다른 가족이 있는 이 테이블에 엄마가 함께 앉아 있기를 간절히 바랐어요. 엄마에게 한 달, 아니, 일주일만이라도 시간을 벌어줄 수 있다면 정말 뭐든 할 수 있었어요. 저는 사촌들과 더 가까워지고 싶었고, 헨리에게 데이나와 엘라를 소개해주고 싶었어요. 위니와 그 패거리에 끌려다니며 또 하루를 허비한다고 생각하니 구역질이 났어요.

선전 공항으로 가며 저는 엄마가 살았을지도 모를 인생을 상상했어요. 아빠가 매사추세츠 대학원을 포기하고 홍콩에 남았더라면 어땠을까요. 가족과 지하철 한 정거장 거리에 살며 매주 만나 식사를 했겠죠. 떠나지 않겠다고 고집을 피우며 크고 어지러운 집에 혼자 있을 아빠를 생각했어요. 오빠 생각도 했고요. 최근에 오빠가 엄마 1주기를 맞아 보스턴에 가자고 했거든요. 저는 일이 너무 바빠서 또 움직이기는 힘들다고 했어요. 사랑스러운 애물단지인 내 아들 헨리가 엄마인 나보다도 가족이 없다는 생각도 했죠. 후대로 갈수록 사람이 줄어드는 바람에 우리 일가는 아슬아슬하게 균형을 잡고 서 있는 역삼각형이 되었으니까요.

헨리가 어른이 되고 우리가 떠나면 헨리는 누구에게 속마음을 털어놓을까요? 누가 조언을 해줄까요? 엄마처럼 무분별한 결정을 내리지 않게 말려줄 사람이 있을까요?

기사의 뒤통수만 쳐다보고 있던 제가 말을 꺼냈어요. 선전 출신이세요?

기사는 대답했어요. 아니요, 실제 이곳 출신은 여기 아무도 없어요.

꽉 막힌 도로를 요리조리 빠져나가며 말하기를, 시골에 있는 가족을 만나려면 기차를 타고 열두 시간을 가야 한대요. 춘절마다 고향으로 가는데 기차에 사람이 너무 많아 가방을 놓친다 해도 빽빽한 주변 승객들 사이에 끼여 바닥에 떨어지지 않는다는군요.

아들이 멀리 산다고 부모님이 아쉬워하지 않아요?

기사가 빨간불에 차를 세웠어요. 조금은 그러시겠죠.

핸드백과 쇼핑백과 아이들의 손을 잡은 사람들이 건널목으로 우르르 쏟아져 나왔어요.

제가 말했어요, 가끔 향수병도 생기죠?

기사는 가슴을 주먹으로 두드리며 말했어요, 전혀요, 이제 전 도시 남자라고요.

이 일이 재미있어요?

기사는 제 쪽을 힐끗 보고 미소 지었어요. 평생 운전기사를 하지는 않을 거예요. 제 사업을 하고 싶어요. 차와 기사를 여럿 거느리고 사업가들을 모시는 거죠.

공항에 도착했을 때 기사는 출국장 앞에 주차하고 차를 빙 둘러 트렁크에서 제 캐리어를 꺼냈어요. 저는 고맙다고 인사하고 계획한 사업에 성공하기를 빈다고 했고요.

시 유, 바이, 기사가 말했어요.

젊은 친구를 끌어안고 잘살라고, 이 도시에 흐르는 검은 돈에 휩쓸리지 말고 열심히 일하라고 말하고 싶었어요. 바르고 정직한 노동은 전혀 부끄러운 것이 아니라고 말해주고 싶었지만 가까스로 그 충동을 억눌렀어요.

제가 무슨 자격으로 그런 조언을 하겠어요? 그냥 이렇게만 얘기했죠, 시 유, 바이.

이 이야기가 형사님 귀에 어떻게 들릴지 알아요. 그래놓고 왜 석 달이 지난 후에야 자수했냐고요? 믿어주세요. 걱정할 사람이 저 하나라면 샌프란시스코에 내리자마자 경찰서로 달려갔을 거예요. 하지만 저는 이기적인 사람이에요. 나약하죠. 남편, 아들을 생각하면, 아흔이나 되신 사랑하는 할머니를 생각하면 두려웠어요. 더구나 할머니는 그 악당들과 국경 하나만 사이에 두고 계시잖아요. 그 점은 죄송해요. 위니의 손아귀에서 제힘으로 벗어날 수 있다고 생각한 게 잘못이었어요. 그 인간들에게서 우리 가족을 보호할 수 있다고 생각하지 말았어야 해요. 하지만 가장 후회되는 건 이거예요. 오직 진실만이 우리를 구할 수 있다는 사실을 늦게 깨달은 거요. 처음부터 진실이 답이었는데요.

14

남편과 화해할 준비를 하고 집 앞에 도착했죠. 제가 저지른 실수 때문에 남편이 다치지 않도록 최선을 다할 작정이었어요. 제가 알기로 남편의 안전을 보장할 방법은 하나뿐이었어요. 저는 막 회장을 환자로 받아달라고 설득해야 했어요. 다만 남편이 막 회장의 범죄 이력에 대해서는 절대 몰라야 했고요.

산산조각 난 바카라 화병을 대신하기에 적당해 보이는 크리스털 화병을 면세점에서 하나 발견해 올리에게 선물로 내밀었어요. 그리고 말했어요, 미안해.

소파에 늘어져 있던 올리는 고개를 살짝 들더니 그러기까지 굉장한 힘을 쓴 것처럼 다시 드러누웠어요. 그게 뭐야?

저는 화병이라 말하고 쇼핑백을 카펫에 내려놓았어요.

원래 지옥 같은 48시간 근무를 마치면 저렇게 긴장증 환자처럼 눈이 멍해져요. 레지던트들에겐 사디스트 같은 눈빛이겠지만요.

무슨 일이야? 왜 그래? 제가 물었어요.

열린 창문으로 찬바람이 몰아치는데 기저귀만 입은 헨리가 달려왔어요. 안으려고 팔을 뻗었지만 헨리는 저를 뿌리치고 커피테이블에 놓인 리모컨으로 향했어요. 텔레비전을 켜려다 실패하자 리모컨으로 소파 쿠션을 마구 두드렸고요.

올리는 고통스럽게 일그러진 얼굴로 꼼짝도 하지 않았어요.

무슨 일이야? 제가 다시 물으며 몸을 숙여 아들의 정수리에 입을 맞췄어요. 샴푸 냄새는 어디 가고 이스트와 비 맞은 강아지 냄새가 나더라고요. 헨리는 목을 길게 빼고 기쁨에 겨운 미소를 짓더니 다시 리모컨을 후려치기 시작했어요.

올리가 머리 위로 팔을 뻗고 괴물 같은 소리를 내자 깜짝 놀란 헨리는 아빠를 따라 하고 재미있다며 키득키득 웃었어요. 저는 아들을 안아 올리고 양쪽 뺨에 뽀뽀를 했고, 헨리는 제 품에서 벗어나려고 발버둥을 쳤어요.

한참 만에 올리가 말했어요, 변기 훈련을 시켜봤어.

어떡해.

당신 놀라게 하고 싶었거든.

어떡해.

그렇게 힘들 줄 몰랐지. 하루에서 사흘이면 된다더니.

갑자기 짜증이 솟구치며 선의가 증발했어요. 남편다운 행동이에요. 정신이 온전한 사람이라면 절대 하지 않을 일에 도전하는 거요. 절대로 할 수 없다는 말은 올리에게 최고의 원동력이자 자극제였어요. 약학과 생물학 복수 전공으로 하버드를 졸업한 것도 그 덕분이었으니까요. 아마추어 조정 클럽에서 활동하고 댄스부에서는 백업 반주자도 하면서요. 외과 레지던트와 펠로 과정도 그렇게 통과했어요. 전문의가 된 첫해에 UC 샌프란시스코 젊은 의학자상을 받은 비결이기도 했고요. 그러다 문득 좋은 생각이 났어요. 그 점을 이용해 막 회장을 수술하도록 설득하자. 커리어의 정점을 찍게 해줄 환자로 만드는 거예요. 그 성과는 올릴 수 있는 사람은 올리뿐이라고요.

고개를 숙이고 헨리 기저귀 냄새를 맡으니 아무 냄새도 나지 않았어요.

당연히 포기했지. 올리는 수치심을 감추려는 듯 손등으로 눈을 덮었고요.

무슨 일인데?

카펫에 똥을 쌌어.

세상에. 베이지 색 양탄자를 훑으니 커피테이블 옆에 희끗한 세제 자국이 딱 보여요. 몇 주 전에 주문한 파란색 플라스틱 변기는 한쪽 벽으로 밀어놨고요. 『누구나 똥을 눈다』 책과 엘모 인형 옆에요.

그러더니 욕실 바닥에도 똥을 쌌어. 보란 듯이 변기 옆에다.

헨리!

아들은 긴 속눈썹과 분홍색 뺨을 자랑하며 저를 잠깐 쳐다보더니 텔레비전을 켜겠다는 목표에 재도전했어요.

쉬를 몇 번이나 했는지는 입 아파서 말 안 할래.

제가 소파로 가서 남편 옆에 몸을 끼워 넣으니 올리는 몸을 옆으로 굴려 공간을 내줬어요.

정말 고생했어, 제가 말했어요.

올리가 제 가슴 위로 한 팔을 걸쳤어요. 이렇게 비참하게 당한 건 태어나서 처음이야.

리모컨 켜는 법을 이해하지 못해 답답해진 헨리가 텔레비전 화면에 얼굴을 박고 섬뜩한 비명을 질렀어요.

올리는 괴로워하며 말했죠, 제발, 켜, 부탁이야.

「토마스와 친구들」을 틀어주니 헨리는 단번에 입을 다물고 주제가에 맞춰 몸을 흔들었어요. 제가 화면에 가까이 서 있지 말라고 했지만 들은 척도 안 했고요.

막 회장 얘기를 꺼내려 몸을 돌리니 올리는 어느새 코를 골고 있었어요. 아무 데서나 곧바로 잠드는 것도 남편의 장기예요. 그곳이 붐비는 의국이건 5성급 호텔이건 가리지 않았죠.

헨리가 텔레비전 앞에서 침을 흘리는 동안, 위니의 문자가 제 휴대전화로 쏟아져 들어왔어요.

공장 설비는 어때? 하루에 몇 개나 생산해? 새로 나올 스타일은 뭐가 있어? 쇼퍼를 몇 명 뽑아야 할까?

위니를 말리려면 질문에 하나씩 답하는 수밖에 없었어요. 무시했다가는 질문만 더 늘어나니까요. 위니가 집으로 전화하는 상황은 만들고 싶지 않았어요. 제가 샌프란시스코에 돌아왔다는 이유로 우리 집에 찾아오는 건 더더욱 안 될 말이었고요. 아니요, 형사님. 공장에서 본 끔찍한 광경에 대해 얘기하지는 않았어요. 그래봤자 소용없다는 걸 진작 깨달았으니까요. 위니는 순진하다고 저를 비웃었을 거예요. 카이저 스처럼요.

이번 시즌에 가장 주목받는 디자이너 룩북을 보며 어떤 제품이 가장 히트를 칠지 위니와 문자로 토론하던 중에 시야 가장자리로 뭔가 보였어요. 헨리가 자기 발에 걸려 텔레비전 스탠드로 쓰러지고 있었어요.

휴대전화를 던지고 헨리에게 몸을 날렸어요. 울면서 성질을 부리는 아이를 붙잡고 피가 나는지 확인했지요.

응, 아프지? 그래도 괜찮아. 괜찮아, 우리 아가.

아직 소파에 엎드려 있던 올리가 잠이 덜 깬 목소리로 말했어요. 애한테 두 시간 동안 만화를 보여준 거야? 그동안 당신은 뭐 하고?

그 순간 깨달았어요. 가정과 일을 분리할 수 있다는 생각이 얼마나 어리석었는지. 벌써 실패한 거 봐요. 그래서 몸을 홱 틀고 올리에게 분노를 쏟아냈어요.

누가 당신한테 변기 훈련 시켜달래? 대체 무슨 정신으로 그게 될 거라 생각했어?

올리는 피곤하고 혼란스러워 저를 쳐다보기만 했어요. 당신을 도와주고 싶었어.

헨리가 관심을 끌기 위해 더 큰 소리로 악을 썼어요.

그건 돕는 게 아니야, 과시지, 제가 말했어요.

올리가 팔꿈치로 몸을 일으켰어요. 지금 무슨 소리야?

다음에 또 날 돕고 싶으면 제때 집에 와서 당신 아들이나 재워.

올리가 뺨을 한 대 맞은 것처럼 움찔했어요. 저는 반격을 기다렸어요. 어찌 됐든 주말 내내 혼자 헨리를 돌본 사람은 올리잖아요. 하지만 올리는 허리를 굽혀 아들을 안아 올렸어요.

비엥, 몽프티, 누탕키에파('가자, 우리 아기, 걱정하지 마'라는 뜻 – 옮긴이), 올리가 헨리의 머리카락에 대고 중얼거렸어요.

그러고는 둘이 거실에서 나갔어요. 자학과 절망에 빠진 저만 남겨두고요.

이후 우리는 만난 지 얼마 되지 않은 한 쌍의 룸메이트처럼 침실을 나눠 썼어요.

실례 좀 할게, 제 앞에 있는 칫솔에 손을 뻗으며 올리가 말했어요.

부탁해, 저는 이불을 끌어당길 때 그렇게 양해를 구했고요.

킹사이즈 침대의 끝과 끝에 최대한 간격을 두고 누웠어요. 올리가 협탁 스탠드를 껐을 때 전 알았죠. 화가 풀리지 않았어도 올리라면 베개에 머리가 닿자마자 잠들 거예요. 더는 미룰 수가 없었어요. 이식에 대해 물어봐야 했어요.

알았어, 짜증 내서 미안해, 제가 급하게 사과했어요. 요즘 들어 사과할 일이 너무 많다는 생각을 하면서요.

올리는 툴툴대기만 했어요.

나 없는 동안 헨리 봐줘서 고마워. 당신은 정말 좋은 아빠야. 전부 진심으로 하는 말인데도 어쩐지 교활하고 천박한 사람이 된 기분이었어요.

올리가 저를 돌아봤어요. 어둠 속에서도 진하고 대칭인 눈썹, 곧게 뻗은 코가 보였어요.

알았어, 사과 받아줄게, 올리는 말했어요.

남편 쪽으로 몸을 끌고 넓은 가슴에 머리를 기댔어요. 막 회장 일은 결정했어?

아, 했어. 검사지와 스캔을 검토했는데 아무래도 위원회에 추천할 수는 없겠어.

올리의 가슴을 도약판 삼아 몸을 벌떡 일으키자 올리가 아프다고 악 소리를 냈어요. 그렇게 단칼에 거절할 줄은 몰랐거든요.

다시 생각해봐, 제가 말했어요.

올리도 일어나 앉았어요. 교과서에 나오는 합병증이란 합병증은 다 가진 사람이야. 고혈압, 당뇨, 심장질환. 최악의 후보지. 알코올중독이라 술 끊기 틀렸고 나이도 많아.

그렇게 많은 건 아니지, 우리 엄마랑 동갑인데, 제가 말했어요.

일흔이면 많아.

온갖 감정이 뒤엉켜 머리가 복잡했어요. 이해해주세요, 형사님. 막 회장의 비위를 맞추는 것도 중요했지만 한편으로 저는 그 사람의 심정에 진심으로 공감했어요. 누군가의 아버지, 남편, 존경받는 상사잖아요. 막 회장이 책임져야 하는 사람들이 있다는 거죠. 그런 면에서 저나 우리 엄마와 다르지 않았어요. 다만 우리 엄마는 살릴 기회조차 없었지요.

술은 끊을 거야, 거액의 기부금도 낸다며, 제 입에서 나왔지만 허황된 말이었죠.

올리는 말했어요, 전에 말했잖아, 들어와 있는 간이 많지 않다고, 대기만 하다 죽는 환자가 수두룩하단 말이야, 양심이 있으면 돈 많은 외국인에게 간을 줄 수 없지.

저는 간 하나가 물량에 지장을 주지는 않을 거라 말했어요. 또 막 회장의 기부금을 활용하면 돈이 없는 환자도 수술을 받을 수 있지 않겠냐고도 했죠.

올리가 손바닥으로 스탠드를 켜고 눈을 찡그렸어요. 왜 그렇게 신경 써? 알지도 못하는 사람한테?

저는 의도적으로 올리와 눈을 맞췄어요. 막 회장은 최고의 의사에게 치료를 받고 싶어 해. 그런 사람이 당신 말고 또 누가 있어? 50만 달러를 당신만 쓸 수 있게 지정해서 부서에 기부할 거고. 이제야말로 당신이 그렇게 원하던 무상 주택 프로그램을 확대할 수 있어.

올리는 천장을 올려다보며 제 주장을 따져보는 것 같았어요. 저는 이런 사실들을 조목조목 짚었어요. 막 회장이면 자기 돈을 받아줄 병원을 얼마든지 찾을 수 있다. 하지만 그 사람들이 어디에 투자하겠느냐? 소수의 이식 환자에게나 도움이 될 최첨단 연구? 쓸데없이 돈만 많이 받는 석좌 교수? 멋진 미술 작품과 조명?

올리는 분개하며 고개를 저었어요. 최대한 많은 사람에게 이로운 프로그램(주거 지원, 영양 지원)은 항상 상부의 관심 밖이라 운영비를 제일 조금 받거든요.

내 말이! 제가 말했어요.

알았어, 생각해볼게, 방법을 찾아보지, 올리가 말했어요.

올리가 불을 끄고 저를 품에 안았어요. 어둠 속에서 남편을 껴안고 들어갔다 나왔다 하는 숨결을 느꼈죠. 몇 초도 되지 않아 올리는 잠이 들었어요.

올리가 적극적으로 병원의 규정을 어기려 해서 놀랐냐고요? 우선은요, 형사님, 저라면 남편의 행동을 그렇게 표현하지 않을 거예요. 치료할 환자를 선정하는 과정은 복잡하고 미묘해요. 저는 전문가가 아니라 올리와 이식 위원회가 어떤 이유로 막 회장을 환자로 받아들였는지 자세히 말씀드릴 수 없어요. 올리도 보셨잖아요. 직접 안 물어봤어요? 아, 맞아요. 의료인의 비밀 유지 의무가 있죠. 그렇다면, 뭐, 아무도 확실하게 모르겠네요.

그리고 어차피 수술을 안 할 텐데 이런 얘기가 무슨 소용이에요? 아, 알겠다. 올리가 진술과 달리 실제로는 더 많이 알고 있었다는 의심을 아직도 하시는군요. 하지만 올리 말은 진실이에요. 자기 아내의 범죄도 까맣게 모르는 사람이 막 회장의 범죄 행각을 어떻게 알았겠어요? 네, 정말 아무것도 몰랐어요. 봐서 알겠지만 그 무렵 제 결혼 생활은, 음, 순탄치 않았어요. 헨리 문제로 노심초사할 때를 빼면 각자 다른 인생을 사는 거나 마찬가지였어요. 솔직히 말해서, 아직 헤어지지 않은 게 기적이죠. 매일 우주에 감사해요.

형사님, 남편은 윤리적 기준이 굉장히 높아요. 제가 아는 사람 중에 엄마 다음으로 제일 도덕적인 사람인걸요. 그렇다고 맹목적으로 규칙을 따르지도 않죠. 둘은 엄연히 달라요. 사람이 신념을 가지고 살려면 용기와 창의력이 필요한 법이라고요.

철로 위를 빠르게 달리는 탄광 수레에 대한 윤리적 딜레마 아시죠? 모른다고요? 좋아요, 탈선한 수레 한 대가 다섯 명을 향해 곧장 달려오고 있어요. 그 사람들은 밧줄에 묶여 움직일 수 없고요. 형사님은 멀찍이 떨어져 있는데 형사님 옆에 수레를 다른 선로로 보낼 수 있는 장치가 있어요. 그런데 다른 선로를 보니 거기도 사람이 하나 있는 거예요. 형사님이라면 어떻게 하시겠어요?

짐작하시겠지만 대부분의 사람은 아무것도 하지 않는대요. 그러니까 다섯 명이 수레에 치여 죽게 놔둔다는 거죠. 그러고는 어쩔 수 없는 상황이었다고 자신을 위로하고요. 진정으로 용감하고 선한 사람만이 적극적으로 행동하고 수레의 방향을 바꿀 수 있어요. 한 명을 죽여 다섯 명을 살리려고요. 올리는 그런 사람이에요. 쉽게 회피하는 길은 절대 택하지 않아요. 자기 행동을 결정하고, 입장을 밝히죠.

하나 더 있어요. 아시는지 모르겠지만 얼마 전 올리가 외과 과장으로 승진했어요. 지난주에 소식을 들었어요. 스탠퍼드에서 100퍼센트 신뢰하지 않는 사람을 승진시켰을까요? 올리가 막 회장의 이력을 전혀 몰랐다고 본다는 증거예요. 다행히 과장이 됐으니 막 회장 기부금이 없어도 무상 주택 프로그램에 더 많은 예산을 배정할 수 있을 거예요. 무슨 말이 더 필요하겠어요? 올리는 좋은 사람이에요. 우리 다 얼마나 자랑스러운지 몰라요.

15

맞아요, 둥관 출장에서 돌아와 한 달쯤 지났을 때 헨리를 데리고 아빠를 뵈러 보스턴에 갔어요. 다음 질문도 짐작이 가네요. 아뇨, 절대 그렇지 않아요. 위니 때문에 제가 어떤 곤경에 빠졌는지 입도 뻥끗하지 않았어요. 아빠에게도, 오빠에게도, 올케에게도.

형사님은 믿기 힘드실 거예요. 하지만 동양 가족은 서양 가족과 달라요. 저희는 그런 식으로 대화하지 않는다고요. 아, 물론, 대화를 하죠. 하지만 자신의 두려움, 고통, 은밀하고 어두운 비밀에 대해서는 이야기하지 않아요.

어릴 때 친구네 파티에 가면 칵테일 음료수를 내오며 집까지 차로 데려다주겠다고 하는 부모님들이 참 부러웠어요. 술을 마실 거면 같이 마시자는 분들 있잖아요. 우리 부모님은 정반대였어요. 술은 마시지 마. 정 마셔야겠다면 들키지 마. 대학 1학년 겨울 방학 때 칼라 어머니는 칼라를 병원에 데려가서 피임약을 받게 해줬대요. 그 얘기를 듣고 충격을 받았던 기억이 나요.

우리 부모님도 친구 부모님들 같기를 바랐냐고요? 더 **미국식**이었으면 좋겠냐는 뜻이죠? 그럼요. 당연하지 않나요? 집에 있는 동안에도 쭉 그 생각을 했어요. 점점 늘어나는 물량에 맞춰 새로운 쇼퍼를 여섯 명 더 심사해 고용하고, 사업 규모가 커질수록 망할 가능성도 커지지 않을까 걱정하면서도, 가족에게는 아무 문제 없다고 단호하게 말했어요. 괜찮다고, 정말 행복하다고.

그때 고향 집에 간 건 아빠가 드디어 그 집을 팔고 시카고에 있는 맨션으로 이사하겠다고 결정했기 때문이에요. 오빠네 집과 멀지 않은 곳으로요. 같이 짐을 쌀 사람이 필요하다는데 얼굴 본 지 1년도 넘은 아빠의 부탁을 거절할 수 있나요. 도착하고 첫날 밤, 아빠와 간신히 헨리를 재운 후 차가운 맥주병을 들고 뒷베란다로 나왔어요. 끔찍이도 더운 8월 말이었죠. 바람을 맞으려고 머리 위에서 돌아가는 천장 팬을 향해 얼굴을 들었어요.

아빠가 말을 꺼냈어요, 전문가한테 데려가봤니?

얼굴이 달아올라 맥주병을 뺨에 댔어요. 제발요, 아빠. 지금은 싫어요.

그래, 괜히 열 내지 마라, 아빠는 말했어요.

휴대전화가 진동해 주머니에 손을 넣고 소리를 죽였어요. 긴급한 경우에만 문자를 보내라고 위니에게 부탁했는데 집에 온 지 다섯 시간도 안 되어 벌써 휴대전화를 너무 많이 본다고 아빠한테 잔소리 들었거든요.

아빠는 맥주를 벌컥 마시고 병에 붙은 라벨을 엄지로 쓸었어요. 아무튼, 네 엄마한테도 말했지만 헨리가 천재가 아니어도 괜찮아. 중요한 건 인성이지. 정직하고 다정한 사람이 되는 거 말이다.

진짜예요? 아빠가? 받아 적어도 돼요? 저 어릴 때는 그렇게 성적, 성적 하더니 말이죠. 굳이 그 사실을 지적하지 않아도 아빠 본인이 잘 알았어요.

이번에는 아빠가 발끈했죠. 그거야 네가 공부를 잘했으니까. 우리는 네가 재능을 발휘하게 도운 거야.

A, A+를 그렇게 많이 받고 지금 어떻게 됐는지 봐요, 제가 말했어요.

그게 무슨 뜻이냐?

저에게는 변호사가 참고 견뎌야 하는 직업이었다고 했어요.

아빠가 얼굴을 찌푸렸어요. 네가 평생 돈 걱정 하지 않기를 바랐어. 법대를 나온 덕에 그렇게 되지 않았니.

저는 맥주병 속 호박색 액체만 물끄러미 봤어요. 돈을 번다고 싫어하는 일을 할 필요는 없잖아요.

그래, 좋아할 필요도 없고. 그러니까 일이지.

갑자기 지난 7개월 동안 사방에 하고 다닌 무수한 거짓말이 어깨를 무겁게 짓누르며 저를 무너뜨리겠다 위협하고 있었어요. 절박한 마음에 제가 어떤 사람이고, 어떻게 자랐는지도 잊어버리고 불쑥 말했어요, 더는 못 하겠어요.

두려움으로 가득했지만 마음 한구석에서 희망을 품으며 시선을 들었어요.

아빠는 눈을 휘둥그레 떴어요. 그러더니 고개를 들고 숨을 짧게 들이마신 후 평정을 되찾고 표정을 가다듬더군요. 아빠가 다정하게 물었어요, 그게 무슨 뜻이야?

벌써 보이지 않는 장벽 뒤로 몸을 숨긴 거죠. 철조망 없는 울타리 안의 강아지처럼요.

대체 뭘 기대했던 걸까요? 우리는 늘 이래왔는데.

아, 아니에요. 요즘 헨리 때문에 너무 힘들어서요.

굳었던 얼굴이 완전히 편안해졌어요. 평생 두 살은 아닐 거 아니니.

천만다행이죠.

우리는 맥주병을 비웠고, 기회는 지나갔어요.

적당한 때 멈춰서 다행이다 싶어요. 지금 이 자리에 앉아 형사님께 모든 걸 고백하고 있으니 어릴 때 금지되었던 것들이 생각났거든요. 비밀을 공유한다는 건 상대에게 제가 안고 있는 부담을 지우는 거예요. 상대를 위한다면 아무 말 하지 말아야 해요.

지금까지 게이브 오빠 얘기는 별로 안 했죠. 하지만 오빠에 대한 얘기를 들으면 제 성장 배경을 이해하는 데 도움이 될 거예요. 정서적으로 얼마나 뒤틀린 사람으로 자랐으면 위니의 마수에 걸려 1년 가까이 지낼 수 있었는지 말이에요.

오빠와 저는 여러모로 극과 극이었어요. 그래서 제가 부모님의 희망을 어깨에 짊어지는 동안에도 오빠는 갈등에서 벗어나 있었죠. 오빠는 학교에서 인기가 많았어요. 쾌활하고 운동도 잘했거든요. 주니어 테니스 선수로 지역 대회에서 좋은 성적을 거뒀고요. 공부를 열심히 하지는 않았어요. 거의 모든 과목에서 B를 받았고 코네티컷에 있는 작은 문과대에 들어갔죠. 졸업 후에는 동아리 친구 소개로 의료기기 판매 회사에 취직했고요. 그 일은 오빠 적성에 정말, 정말 잘 맞았어요. 이제는 상무이사로 있어요. 골프도 수준급으로 치고요.

그리고 이날 이때까지도 아빠는 게이브 오빠의 성공을 인정하지 않아요. 아빠가 보는 아들은 근심 걱정 없이 느긋한 사람이에요. 어쩌다 하는 일에서 용케 좋은 결과를 내고요. 엄마도 오빠는 재능이 있다기보다 운이 좋다고 말하곤 했어요. 네, 면전에 대고요. 동양인들이 원래 그래요. 하지만 노력하지 않는 사람이 그런 초고속 승진을 할 리 없잖아요. 아무리 우리 아빠 표현대로 고작 영업직이라 해도요.

중학생 때 중간고사 수학에서 B+를 받았다고 호통을 치는 아빠한테 제가 외쳤어요, 게이브 오빠는 왜 안 혼내요?

처음으로 말대꾸를 한 날이었어요. 아빠는 엄마를 험악하게 쳐다보고는 이렇게 말했어요, 오빠는 너만큼 똑똑하지 않으니까. 말투를 들었을 때 결코 칭찬은 아니었어요.

오빠는 아마 테니스 연습 중이었을 텐데, 그래도 혹시 오빠가 있을까 주위를 둘러봤어요.

아빠의 목소리가 누그러졌어요. 사람마다 가진 재능이 달라. 네 재능은 공부고. 허비하지 말자.

반항으로 솟아오른 아드레날린 때문에 날카로운 말이 튀어나왔어요. 오빠가 테니스에서 진다고 야단치지 않았잖아요.

테니스? 테니스는 놀이야, 취미. 네 오빠가 마이클 창(최연소 그랜드 슬램 우승 기록을 세운 대만계 미국 테니스 선수–옮긴이)은 아니잖니? 운이 좋으면 3부에서나 뛰겠지. 아빠는 경멸이 뚝뚝 흐르는 목소리였어요.

냉정하고 현실적인 평가에 더는 할 말이 없더라고요. 남은 학기 내내 B+를 만회하려고 뼈 빠지게 공부했고 결국 아빠에게 A를 바쳤어요.

네? 아, 저도 그 표현이 인상적이었어요. **아빠에게 A학점을**

바치다. 하지만 진짜로 그렇게 느꼈는걸요. 평생 다른 사람을 위해서 산 것만 같았어요. 처음에는 부모님, 그다음에는 올리, 그다음에는 위니. 사실 외부에서 정해준 목표대로 기계처럼 움직이는 삶에 너무 익숙해 단 한 순간도 멈춰서 내가 어디로 가고 싶은 건지 생각하지 않았어요.

맞아요, 전 이제 서른일곱 살이에요. 오늘의 내 모습이 전부 부모님 책임이라고 원망할 나이는 지났죠. 하지만 제가 생각했을 때는 그게 핵심이에요. 저는 어른이 되지 못했어요. 내가 원하는 것을 꿈꾸지 않고 그저 타인의 인정만을 갈구하던 모범생에서 성장을 멈춘 거예요.

아빠가 게이브 오빠를 좋게 평가하지 않았다면서 어쩌다 아들 집이 있는 시카고로 가게 되었는지 궁금하실 거예요. 저도 놀랐으니까요. 집을 팔려고 의논하는지도 몰랐어요. 위니 밑에서 일하는 사이 참 많은 것들을 놓쳤더라고요.

아빠가 그런 결정을 내린 배경을 간단히 설명하면, 올케인 프리야가 한 달 동안 시위를 벌인 덕분이었어요. 아빠는 수십 년 동안 길바닥에서 달리기를 한 탓에 무릎과 고관절에 만성 통증이 있었거든요. 최근 통증이 심해지며 매일 하던 산책도 못 나가게 됐다는 걸 알게 된 오빠 부부가 행동에 나선 거죠. 올케가 보니까 집에서 두 정거장 떨어진 동네에 고급 맨션 아파트를 짓고 있더래요. 바로 옆에 수영장 딸린 헬스클럽도 있고요. 그러면 길에서 쿵쿵 뛰는 대신 수영을 할 수 있잖아요. 프리야는 아빠와 대화할 때 살짝 과장을 보태 그곳 시설을 묘사하며 밑밥을 뿌렸어요. 아빠가 근처에 살며 곧 태어날 에이제이와 미래의 손주들에게 중국어를 가르쳐줬으면 좋겠다는 말도 빼놓지 않았죠. 애를 봐달라는 부탁은 절대 하지 않겠다고 약속도 하고요. 엄마 1주기에 아빠 집을 찾아온 게이브와 프리야는 부동산 중개업자인 오빠 친구에게서 그 맨션이 싸게 잘 나온 매물이고 집값도 무조건 오른다는 말을 들었다며 한 번 더 아빠를 설득했어요.

이야기를 듣고 있자니 죄책감이 들었지만 질투심도 없지 않았어요. 착하고 당돌한 올케는 오빠에게 청혼을 받은 날부터 우리 부모님을 엄마, 아빠라고 불렀어요. 반면에 올리는 엄마 장례식 직후 아빠 집에 가정부를 부르고 비용을 댈 생각이라고 했더니 어찌나 투덜거리던지요.

아빠가 좋대? 그렇게 간단히? 게이브와 통화하며 물었어요.

오빠는 잠시 말을 잇지 못했어요. 음, 설득하는 데 몇 달이 걸리기는 했지만 뭐, 결과적으로는 좋다고 한 거지.

제가 말했어요, 내가 너무 바빴지, 미안해.

오빠는 말했어요, 괜찮아, 괜찮아, 네가 일하는 게 하루 이틀이냐.

엄마 돌아가신 후로 오빠가 아빠 위해 애 많이 썼네. 못 도와줘서 미안해.

지금 생각해보면 애원하는 목소리였어요. 물어봐달라고 말하는 중이었죠. 왜 그렇게 열심히 일하는지 물어봐줘. 내가 무슨 일을 하는지 물어봐줘. 뭐가 문제냐고 물어봐달란 말이야.

다행히 오빠는 묻지 않았어요.

그 대신 말했죠, 걱정하지 마, 보답할 시간은 충분해.

보셨죠, 형사님? 갈등 회피는 웡 가족의 종교라니까요.

다음 날, 제 개인 계정에 패션 저널리스트라는 사람이 보낸 메일이 도착했어요. 어쩌다 우리 이베이 스토어를 알게 됐는데 판매하는 제품들을 보고 감탄했다며 인터뷰를 하고 싶대요. 저를 어떻게 찾았는지는 모르겠어요. 업체에 돈까지 주고 인터넷상의 개인 정보를 다 지웠는데요. 답장하지 않고 메일을 삭제한 후 온라인 게시판들을 확인했어요.

보니까 밤사이에 우리 이베이 스토어가 주목을 받은 것 같더라고요. 몇몇 핸드백광들이 우리 보테가 베네타 파우치, 디올 북토트, 발렌티노 호보백을 극찬한 덕분에요. 우리가 어떻게 신상을 그렇게 빨리 구해 오는지 궁금해하는 글들로 게시판이 떠들썩했어요. 사람들은 우리가 공장에서 초과로 생산된 분량을 판다고 추측했어요. 훔친 가방이라는 주장도 있었고요. (참고로 초과분은 존재하지 않는 신화예요, 형사님. 아까도 말씀드렸지만 원재료가 남으면 브랜드 측에서 밀리미터 단위로 해명을 요구하거든요. 공장에서 가방을 열 개만 더 찍어도 생로랑은 단번에 알아차려요.)

그때 위니에게서 문자가 왔어요. 또 한 모델이 품절됐다고 떠들더군요. 휴대전화를 땅바닥에 던져버리고 싶었어요. 얘는 수면 아래에서 끓고 있는 문제를 왜 못 보는 거지? 위니는 익명성을 바탕으로 이 사업을 시작했어요. 하지만 지금은 너무 노출됐고, 잡음이 너무 많아졌어요.

이러던 중에 오빠와 올케가 시카고에서 도착한 거예요. 36주 차 임신부인 프리야는 혈색이 좋아 보였고, 햇볕에 그을린 게이브 오빠는 로저 페더러 야구모자를 쓰고 웃고 있었어요.

오후는 오빠와 상자에 짐을 싸며 아빠에게는 삐걱거리는 관절을 혹사하지 말고 그냥 텔레비전 앞에 앉아 있으라고 설득하며 보냈죠. 그러는 동안 프리야는 헨리와 낡은 주걱을 들고 뒷마당에 구멍을 팠고요. 어차피 새 주인들이 마당을 뒤집어엎을 거랬거든요.

올리는 어때? 아직도 미친 사람처럼 일만 해? 게이브 오빠가 물었어요.

항상 똑같지.

만약 올리가 그 질문을 들으면 짜증을 냈을 거예요. 당신 오빠는 그것밖에 궁금한 게 없대? 그러면 저는 당신이 하는 일을 오빠가 몰라서 그런다고 설명했을 거고요(모른다기보다 관심이 없죠). 올리는 게이브와 프리야가 야망도 없고 시시하다고 평가해요. **평범한** 사람들이라고요. 하지만 저는 생각이 달라요. 두 사람의 대단한 점은 현실에 더없이 만족하는 성격이에요. 치열하게 노력하지 않죠. 그런 삶도 행복해 보여요.

서재의 짐을 다 싼 후에는 오빠와 창가에 서서 프리야와 헨리가 뒷마당에서 보물을 찾아 돌아다니는 모습을 지켜봤어요.

프리야는 출산 휴가를 얼마나 받아? 제가 물었어요.

석 달. 다 쓰면 그만둘 거고.

설마! 제가 말했어요.

맞아!

아래에서는 프리야와 헨리가 정원 의자에 앉아 노란색 양동이를 흙으로 채우고 있었어요.

잘됐네. 쉴 때도 됐지. 하지만 이 말을 덧붙이지 않을 수 없었어요. 그래도 완전히 그만두는 건 좀 그렇지 않아? 이직할 때 추천서가 필요할 수도 있고.

게이브가 장난스럽게 제 이마를 손가락으로 튕겼어요. 어릴 때도 그랬지만 정말 사람 신경을 건드리는 행동이에요. 저는 오빠의 광대뼈를 손가락으로 때렸고 오빠는 제 등 뒤로 팔을 꺾었어요.

아야, 제가 말했어요.

오빠가 웃으며 팔을 풀었어요. 조언은 고맙다, 범생아. 그런데 직장은 다시 안 나가. 프리야의 인생 목표는 전업주부거든.

프리야가 덤불 주위를 날아다니는 나비를 보라며 헨리를 불렀고, 헨리는 꺅꺅 소리를 내고 머리 위로 주걱을 흔들며 나비를 쫓았어요.

둘이 절친 됐네, 게이브가 말했어요.

저는 대답하지 않았어요. 또 휴대전화가 울려 그쪽에 정신이 팔려 있었기 때문이죠. 주머니에서 휴대전화를 꺼내 보니 아까 그 기자가 또 이메일을 보냈더라고요. 대화에 응하지 않으면 그냥 기사를 써서 제 신상을 폭로한다면서요. 이번에는 그 이메일을 위니에게 전달했어요. **문제 발생**!!!이라는 제목을 달아서요.

뭐 급한 일이라도 있어? 쉬지 않고 전화를 확인하네, 게이브가 물었어요.

방 밖에서 아빠가 불렀어요, 얘들아, 여기 와서 이것 좀 봐야겠다.

게이브와 나는 서로 얼굴을 보고 어리둥절해하다 거실로 갔죠. 아빠가 입을 떡 벌리고 손가락으로 가리킨 텔레비전 화면에서는 추락한 비행기가 활주로에서 타오르고 있었어요.

이 사고 기억하시죠, 형사님. 샌프란시스코 국제공항에서 일어난 거요. 그 비행기에는 영어를 배우기 위해 샌프란시스코

여름학교를 신청한 상하이 학생 일흔 명이 타고 있었어요. 교사 다섯 명하고요. 당시에는 가짜 비행기 부품이 추락의 원인이었다는 사실을 몰랐지만, 문득 둥관의 그 부자들이 떠올랐어요. 테이블에 앉아 다른 불법 거래에 대해 은근슬쩍 말하는 사이사이 자녀들을 이런 비싼 캠프에 보낸다고 자랑했던 기억이 났거든요.

저와 아빠와 오빠는 비행기가 활주로를 살짝 비낀 지점에 착륙하다 방파제를 들이받는 모습을 지켜봤어요. 뜨거운 칼로 자른 버터처럼 꼬리가 깨끗하게 잘리는 모습도요.

CNN 기자는 친구 사이인 여고생 두 명이 좌석에서 튕겨 나갔다고 했어요. 안전벨트를 매지 않아서 두 아이는 즉사했대요. 여름캠프를 주최한 학교가 화면을 가득 채웠어요. 노이 스트리트와 25번가가 만나는 데 있는 학교는 우리 집과 겨우 몇 블록 거리였어요. 정문에 내건 형형색색의 환영 플래카드 앞을 수없이 지나쳤다고요.

텔레비전 앞에 앉아 있을수록 이 뉴스가 내 일 같다는 확신이 들었어요. 어쩐지 나와 관련된 일이라는 느낌이 들더라고요. 이 세상 모든 엄마가 두려워하는 상황이기 때문이었을까요? 아니, 그보다 더 심오한 이유예요. 저는 중국이라는 나라가 균열을 무시하고 위험할 만큼 빠른 속도로 질주하는 모습을 두 눈으로 목격한 사람이에요. 이런 민족성이라면 이 비행기 추락 사고도 단순한 우연은 아니라는 생각이 들었어요.

오빠가 채널을 돌리라고 했지만 제가 말렸어요. 상하이 어느 회의실에 모여 자식의 소식을 기다리는 부모들에게서 눈을 뗄 수 없었거든요. 곳곳에서 엄마 아빠 들이 서로 끌어안고 무너졌어요. 그 의미가 슬픔인지 안도인지는 알 수 없었고요.

어쨌든 죄송해요, 형사님. 주제에서 벗어난 얘기를 해서요. 고향 집에 갔을 때 있었던 일은 웬만큼 다 이야기한 것 같아요.

네? 제가 모조품을 판매한다고 고백했다는 오빠 진술이 녹음돼 있다고요? 저녁을 포장하러 간 차 안에서요?

아니요, 완전히 오해예요. 오빠 말뜻은 그게 아니죠. 오빠에게 말하려고 마지막으로 한 번 더 시도했던 건 사실이에요. 하지만 오빠는 제 말을 믿지 않았어요. 이야기 자체가 너무 황당해서 농담이라고 생각했다고요.

제가 설명할게요. 비행기 추락 사고 소식을 들은 날, 오빠와 저는 저녁으로 피자를 포장해 오려고 나갔어요. 아빠 차를 타고 있을 때 위니가 또 문자를 보내는 바람에 휴대전화가 울렸어요.

이렇게 보냈더라고요. ***걱정하지 마. 내가 알아서 할게.***

그 기자의 약점을 알아내라고 사립 탐정에게 뒷조사를 시켰을 게 뻔해요. 기사를 포기하도록 만들 수 있다면 뭐든 좋다면서요. 저는 기자 학교를 졸업한 지 한두 해밖에 안 된 젊은 여자를 상상했어요. 넘치는 열정과 의욕으로 겨우 최저임금을 받으며 일하는 중이었을 테죠.

오빠가 누구냐고 물었을 때는 거짓말을 할 힘도 없었어요.

위니. 기억하지?

위니가 누구야?

나 대학 1학년 때 룸메이트 위니.

SAT 사기 쳐서 들어온 애?

맞아.

아직도 연락해?

지금 위니 회사에서 일한다고 말했어요.

그래? 무슨 일?

저는 오빠가 사각지대를 확인한 후 차선을 바꾸는 모습을 지켜봤어요. 오빠는 아직도 등받이에 상체를 다 기대고 한 손으로 운전을 했어요. 예상치 못했던 자기 인생에 만족하는 남자의 전형적인 모습이었죠. 그 순간 말이에요, 형사님. 저는 오빠의 안정감, 편안함을 요만큼이라도 갖고 싶었어요.

심장이 쿵쿵 뛰는 채로 제가 말했어요, 가짜 명품 핸드백을 수입해.

오빠가 저를 홱 돌아봤어요.

성대가 경련했지만 저는 말을 멈추지 않았어요. 가짜 핸드백을 백화점에 반품하고 진짜는 이베이에 파는 거야. 완전히 사기극이지.

뇌에 퍼지는 안도감과 두려움이라는 서로 충돌하는 두 신호를 해독하느라 안면 근육이 일그러졌고 얼굴에 섬뜩한 미소가 떠올랐어요.

오빠의 눈이 튀어나오고 이마에는 주름이 잡혔어요. 그러다 오빠는 푸하하 웃음을 터뜨리고 말했어요, 재미있네, 재미있어, 완전히 보니와 클라이드구먼.

바로 그거야, 제가 말했어요.

웃음을 가라앉힌 오빠가 물었어요, 진짜로 하는 일은 뭔데?

위니 핸드백 회사 계약 담당. 재미없는 일이지.

오빠는 상점가로 방향을 틀고 10대 시절 자주 드나들었던 주류판매점 앞에 차를 세웠어요. 안전벨트를 푸는데 자꾸 헛손

질이 나와요. 관절염에 걸린 것처럼 손이 뻣뻣하고 아팠어요.

야, 여기 기억해? 엄마가 내 침대 밑에서 맥주 묶음 발견했을 때 기억하지? 벌써 다른 화제로 넘어간 오빠가 말했어요.

보셨죠, 형사님. 네, 엄밀히 말하면 게이브 오빠에게 제 범죄를 고백했어요. 하지만 오빠가 제 말을 믿었을 리는 없다고요. 아니, 형사님이 추궁하지 않았다면 오빠는 우리 대화를 떠올리지도 않았을 거예요.

물론 그날 운전석에 앉은 사람이 오빠가 아닌 엄마였다면 상황이 달라졌을지도 모르죠.

방금 뭐라고 했어? 제 고백을 듣고 엄마는 아주 천천히 질문했을 거예요.

물러날 곳이 없는 저는 끔찍한 이야기를 줄줄이 털어놨을 거예요. 엄마는 제 이야기를 들어주는데, 처음에는 이해하지 못하다가 점점 분노가 솟구쳐요.

결국에는 절 다그칠 거예요. 네 친구라는 사람이 말을 안 들으면 죽인다고 네 목에 칼을 대고 협박이라도 했어? 아니야? 그럼 넌 강요받은 게 아니야. 너 스스로 선택한 거지. 멍청하기 짝이 없기는. 처음부터 그 위니라는 애 마음에 안 들었어.

저는 잠자코 야단을 맞으며 신랄한 공격을 하나하나 받아들였을 거고요. 그 순간, 엄마는 화나고 실망하겠지만 저는 더 이상 외롭지 않았겠죠.

내가 널 끌고 경찰서로 가야겠다, 엄마가 그렇게 말하면 온몸의 긴장이 풀렸을 거예요.

자수하고 죗값을 치러.

조금 오래 걸렸다는 거 알아요, 형사님. 하지만 이제라도 엄마 말을 듣고 이 자리에 왔잖아요. 또 무슨 말을 하라는 거예요? 뭘 더 알고 싶으세요?

16

쌍꺼풀 수술을 하고 나흘이 지났다. 현관문을 열고 들어온 위니는 침실에서 울리는 대포폰 소리를 듣는다. 문을 잠그고 선글라스를 벗으며 서둘러 달려간다. 화면을 보니 시내에서 걸려 온 전화고 번호도 모르는 번호다. 그래서 수신 거부를 했다가 에이바 말고 이 번호를 아는 사람을 떠올린다. 다이아몬드 사업의 사전 작업을 위해 고용한 PR과 마케팅 전략가가 있지 않은가. 그는 예정보다 하루 일찍 작업을 끝냈고 위니는 놀라지 않는다. 중국은 불가능이 없는 곳이다. 극단적인 요구도, 촉박한 마감도 전부 가능하다. 언제나 더 젊고 더 서툴고 더 굶주린 사람이 나타나 더 열심히 더 빨리 더 오래 일한다. 아홉 시간 안에 고속철도역을 만들라고요? 하루 반 만에 1,300톤짜리 다리를 지으라고요? 문제없죠. 뚝딱, 완성됐습니다.

그것은 위니가 베이징에 몸을 숨긴 이유이기도 하다. 에이바는 처음에 말렸지만.

LA 국제공항에서 비행기에 탑승하기 전 마지막으로 통화할 때 에이바는 말했다. "농담하지 마. 다른 덴 몰라도 거긴 안 돼."

위니는 고국만큼 모든 조건에 맞는 곳이 없다고 주장했다. 중국은 미국과 범죄인 인도 조약을 맺지 않았고, 중국 경찰이 미국 경찰에 협조할 일도 없다. 베이징에 있으면 멀리 둥관에 있는 막 회장 세력을 피해 숨을 수 있지만, 한편으로는 둥관과 너무 멀지 않아서 그들을 감시할 수도 있다. 막 회장이 세 시간 후 치료를 받기 위해 비행기에 올라 샌프란시스코에 도착한다면 계획은 성공한다. 위니를 대신해 바칠 만큼 중요한 인물은 막 회장뿐이다. 그만이 에이바의 형량을 줄일 수 있는 열쇠다.

조지아 머피 형사의 신문을 받으며 진술했듯이, 에이바는 지금껏 둥관에 있는 막 회장 팀과 연락하며 국토안보부의 자금으로 물건을 구입했다. 그 물건들은 곧장 국토안보부로 들어가 막 회장을 기소할 증거로 사용될 것이다. 에이바는 위니가 애리조나 사막으로 묵언 수행을 떠나 자리를 비웠다고 맨디에게 설명했다. 이렇게 하면 하루를 더 벌 수 있고, 막 회장의 비행기가 스케줄대로 출발한다면 그 하루만으로 충분하다.

위니는 눈꺼풀에 연고를 한 겹 더 바르고 시간을 확인한다. 지금쯤 막 회장은 공항으로 떠날 준비를 마쳐야 한다. 저택의 원형 진입로에 서서 리모와 캐리어 세트를 레인지로버에 실으라고 기사에게 지시하는 막 회장의 모습이 보인다. 맨디도 아버지를 배웅하러 일찍 퇴근했을지 모른다. (서류상으로만 막 회장의 아내로 남아 있는 맨디 어머니는 자기 별채에서 나와 얼굴을 비추지 않을 것이다.)

"다음에 볼 때 아빠 새사람이 되어 있겠네요." 맨디는 말할 것이다.

막 회장은 코웃음을 치겠지. "간 나이가 얼마든 나는 똑같은 노인네야."

"그럼 건강해져도 회사로 와서 사사건건 관여하지 않을 거라는 말씀이에요?"

"장담은 못 한다. 내가 살아 있는 한 막 인터내셔널은 내 회사고 너는 내 딸이야." 막 회장은 말할 것이다.

부녀가 포옹을 나눈다.

눈시울이 뜨거워진다. 위니는 침대로 털썩 쓰러져 손을 엉덩이로 깔고 앉는다. 전화기를 들고 막 회장에게 전화하고 싶은 충동이 가라앉을 때까지. 위니는 자신을 다독인다. 열네 시간 후 비행기가 샌프란시스코에 도착할 때까지 아무 일 없을 거야. 위니는 시간을 때우기 위해 습관처럼 맨디 막의 SNS를 확인한다. 맨디는 사업가지만 수만 팔로워를 거느린 사교계 명사이자 패션 아이콘이기도 하다. 하루에도 몇 번씩 명품 옷, 고급 레스토랑에서 먹은 음식, 버터스카치라는 이름의 귀여운 스코티시테리어 사진을 올린다.

오늘 오후에는 우유 거품으로 정교하게 장미를 그린 카푸치노와 사파이어색 마놀로 블라닉 새틴 뮬 사진을 올렸는데 왠지 모르게 우울한 느낌이 난다. 그리워하며 사진을 찍은 느낌. 당연히 말도 안 되는 소리다. 앞으로 닥칠 일을 맨디가 알아차렸을 리 없다.

사진 말고 영상도 새로 올렸다. 고급 패션 잡지사가 일주일 전 주최한 행사에서 찍힌 영상이다(그 잡지사는 호화로운 타운하우스에 사는 맨디의 일상을 몇 차례 취재한 적도 있다). 맨디는 가슴이 깊이 파인 분홍 풍선껌 색 홀터넥 드레스를 입고 있다. 끼를 부리듯 카메라를 향해 윙크하며 말한다. "아르마니예요. 아카데미 시상식 때 기네스 팰트로가 입었던 옷에서 영감을 받았죠. 뭔지 아시죠? 「셰익스피어 인 러브」로 상을 받았을 때요."

영상을 멈추려던 위니는 화면 구석에서 누군가의 얼굴을 포착한다. 맨디를 인터뷰하던 사람도 같은 얼굴을 발견한다.

"아버님 아니세요? 같이 오셨어요?" 기자가 묻는다.

"아빠." 맨디가 부르며 손을 뻗어 재킷 소매를 잡아당기고, 기자는 이렇게 스타일리시한 부녀를 본 적 없다며 지껄여댄다.

화면 안으로 불쑥 들어오는 막 회장을 보자 위니의 목이 멘다. 눈 주변에 보라색 그림자가 드리워져 얼굴이 더 귀신처럼 보인다. 전보다 더 말라 아버지 턱시도를 입은 어린아이 같기도 하다. 카메라 쪽으로 다가오며 몸을 한쪽으로 기울이자 그의 무게를 지탱하고 있는 지팡이가 보인다. 막 회장이 입을 열기도 전에 영상은 끝난다.

위니는 노트북을 덮고 밀어낸다. 그렇게 하면 뇌리 깊숙이 파고든 이미지를 지울 수 있을 것처럼.

위니는 저녁 내내 긴장해서 아무것도 먹지 못하고 시계만 바라본다. 지금쯤 막 회장은 퍼스트 클래스에 앉아 김이 펄펄 나는 물수건으로 얼굴을 닦으며 샴페인을 홀짝이고 면세점 카탈로그를 뒤적일 것이다. 마침내 비행기가 이륙한다.

자다 깼다 하며 새벽까지 잠을 설친 위니는 침대에서 벌떡 일어나 텔레비전을 켜고 중국 국영 방송사인 CCTV로 채널을 돌린다.

처음에는 평소와 다르지 않다. 오후에 소나기가 내릴 예정이고, 징하 고속도로의 통행이 원활하지 않다고 한다. 다음은 인공지능이 운영하는 중국 최초의 푸드코트를 찾아가는 현장 취재 코너다. 이런 상황에서도 위니는 부글부글 끓는 기름에 만두를 능숙하게 담그는 로봇 팔을 바라본다. 고객이 스마트 계산대에 해물라면 한 그릇을 올리자 곧바로 값이 계산되어 나온다. 가슴에서 자부심이 샘솟지만 이내 의심이 그 자리를 차지한다. 로봇이 흘린 음식을 닦기 위해 피곤한 얼굴로 구석에서 걸레를 들고 대기 중인 노동자가 보였기 때문이다. 이게 다 무슨 소용일까? 기술 발전을 증명하기 위한 기술의 또 다른 예시일 뿐이다.

CCTV 방송사의 생각은 다르다.

"굉장한 성과네요!" 아침 뉴스 앵커인 시디가 탄성을 뱉는다.

옆의 앵커도 농담을 한다. "저희 집 주방에 설치하려면 어떻게 해야 하죠? 아내가 아주 유용하게 쓸 것 같아요."

갑자기 스튜디오 분위기가 바뀐다. 이어폰에 손을 대고 진지하게 듣던 시디가 동료 앵커에게 진행을 방해해 미안하다고 사과한다. 카메라를 똑바로 보며 말한다. "속보입니다. 조금 전 들어온 소식에 따르면 핸드백 제조업계의 거물 막 인터내셔널의 막유파이 회장이 샌프란시스코 국제공항에서 체포되었다고 합니다."

휴대전화를 불안정하게 잡고 촬영했는지 조잡한 영상이 화면을 채운다. 위니는 볼륨을 높인다. 영상 속에서 휠체어를 탄 노인이 탑승구에서 터미널로 나오고 있다. 몸은 앙상하지만 막 회장이 입고 있는 네이비 정장 재킷은 갓 다린 티가 난다. 그 옆에는 캐시미어 운동복 세트를 입은 미인이 붙어 있고, 시디는 그 여자가 막 회장의 개인 비서라고 전한다. 하지만 위니는 그 여자가 막 회장의 애인 보린린이라는 사실을 안다.

막 회장이 무슨 말을 하자 린린이 휴대전화에서 눈을 뗀다. 즉시 한 팀의 수사 요원이 두 사람을 에워싼다.

“당신을 체포합니다.” 한 요원이 어린아이처럼 가느다란 막 회장의 손목에 수갑을 채우며 말한다.

막 회장은 중국어로 항의한다. “지금 뭐 하는 거야? 이건 말도 안 돼. 린린, 스탠퍼드 병원에 예약을 했다고 말해라. 데자르댕 박사가 기다리고 있다고 말해.”

요원이 린린에게도 수갑을 채우자 린린이 울기 시작한다.

“뚝 그쳐. 말해, 말하라고!” 막 회장이 다그친다.

린린이 입을 벌리지만 울음소리밖에 나오지 않는다.

심장이 내려앉고 위니는 눈을 감는다. 화면에서 막 회장은 마지막 남은 기력을 짜내 린린에게 윽박지른다.

연행되는 두 사람을 보며 영상을 촬영하던 시민이 묻는다. “저 할배가 누군데? 마약상? 조직 보스?” 휴대전화를 떨어뜨린 그가 욕설을 내뱉는다. 거기서 영상은 끝난다.

CCTV는 아침 내내 그 영상을 반복해서 보여주고 앵커들은 격분한 멘트를 내뱉는다. 치료를 받으러 간 힘없는 노인을 감히 미국인들이 체포하다니. 어떻게 자기네 일류 병원에 50만 달러를 기부한 고결한 사업가를 경찰에 넘길 수가 있나. 어떻게 이 나라를 무시한단 말인가.

한참 후 위니는 앵커의 목소리를 무음으로 만들지만 화면 앞을 떠나지는 않는다.

감옥에 보내지는 않을 거야, 건강 상태가 저 모양인데, 에이바는 말했다. 새 간을 받겠다는 꿈은 물거품이 될지 모르겠지만 그래도 필요한 치료를 다 받을 것이다. 스스로를 위로하기 위한 말이라는 사실을 안다. 하지만 죄책감을 떨치고 싶지 않다. 자신의 목숨과 막 회장의 목숨을 맞바꾼 것은 위니의 선택이었다. 그렇다면 최소한 뼛속 깊은 후회를 느껴야 하지 않을까.

위니는 전에도 수없이 제기한 질문을 던진다. 다른 방법은 없었을까? 내 인생을 바꿔준 남자를 배신하지 않는 방법? 에이바에게 도망치자고 더 강력하게 말했어야 하나? 남은 평생을 중국에서 운둔하는 삶이 그렇게 견디기 어려웠을까? 다시는 미국을 자유롭게 돌아다니지 못하는 삶이?

언제나처럼 마지막 질문이 위니를 무너뜨린다. “미안해요.” 소리 내어 말한다. 그 말이 막 회장에게 전해지기라도 하듯. 마음 깊은 곳에서 진심으로 미안함을 느낀다. 하지만 그 질문에 대한 대답은 ‘그렇다’이다. 막 회장이 입버릇처럼 하던 말이 뭐였더라? “모든 사람에는 값이 있어. 바가지를 쓰지 않고 그 값을 찾아내는 방법이 까다로울 뿐이지.” 그래, 위니는 자신의 자유을 위해 미국에 지불해야 하는 값을 찾아냈다. 그 값은 더도 덜도 아닌 막 회장이다.

노트북에 새 메일이 도착했다는 알림이 울린다. 성실한 마케팅 전략가가 위니의 전화를 기다리다 지쳐 보낸 메일이다. 위니는 머리가 어지럽고 속이 울렁거려 리모컨을 들고 텔레비전을 끈다. 다른 할 일이 생겨 차라리 다행이다. 링크를 클릭하니 명목상 위니가 만들어낸 가족 소유인 보석 회사 홉킨턴 쥬얼스의 웹사이트가 뜬다. 본사가 있는 곳은 미국 뉴햄프셔주 홉킨턴(인구 5,589명)으로, 그 유명한 뉴잉글랜드의 단풍 사진을 들여다보다 정한 장소다. 곧 SNS 계정이 개설되어 활동을 시작하면 위니는 베이징의 우수한 다이아몬드 연구소들을 돌아다니며 다음 사업에 가장 적합한 파트너를 찾을 것이다.

에이바에게는 진행 상황을 아직 말하지 않았다. 이렇게 멀리 떨어져 있는 지금은 안 된다. 모든 것이 끝나면 밀린 이야기를 나눌 시간은 충분할 것이다.

17

어떠세요, 형사님? 몇 달을 추적하던 남자를 마침내 체포한 기분이? 그 사람이 얼마나 다채로운 범죄를 저질렀는지는 저보다 형사님이 더 잘 아시겠죠. 모조 핸드백 사업은 제국의 일부에 불과하다는 사실이 드러났으니까요.

다른 사업에 참여하라고 저와 위니를 압박하기 전에 형사님이 잡아주셨기에 망정이지, 아니었다면 언젠가는 그런 상황이 닥쳤을 거예요. 우리 경쟁 업체만 봐도 작업을 간소화하기 시작했어요. 배송비를 아끼려고 가짜 핸드백에 펜타닐 알약 봉투를 넣어 보내는 식으로요. 막 회장이 이런 방식을 도입하기를 원했다면 저와 위니에게는 다른 방도가 없었을 거예요. 이미 말씀드린 것처럼(또 위니에게 수개월 전 경고한 것처럼) 물건은 그 사람들이 관리했어요. 우리는 명령에 복종할 수밖에 없었고요.

그러니까 막 회장네와 위니와 제가 한 팀이 아니었다는 말이에요. 막 회장이 상사고 우리는 밑에 딸린 직원들이었어요. 아니, 더 정확하게 표현하자면 막 회장은 두목이고 우리는 졸병들이었어요.

이것만 봐도 알죠. 지난달 백화점이 환불 정책을 강화하면서 쇼퍼들이 패닉에 휩싸이고 가품들이 우리 창고에 쌓여갈 때 말이에요. 막 회장 쪽에서 우리에게 조급해하지 말라고, 상황을 지켜보라고 했을까요? 해결책을 제시해줬을 것 같아요? 아니요, 그 사람들은 약속한 일정대로 돈을 내라고 요구했어요. 우리가 핸드백들을 팔 수 있는지, 없는지는 중요하지 않았어요. 형사님 눈에는 그게 사업 파트너의 태도로 보이나요?

하지만 제가 복수심으로 막 회장을 버렸다고 생각하지는 말아주세요. 가장 큰 목적은 제 행동에 책임을 지는 거예요. 형사님이 우리를 찾지 않았더라도 언젠가는 제가 형사님을 찾아왔을 거라고요. 정말이에요.

그런데 왜 11월까지 기다렸다가 자수를 했냐고요? 좋은 질문이에요. 형사님이 현장에서 절 체포할 걸 알았기 때문이죠. 저는 아들을 돌봐줄 사람을 찾아야 했어요. 이제 겨우 세 살이잖아요. 죄송해요, 죄송해요, 원래 잘 안 우는데. 부끄럽네요. 저답지 않게 왜 이러는지.

말씀은 감사하지만 쉬지 않아도 돼요. 계속하고 싶어요. 지난 9월에 헨리가 유치원에 다니기 시작하자마자 마리아는 영국에서 이민 온 사람들 집에서 일한다고 로렐 하이츠로 떠났어요. 그렇게 우리는 보모를 잃어버렸죠. 2주 반 후, 헨리가 학교에서 쫓겨났어요(네, 백화점에서 저희 실체를 눈치챈 시점과 거의 일치해요).

어쩌다 퇴학을 당했냐고요? 그게, 17일을 내리 울었거든요. 제 말이 과장이라고 생각하지 마세요. 현장에서 똑똑히 목격했으니까요. 교칙에 따라 저는 날마다 교실에 같이 들어가서 아들을 책상에 앉히고 15분 후 돌아오겠다고 했어요. 정해진 시간 동안 교사 휴게실에서 기다렸다가 다시 교실로 가서 아이를 확인하고 이번에는 30분 있다 오겠다고 말하죠. 다음에는 45분, 이렇게 시간을 점점 늘렸어요. 그래서 자신 있게 말할 수 있어요. 헨리는 단 한 순간도 울음을 그치지 않았어요. 놀라운 체력 아닌가요. 헨리는 교실 뒤쪽 구석의 자기 자리에 앉아 시뻘게진 얼굴로 울부짖고만 있었어요. 다른 아이들은 노래를 부르고 춤을 추고 놀이를 하고 이야기를 듣는 동안에요.

17일째 되던 날, 플로렌스 린 교장은 저를 교장실로 부르고 손에 턱을 괸 채로 말했어요, 애초에 너무 어렸어요, 1년은 더 집에 두시죠. 저는 의식이 혼미할 정도로 진이 다 빠져 의자에 축 늘어질 수밖에 없었어요.

달리 방법이 있나요? 헨리를 집으로 데려오고 마리아에게 돌아와달라 연락했죠. 하지만 돈을 아무리 많이 준다고 해도 마리아는 정중하지만 단호하게 거절했어요. 그래서 저는 집에 아이와 단둘이 남아, 백화점 정책을 어떻게든 우회할 방법을 찾아보라는 위니의 요구에 시달리며 겁먹은 쇼퍼들을 달래야 했어요. 베이비시터가 와 있는 오후 몇 시간 안에 모든 일을 처리해야 했죠. 베이비시터가 헨리를 아이패드 앞에 앉혀놓고 자기 언니와 통화하는 내내 말이에요. 제가 모를 줄 알았나 봐요.

형사님도 자식이 있으니 제가 왜 이런 말을 하는지 아시겠죠. 체포되면 꼼짝없이 이 무심한 전문대 학생에게 아들을 맡겨야 했어요. 그런 위험을 감수할 수는 없잖아요. 팰로앨토에서 피땀을 흘리며 일하는 애 아빠가 언제 돌아올지도 알 수 없는 상황인데요. 더 좋은 계획이 필요했어요. 마리아 같은 사람을 또 찾을 수 있다고 기대할 만큼 멍청하지는 않았어요. 그래도 그저 월급을 받기 위해 우리 집에 오는 사람이 아니라 진심으로 헨리를 챙겨줄 사람이 있지 않을까 생각했던 거예요.

그사이 위니는 백화점에 반격할 계획을 세우고 있었고요.

알아냈어, 백인 쇼퍼를 고용하는 거야, 위니가 말했어요.

저는 새로 온 보모 후보가 옆방에서 헨리에게 책을 읽어주는 소리를 들으며 점심 먹은 그릇을 치우고 있었어요. 무슨 말이야?

핸드백중독자와 다른 애들 말처럼 정말 인종을 이유로 거르고 있다면 우리가 그 기준에 맞춰야지. 백인을 뽑자.

이 일을 그만둘 생각밖에 없던 저는 말했어요, 알았어, 네 마음대로 해.

그렇게 해서 위니가 조지아 머피 형사님 당신을 고용한 거예요.

제가 모르는 부분에 대한 설명을 들을 수 있을까요? 제 추측이 맞는다면 형사님은 오래전부터 저희 이베이 스토어를 눈여겨보고 있었어요. 맞죠? 한정품을 점점 더 빠르게 내놓으니 브랜드 측에서도 눈치를 채고 우리를 주목한 거죠? 처음부터 그럴까 봐 걱정했던 건데.

제 짐작대로라면 형사님은 이베이에서 우리 가방을 샀어요. 만수르 가브리엘 버킷백 캐멀 색 말이에요(참고로, 훌륭한 선택이에요). 가방을 전문 감정사에게 가져갔더니 진품이라는 결과가 나왔겠죠. 그러자 이 사람들은 대체 어떻게 수익을 내고 있을지 궁금해졌을 거예요. 우리 가방은 전부 정가와 똑같거나 정가보다 조금 싼 가격으로 나와 있었으니까요.

형사님은 우리 스토어 상품평을 보다 우리 가방을 극찬하는 핸드백광들이 모여 있는 인터넷 사이트를 발견했어요. 사이트 내 다른 글들을 살피다 니만마커스에서 짝퉁을 샀다고 불평하는 사람들을 발견했을 거고요. 그러다 가품 마니아들의 레딧 커뮤니티를 발견했고, 또 그러다 위니의 구인 광고를 발견했어요. 여기까지 제 추측이 다 맞죠?

직접 봤으니 알겠지만 위니는 평범한 미스터리 쇼퍼 모집글처럼 만들려고 굉장히 노력했어요. 왜 있잖아요, 기업들이 소비자로 가장해 소비자 경험을 평가해달라고 뽑는 사람들 말이에요. 위니는 지원자를 심사하고 채용한 후에야 우리 사업에 대해 자세히 설명했어요. 언제나 신분이 드러나지 않는 텔레그램 계정을 사용했고요.

형사님은 직감을 발휘해 교외에 사는 평범한 엄마를 연기했어요. 질 좋은 가품을 애용하면서 마침 돈도 조금 벌고 싶어하는 주부로요. 아까도 말했지만 위니는 절박한 상태였어요. 형사님을 즉시 채용했죠. 처음에는 기본적인 임무를 맡겼어요. 블루밍데일스에서 롱샴 르플리아주 겨자색을 산 다음 가방을 우리 우체국 사서함으로 보내는 거요. 형사님은 빠르게 임무를 완수했고, 위니는 형사님 주소로 같은 가방의 최상급 가품을 보냈어요.

수색 영장을 받기 위해 가짜 가방을 입수해야 했던 거죠? 그래야 위니의 정체를 밝힐 수 있으니까? 물론 10월에는 위니나 저나 형사님이 우리를 노리고 있다고 짐작도 못 했어요. 창고에 쌓이는 재고를 관리하느라 바빴거든요. 제가 수사팀에 넘긴 가방들 말이에요. 우리가 가지고 있던 거 하나도 빠짐없이 다 드렸잖아요.

당연히 저도 형사님처럼 숫자가 안 맞는다는 걸 눈치챘어요. 제 기록에 따르면 200개가 더 있어야 하거든요. 어떻게 했는지는 모르겠지만 10월 말에 미국을 떠나기 전 위니가 팔았다고밖에 추측할 수 없어요. 현금이 필요했을 테니까요.

막 회장이 확인해줬다고요? 10월 26일에 최상급 가품 200개가 거래됐다는 정보를 지인한테 들었대요? 네, 놀랐어요. 막 회장이 그걸 어떻게 알았대요? 누가 말했을까요? 하지만 형사님이 정보의 진위를 확인했고 진실이라 믿는다면 진실이겠죠. 그때 위니는 베이 지역에 없었는데 이상하네요. 뭐, 사람을 시켜 사우스샌프란시스코에 있는 물류 창고에서 가방을 가져와 팔았을 수도 있죠. 그 무렵 위니는 날이 갈수록 제 애사심을 의심했고 일을 똑바로 하지 않는다고 몇 번이나 화를 냈어요. 그러니 물건을 혼자 처리했다 해도 이상하지 않아요.

설마 제가 그 가방을 팔고 돈을 숨겼다는 얘기는 아니죠? 그건 불가능해요. 보세요, 형사님. 10월 26일은 15주년 동창회 날이었어요. 제 휴대전화 위치 정보 가지고 있지요? 종일 샌프란시스코반도에 가 있었다는 증거가 떡하니 보이잖아요. 솔직히 가고 싶지 않았지만요.

왜냐고요? 상황을 그려보세요, 형사님. 그때 저는 인생에서 가장 암울한 시기를 보내고 있었어요. 그런데 지구상에서 가장 성공한 사람들을 억지로 봐야 한다니요. 우주가 저를 상대로 역겨운 장난을 치는 것만 같았어요. 실리콘밸리의 조롱거리, 전 세계 엘리트의 동네북이 된 기분이었다고요.

제 갈등을 알아차리기라도 했는지, 그날 아침 눈을 뜨니 칼라와 조앤이 문자를 잔뜩 보내놨더라고요. 빠질 생각은 하지도 말라는 경고였어요.

칼라는 이렇게 썼어요. ***내가 데리러 갈게. 집에서 행사장까지 원스톱으로. 거절은 거절할 거야.***

결국에는 친구들도 양보를 해줬어요. 캠퍼스에서 진행되는 공식 행사는 빠지되 동기인 에이미 조의 집 뒷마당에서 열리는 브런치에만 참석하기로 했죠.

칼라에게 들어서 아시겠지만 칼라는 아침 10시 반쯤 저를 태우고 우드사이드에 있는 에이미의 맨션까지 운전했어요. 저는 거기서 오후 2시 반 정도까지 있다가 다른 동기인 트로이 하워드의 차를 얻어 타고 돌아왔고요. 사우스샌프란시스코에는 얼씬도 하지 않았어요. 우리 재고를 없애기 위해서든, 다른 이유 때문에든.

파티에 대해 얘기해보라고요? 캘리포니아 북부의 완벽한 가을날이었어요. 기온은 20도로 쾌적했고, 파란 하늘에는 구름 한 점 없었고, 사방에 금빛 햇살이 넘쳐흘렀어요. 제 비참한 기분을 강조하는 듯한 날씨였죠. 칼라에게 팔꿈치를 붙잡힌 저는 친구들 틈에 섞여 리모델링을 한 에이미네 집을 둘러봤어요. 환경 파괴 없이 자랐다는 브라질산 티크 나무로 깐 바닥, 민트색 태국 실크를 천으로 댄 식탁 의자까지 다들 감탄하며 구경하는 동안, 저는 위니를 설득할 방법을 궁리하느라 바빴어요. 어떻게 해야 백인이든 뭐든 쇼퍼를 뽑지 말라고 할 수 있을지, 답을 찾을 때까지 모든 작전을 중지하려면 어떻게 해야 할지 머리를 굴렸죠. 위니는 수입이 줄어든다는 이유로 반대할 게 뻔했지만, 들키는 것보다는 그편이 낫잖아요.

웃으며 동기들에게 같은 대답을 반복했어요. 지금은 아들한테 집중하려고, 유치원부터 보내고 본격적으로 알아보게, 아, 1년 더 기다리기로 했어, 이제 겨우 세 살 됐잖아.

너 참 용감하다, 쉴 생각을 다 하고, 에이미가 다정하게 말했어요. 에이미도 저처럼 불만에 가득 찬 변호사였거든요.

에이미 남편 브렌트는 금융 쪽에서 일을 하는데 고액 연봉자인 에이미보다 열 배는 수입이 높았어요. 브렌트가 거들었어요, 에이미는 애 낳고 15분도 안 돼서 메일을 보내던데요.

에이미가 따귀를 때리는 시늉을 하자 브렌트는 에이미의 목을 조르는 척했어요. 그러다 웃음을 터뜨리고 서로의 뺨에 입을 맞췄죠. 다들 따라 웃길래 저도 따라 웃었어요. 인간을 연기하려고 애쓰는 외계인처럼 한 박자 늦게요.

형사님, 분명히 말하는데 저는 이 시기에 모든 면에서 실패하고 있었어요. 과장이 아니라 직원으로서, 아내로서, 엄마로서, 친구로서 전부 다요. 하, 그놈의 스탠퍼드 졸업생으로도 실패했죠. 그냥 동굴로 기어들어 제 못난 모습을 감추고만 싶었어요. 그런데 정반대인 곳으로 걸어 들어오고 만 거예요.

자리에서 빠져나온 저는 곧장 가서 유니폼 입은 바텐더에게 모히토를 주문했어요. 조앤이 절 발견하고 이리 오라고 손을 흔들었을 때는 가능한 한 많은 양의 술을 목구멍으로 넘긴 상태였죠. 조앤에게 가니 구글에서 무슨 중요한 일을 한다는 하비에르 델가도와 하비에르의 파트너 앤드루도 있었어요.

우리는 동문 기금에 매년 100달러씩 내, 미래를 위한 작은 투자랄까, 한 무리의 아이들(보나 마나 기저귀도 떼고 유치원에도 들어간 애들이겠죠)을 쫓아 꺅꺅대며 우리 앞을 쌩하니 지나치는 자기 아들을 가리키며 조앤이 말했어요.

우리도 해야겠다, 하비에르가 파트너의 팔꿈치를 치며 말했어요.

앤드루는 눈을 굴리며 다 들리게 속삭였고요, 아이를 가질지 확실하지도 않잖아. 그러다 정중하게 저를 돌아봤어요. 아이 있으세요?

네? 대화 내용을 따라가지 못하던 제가 물었어요.

앤드루는 질문을 반복해줬고요.

아, 네, 하나요.

얘는 남편이 스탠퍼드 병원에 있어서 기부할 필요가 없어요, 조앤이 말했어요.

그때 하비에르가 말을 꺼냈어요, 아, 여기 위니 팡과 연락하는 사람 있어? 돌아왔다고 하던데.

조앤이 저를 쳐다봤어요.

저는 조금 안다고 했어요. 가끔 업무차 샌프란시스코에 와. 자세히 설명하지는 않고요.

자연히 화제는 우리 때 SAT 스캔들로 넘어갔고 최근 일어난 할리우드 스캔들과 비교하는 대화가 이어졌어요. 그러다 얼마 전 내부자 거래로 체포되었던 동기 이야기가 나왔죠. 비싼 변호사를 쓴 덕에 혐의를 벗고 헤지펀드 업계로 돌아와 더 큰 부자가 됐대요.

저는 남은 술을 단숨에 들이켠 다음 눈썹을 추켜세우는 조앤의 표정을 무시하며 술을 더 가지러 갔어요.

제가 파티 중에 한 30분 정도 안 보였다고 조앤이 그랬죠? 그건 술을 기다리던 중에 위니 전화를 받았기 때문이에요. 통화하려면 화장실로 급히 들어갈 수밖에 없었다고요.

모든 활동을 멈춰야 해, 상황을 파악할 때까지만, 쇼퍼가 잡히면 어쩌려고 그래, 저는 말했어요.

위니가 말했어요, 땡, 해결책을 찾아달랬지, 누가 그런 얘기 하랬니.

정확히 이해하지도 못하는 문제를 어떻게 해결하라는 거야?

그런 태도로는 절대 좋은 아이디어가 안 나오지.

우리 대화는 쳇바퀴를 돌고 있었어요. 서로 다른 소리를 하니 타협점을 찾을 수 있나요. 위니는 한참 만에 전화를 끊었고 저는 밖에서 기다리는 사람이 의심하지 않게 세면대 물을 틀었어요(위니 때문에 그 정도로 편집증이 심해졌어요). 손을 씻으며 거울에 비친 제 모습을 관찰했어요. 미간에 깊이 파인 주름, 빛을 잃은 눈, 초췌한 입술. 어쩌면 좋을지 말해달라는 얼굴로 거울에 비친 나를 바라보는, 이 비겁한 여자는 대체 누구일까요?

바깥으로 나온 저는 파티오 문에 멈춰 서서 권력자들로 가득한 뒷마당을 바라봤어요. 하나같이 피부를 건강하게 태운 이 사람들은 여유로운 태도로 자신의 부와 성공을 만끽하고 있었죠. 이건 제가 잃어버린 모습이었어요. 아니, 위니에게 빼앗긴 모습이었어요.

조금 있으니 동기들이 캠퍼스로 향하기 시작했어요. 풋볼 경기, 다양한 토론과 강연이 예정되어 있었거든요. 음식과 술도 더 많이 나오고요. 이때 저는 트로이 하워드와 트로이의 아내 캐시의 차를 얻어 타고 시내로 돌아왔어요. 트위터에 열여섯 번째 직원으로 입사했던 트로이는 이제 벌 만큼 벌어서 은퇴한 거나 다름없었어요. 샌프란시스코로 가는 내내 탄자니아, 자이푸르, 아조레스제도로 돌아다닌 가족 여행 이야기를 들려주더군요.

물론 애들이 입학해서 한동안은 못 움직이게 됐지만 말이야, 트로이가 말했어요.

캐시가 물었어요, 에이바 아들은 어느 학교에 다녀요?

우리는 1년 더 기다리기로 했어요, 헨리는 이제 겨우 세 살 됐거든요, 제가 말했어요.

좋지, 서두를 필요 없어, 트로이가 말했어요. 조금 전 자기 딸들은 원어민처럼 말하도록 태어날 때부터 중국인 보모를 집에 두고 중국어를 가르친다는 얘기를 해놓고서 말이죠.

부모가 강요하면 좋을 게 없어요, 캐시가 말했어요. 그러면서 자기 친구 딸이 밍량 아카데미에 입학했는데(중국 국제학교 아시죠?) 친구에게서 진짜 끔찍한 이야기를 들었다는 거예요. 한 남자아이가 몇 주 내리 울기만 하고 매일 바지에 오줌을 싸다가 결국에는 퇴학당했다고요.

모히토로 가득한 위장이 뒤집히며 식도로 신물이 올라왔어요. 헨리가 바지에 오줌을 싼 날은 며칠뿐이었다고 반박하는 말도 목구멍까지 올라왔지만 겨우 참고 이렇게만 내뱉었어요, 끔찍하네요.

트로이가 말했어요, 불쌍한 녀석, 그 트라우마가 얼마나 오래가겠어?

부모가 잘못 생각한 거죠, 캐시가 말했어요.

저는 힘없이 동의했어요.

빨간불에 걸려 정차했을 때 잠깐 문을 열고 뛰어내릴까 생각했어요. 다 버리고 도망치는 거예요. 팔다리 하나가 부러지거나 뇌진탕을 일으키면 그때는 위니도 저를 놔주지 않을까요?

트로이 부부는 집 앞에 저를 내려줬어요. 곧장 집으로 들어가는 대신 저는 올리나 헨리가 창문으로 보고 있나 확인한 후 두 사람을 뒤로하고 도로로 달려 나갔어요.

플랫슈즈에 쓸려 뒤꿈치가 까지고 나서야 버스정류장 옆 벤치에 앉아 휴대전화를 확인했어요. 행복해 보이는 동기들이 행복해 보이는 우리 캠퍼스를 돌아다니며 서로 행복하게 어울리는 사진들로 자신을 고문하면서요. 피드를 쭉 내리다 보니 샌프란시스코 공항 추락 사고를 다룬「60분」영상이 눈에 띄었어요. 가짜 비행기 부품이 사고 원인이었다고 단언하는 제목이 달려 있었고요. 재생을 누르고 볼륨을 높였어요.

그러니까 보잉이 주기적으로 중국 업체에 부품 생산을 맡기는데 중국 업체는 또 하청의 하청에 생산을 위탁했다는 거예요. 하청업체는 수준 이하의 원재료를 사용했고, 조사관의 눈을 속이기 위해 생산 기록을 위조하는 일도 비일비재했다고 해요.

날카로운 푸른색 눈으로 저를 바라보며 앵커 레슬리 스탈이 말했어요, 문제는 그뿐만이 아닙니다, 이 부품 다수가 단일 장애점 부품이라는 거예요, 즉, 이 부품이 망가지면 모든 시스템이 망가진다는 뜻이죠, 혹시 이것이 비극적인 추락 사고의 원인일까요? 조사팀은 그 해답을 찾고자 밤낮없이 뛰고 있습니다.

문득 막 회장의 다른 불법 사업을 떠올렸어요. 형사님은 아시죠? 말씀해주세요. 또 뭘 만드나요? 가짜 약? 전자기기? 막 회장네가 가짜 비행기 부품도 거래한다고 믿으세요? 제 추측은 그렇거든요.

네, 저는 벤치에 앉아 좌석에서 튕겨 나간 두 소녀를 생각했어요. 위니의 강요로 받아들였던 거짓말도요. 우리가 하는 일은 피해자 없는 범죄다. 우리가 피해를 준 사람보다 도와준 사람이 더 많다. 그 모든 거짓말이 고약하고 지독한 냄새를 풍기며 엉겨붙었죠.

그때였어요, 형사님. 저는 그 순간 막 회장, 위니, 그리고 저에 대한 모든 사실을 고백해야 한다고 결심했어요.

뭘 의심하세요? 저는 숨김없이 다 말했어요. 속에 있는 걸 다 끄집어냈다고요.

네? 위니의 영주권 신청 파일을 찾아봤다고요? 걔가 어떻게 제 추천서를 제출했는지 저야 모르죠. 그때는 연락하던 시기도 아니니 제가 썼을 리 없고요. 말씀드렸잖아요. 칼라와 조앤이 말하기 전까지는 위니가 자기 이모부와 결혼했다가 이혼한 사실을 몰랐다니까요. 위니가 직접 추천서를 쓰고 제 서명을 위조한 거예요. 지금쯤이면 잘 아실 텐데요. 위니는 곤경에서 벗어날 수 있다면 누구 이름이든 아무렇지 않게 가져다 쓸 애예요.

이러지 마세요, 형사님. 지금까지 한 이야기들을 다 들어놓고서 이런 질문을 또 하는 건 말이 안 돼요. 어떻게 해야 제 말을 믿겠어요? 저는 걔가 어디 있는지 몰라요.

뭐 하러 힘들게 다른 휴대전화 통화 기록을 입수해요? 그냥 물어보시죠. 저 봐요, 제 발로 여기 와서 제가 아는 사실을 전부 말씀드리고 있잖아요. 제 말을 입증하기 위해 맨디 막, 카이저 스와 주고받은 이메일까지 다 제출하지 않았나요?

당연히 베이징에 전화를 몇 통 걸었죠. 이미 확인했겠지만 광저우, 둥관, 선전, 상하이에도 전화를 걸었어요. 어제까지만 해도 막 회장 쪽은 위니와 제가 가짜 핸드백 사업을 성공적으로 운영하고 있다고 믿었고 아무 걱정도 하지 않았어요. 안 그러면 어떻게 그 사람을 체포했겠어요?

죄송해요, 죄송해요. 말이 무례하게 잘못 나갔네요. 형사님, 모든 사실을 고백하니 얼마나 마음이 편한지 모르겠어요. 저는 그냥 이 짧은 시간을 종양처럼 잘라내고 남편과 아들이 있는 집으로 돌아가 새 출발을 하고 싶을 뿐이에요. 제 인생이 그렇게 아름다운지 모르고 살아온 제가 바보였죠.

네, 네, 아직 안 끝났다는 거 알아요. 할 이야기가 더 있다는 거요. 어디까지 했죠? 이제 넘어가도록 하지요, 위기, 추락, 그리하여 어떤 결말에 이르렀는지 말씀드릴게요.

여기서 형사님이 다시 등장해요. 우리를 잡기 위해 우리 회사에 잠입한 사람으로요. 솔직히 말해서 형사님은 정말 빠르고 효율적으로 일했어요. 잘하면 LA에 있는 위니 집으로 가서 불시에 체포할 수도 있었을걸요? 하지만 형사님은 추가 증거가 필요하다는 판단을 내리고 더 많은 돈이 오가는 임무를 맡겨달라고 부탁했죠.

위니가 의심하기 시작한 것도 이때예요. 사립 탐정을 시켜 뒷조사를 해 형사님의 정체를 알아낸 위니는 늦었지만 제게 동의한다고 전화를 했어요. 이제는 사업을 접을 때라고요.

위니가 말했어요, 샌프란시스코 공항에서 타이페이로 가는 자정 비행기에 비즈니스석이 한 자리 남아 있어.

저는 못 간다고 했죠.

가야 해.

안 가.

지난 몇 달 동안 우리 대화는 항상 이런 패턴이었어요. 하지만 위니는 전과 다르게 단호한 제 목소리를 들었어요. 강철처럼, 다이아몬드처럼 단호한 제 목소리를요.

너 미쳤어? 분명히 널 잡으러 올 거야.

알아.

위니가 매섭게 말했어요, 나까지 끌어내릴 수 있다고 생각하지 마. 그러고는 전화를 끊고 잠적한 거예요.

떨리는 손에서 전화기가 떨어졌어요. 팔다리에 힘이 풀린 채 바닥에 쓰러져, 사시나무처럼 몸을 떨고 땀을 흘리며 성난 짐승 같은 소리를 냈어요. 속에 텅 빈 구멍이 뚫리며 악마가 빠져나갔고 저는 다시 태어났어요. 양탄자에 얼마나 누워 있었을까, 헨리가 오더니 무슨 놀이라고 생각했는지 사자처럼 포효하며 제 위로 몸을 날렸어요.

몇 시간 후, 올리가 도착했고 저는 거실에서 남편을 기다리고 있었어요. 소파 옆자리에 앉아보라고 했죠.

올리가 물었어요, 무슨 일이야? 헨리는 어디 있어?

의자에서 아이패드 보고 있어. 아무 일 없어.

올리는 신발을 벗고 몸에 대각선으로 크로스백을 멘 채로 제 옆에 앉았어요.

당신한테 할 말이 있어, 끝날 때까지 아무 말도 하지 말아줘, 제가 말했어요.

올리가 머리카락을 쓸어 넘기며 말했어요, 알았어.

저는 그 자리에서 처음부터 끝까지 모든 사실을 털어놓았어요. 더 이상의 비밀, 거짓은 없었어요.

올리는 말을 끊지 않고 이야기를 들어주었죠. 하고 싶은 말을 참느라 표정이 점점 딱딱하게 굳어졌어요.

드디어 모든 것을 고백한 후 올리가 입을 열었어요, 이제 얘기해도 돼?

저는 고개를 끄덕였어요. 입이 마르고 목구멍은 아프게 쓰라렸죠.

경찰서에 언제 갈 거야?

내일 날이 밝자마자.

올리는 짧은 턱수염을 문질렀어요.

제가 작은 소리로 물었어요, 다른 질문은 없어?

올리는 퉁명하게 말했어요, 없어…… 아니, 있어.

저는 혀로 메마른 입술을 적셨어요.

나는 도저히…… 아직도…… 나는……. 올리는 결국 생각을 말로 표현하지 못했어요.

저는 어둑어둑해지는 창밖 거리를 내다보았어요. 올리와 함께 가로등 불빛이 마법처럼 반짝일 순간을 기다렸지요.

이게 끝이에요. 다 말했어요. 한 가지 더 말씀드리고 싶은 건, 제가 미래에 대한 생각을 많이 했다는 사실이에요. 어떻게 하면 제 실수를 속죄할 수 있을지 생각했어요. MBA 프로그램도 알아보기 시작했어요. 그러게요, 상상하기 힘들죠? 제 나이가 몇인데. 만약 운 좋게 학교로 돌아갈 수 있다면 언젠가는 소비자에게 직접 판매하는 의류 회사를 창업하고 싶어요. 편하면서도 고급스러운 기본 아이템들을 최대한 윤리적인 공장에서 만들어 파는 거예요. 개발도상국 여성들에게 양질의 일자리를 제공하는 공장들 말이죠.

아들에게도 좋은 엄마가 될 수 있기를 바라요. 당연한 말이지만 일이 터진 이후로 헨리는 참 힘든 시기를 보냈어요. 하지만 이제는 항상 곁에 있어주면서 제 바람이 아닌 아이의 욕구에 집중할 준비가 됐어요. 올리는 말이죠, 아직 제 상황을 완전히 받아들이지 못했어요. 시간이 필요하겠죠. 하지만 제 이야기를 들었고, 정말 귀를 기울여줬고, 아직 제 곁에 남아 있잖아요. 이것만으로 저는 희망을 느껴요. 팰로앨토에서 집도 보러 다니기 시작했어요. 집을 구하는 대로 헨리와 이사하려고요. 우리 셋이 한집에서 지내는 게 제 유일한 소망이에요. 처음부터 그것밖에 없었어요. 어리석게 위니의 설득에 넘어갔을 뿐이죠.

네, 이제 정말 다 끝났어요. 저 약속 잘 지켰죠? 그러니까 부탁드려요, 형사님. 형사님도 제발 약속을 지켜주세요.

18

아버지가 체포되고 사흘 후, 맨디 막은 침묵을 깨고 텔레비전 기자회견을 연다. 위니는 맨디의 바뀐 옷차림에 주목한다. 평소의 명품 패션이 아니라 수수한 검은색 블라우스를 입고 가는 진주 목걸이를 착용했다. 차분한 목소리로 미리 준비한 성명서를 읽지만 부들부들 떨리는 손이 맨디의 속마음을 드러낸다.

"저희 아버지는 아무 잘못도 하지 않았습니다. 미국은 무고한 사람을 가두고 생사의 기로에 놓인 환자의 치료 기회도 빼앗았습니다. 지금부터 저는 아버지가 전 동업자들의 함정에 빠졌다는 사실이 증명되기를 기다릴 것입니다. 그들은 에이바 웡과……." 여기서 맨디는 대본을 내리고 위니의 거실을 쳐다보는 것처럼 화면을 똑바로 응시한다. "현재 잠적한 팡원이입니다. 중국 국민 여러분, 도와주십시오. 제발, 간절히 호소합니다. 팡원이에 대한 정보가 있거나 팡원이가 어디 있는지 아시는 분은 이 딸이 아버지의 결백을 증명할 수 있게 나서주세요. 정의는 반드시 바로 세워져야 합니다." 맨디는 손수건으로 눈물을 닦고 부축을 받으며 연단에서 내려간다.

미국으로 스포트라이트를 돌리다니, 확실히 나쁜 전략은 아니다. 언론은 위니의 국적 변경을 물고 늘어지며 중국을 버린

변절자이자 배신자로 위니를 묘사할 테니까. 맨디는 벌써 불법 공장의 문을 닫고, 문제의 미국인들과 독단적으로 결탁한 직원 몇 명을 당국에 넘겨주었다.

이제 위니는 텔레비전 화면을 뒤덮은 자신의 사진을 대면한다. 저 증명사진은 대학을 졸업하고 처음 들어간 독일계 회사의 사원증에 있던 사진이다. 적극적인 인턴 하나가 발굴해낸 모양이다. 첫 쌍꺼풀 수술을 하기도 전이라 현재의 모습과 조금도 닮지 않았다고 마음을 다잡는다.

텔레비전을 끄고 SNS를 보니 네티즌들이 뜨거운 설전을 벌이고 있었다.

휠체어 탄 막 회장 사진을 볼 때마다 가슴 아프다. 나이가 70대라고. 편안하게 모셔야지!

명품 브랜드들은 왜 화가 난 거야? 서양식 저작권 보호를 원하면 임금도 서양식으로 주든가!

에이바 웡과 팡원이는 피도 눈물도 없는 인간들이다. 자기가 풀려나려고 저런 노인을 미국에 넘기다니. 나는 맨디 막 편이야!

나란히 있는 자신과 에이바의 이름을 보자 위니는 현기증을 느낀다. SNS상에서 맨디 막의 능력과 영향력이 얼마나 대단한지 얕잡아봤다. 위니는 블라인드를 내리고 문에 바리케이드를 치고만 싶다. 다음 주 있을 에이바의 선고 공판까지 이 아파트에 숨어 있고 싶은 마음이 간절하다. 적어도 그때가 되면 적의

와 앙심을 품은 이 나라에서 벗어나 미국에서 미래를 꿈꿀 수 있을지 알게 될 테니까.

하지만 긴 휴가를 보내러 베이징에 온 것은 아니지 않은가. 해야 할 일이 있다. 다이아몬드 연구소를 방문하고 과학자들의 자문을 구하고 영업팀을 설득해야 한다. 몇 차례 집을 나설 때마다 위니는 모든 예방책을 취한다. 저우페이페이라는 가명을 사용하고 머리에 실크 스카프를 두르고 해 질 녘에도 커다란 선글라스를 낀다(이제는 밤에 외출하지 않는다). 오늘 회의도 실패로 돌아갔다. 다이아몬드 공장의 영업부장에게 작은 회사와는 거래할 수 없다는 말을 듣고 돌아오는 길, 위니는 아파트 단지 건너편에 서 있는 낡은 닛산을 발견한다. 운전석에는 거구의 대머리가 앉아 있다. 30분 후, 마트를 가려 조용히 나왔을 때도 차와 운전자는 그 자리에 있다. 남자는 창문을 열고 담배를 피우고 있고, 옆을 지나가던 위니의 발에 담배꽁초가 떨어져 발가락에 화상을 입을 뻔한다.

위니는 얼른 뒤로 물러난다. "조심 좀 해요."

"죄송합니다. 사람이 있는지 몰랐어요." 남자가 말한다.

나중에 위니는 남자의 말이 왜 그렇게 위협적으로 들렸는지 에이바에게 설명하려 애쓴다.

에이바는 말한다. "네가 어디 있는지 아는 사람은 나뿐이야. 그리고 너 웨이보부터 끊어. 그 사람들은 정부에서 주입하는 사실만 알잖아. 한마디로 아무것도 모른다고."

에이바의 선고 공판 전날의 이야기다. 위니와 에이바는 몇 시간 동안 전화기를 붙잡고 에이바의 자백을 처음부터 끝까지 되짚으며 현재 상황을 분석하려 한다. 그들이 아는 한 에이바는 자백에서 가장 까다로운 부분도 완벽하게 해냈다. 에이미조의 파티에서 내내 동창들에게 둘러싸인 채로 가방 200개를 빼돌릴 수는 없다고 조지아 머피를 설득했다. 실제로는 차를 타고 나갔다가 돌아왔는데도.

위니는 말한다. "네가 거의 한 시간이나 사라진 걸 아무도 눈치채지 못했단 말이야?"

"화장실에 틀어박혀 너랑 말싸움했다고 했지! 사람이 너무 많아서 조앤도 칼라도 나를 못 봤어. 더 확실한 증거도 있잖아. 내가 우드사이드를 떠난 적 없음을 보여주는 휴대전화 위치 정보." 에이바가 말한다.

"네 휴대전화가 우드사이드를 떠난 적이 없는 거겠지. 휴대전화를 두고 가서 대체 문제를 몇 개나 해결한 거니?" 위니는 온몸을 들썩이며 웃는 에이바를 상상할 수 있다.

에이바는 아주 영리하게 움직였다. 손님방 화장실 약 선반에 휴대전화를 놓아둔 채로 리프트를 타고 사우스샌프란시스코로 가 일을 처리하고 곧바로 돌아왔다. 에이바의 알리바이는 깨뜨릴 수 없이 완벽했고 형사는 의심 없이 받아먹었다.

두 사람에게 유리한 점은 또 있었다. 막 회장이 혐의를 인정한 것이다. 딸을 보호하기 위해 자신이 합법 공장의 뒷마당에서 불법 공장을 운영하며 세계 최고의 브랜드들이 믿고 맡긴 설계도를 뻔뻔하게 카피했다고 자백했다. 머피 형사는 약속대로 검사가 에이바에게 낮은 형량을 구형하게끔 해주었다.

하지만, 그럼에도, 이 세계에서는 무엇도 장담할 수 없다. 열정이 넘치는 판사가 그들에게 알 수 없는 편견이나 악의를 품고 있을 위험도 있다.

에이바가 하품을 시작하자 위니는 말한다. “너 쉬어야지.” 그 말에 친구는 대답한다. “우리가 이기면 아드레날린의 힘으로 일주일은 더 버틸 거야. 우리가 지면 감옥에서는 잘 시간이 충분하겠지.”

위니는 두개골이 조여드는 느낌이다. “그런 말은 농담으로도 하지 마.”

“긴장 풀어. 지금 우리가 할 수 있는 건 그것뿐이니까.” 에이바는 말한다.

아침 내내 위니는 거실을 서성인다. 초조해서 아무것도 입에 들어가지 않는다. 습관처럼 마시는 더블 에스프레소도 마시지 않는다. 몇 분마다 시간을 확인한다. 에이바는 법정에 있을 것이다. 이 순간 형량 선고를 위해 일어나 있을지도 모른다.

위니는 생각을 다른 곳으로 돌리려 텔레비전을 켜고 결혼 적령기의 젊은 남자들이 나오는 게임 방송을 택한다. 이들은 커튼 뒤에 감춰져 있는 미인들 중에서 여자의 엄마만을 인터뷰해 데이트 상대를 선택해야 한다. 엄마들이 거침없이 다른 딸들을 헐뜯고 자기 딸 쪽으로 관심을 유도하려는 노력은 감동적이지만 진행자의 쩌렁쩌렁한 목소리가 너무 거슬려 위니는 텔레비전을 끄고 만다.

너무 오래 거실을 돌아다녀 다리가 아플 지경이다. 무슨 일이기에 에이바는 여태 전화를 하지 않는 걸까? 공판은 빠르고 간단하게 끝나야 하지 않나?

휴대전화에서 귀 찢어지는 벨소리가 울린다. 위니가 전화기로 몸을 날린다. “그래서?”

귓가에 에이바의 목소리가 쏟아진다. 말소리가 너무 크고 빨라 위니는 천천히 똑바로 발음하라고 한다.

"처음부터 다시. 하나도 빼먹지 말고 자세히 얘기해줘." 위니가 말한다.

에이바는 처음으로 돌아가 이날을 위해 산 새 원피스를 입은 자신을 묘사한다. 소매가 팔꿈치 길이인 수수한 검은색 원피스는 치마가 정강이 중간까지 내려온다. 심지어 20년 만에 처음으로 헤어 스타일도 바꿨다.

"귓불을 스칠 만큼 짧아. 머리를 자르는 것만큼 여자의 후회를 보여주는 수단도 없잖아?"

링컨 크라머 판사가 형량을 선고하기 시작하자, 에이바는 너무 긴장해서 의식을 잃고 법정 바닥에 쓰러질 수도 있겠다고 생각했다. 판사의 목소리가 유독 거칠고 잘 울린다는 사실도 도움이 되지 않았다. 마치 유대 기독교의 신이 판사석에 앉아 심판을 내리려 하는 것만 같았다.

에이바와 비열한 위니 팡(판사가 정확히 그렇게 말했다)이 사기 행위로 무고한 사람의 돈 수십만 달러를 빼앗았다고 했을 때 에이바의 희망은 꺾였다. 그러다 모조품 범죄의 두목 막유파이를 자진해서 당국에 넘겼다는 사실을 언급했을 때는 희망이 다시 솟았다. 에이바의 흠 없는 이력을 지적했을 때는 희망이 더더욱 부풀어 올랐다. 에이바는 전과가 없고, 훌륭한 학교와 회사에 다녔고, 안정적인 가정을 꾸리는 사람이라고 했다. 판사는 에이바가 자신의 죄를 빠르게 자백한 것으로 보아 범죄자의 성향을 가지고 있지 않으며 위니 팡의 설득에 넘어가 강제로 해당 범죄에 관여했다는 결론을 내렸고, 에이바의 희망은 성층권을 뚫었다.

판사가 굵은 목소리로 말했다. "증거를 검토하고 진술을 따져보니 웡 씨가 실제로는 어떤 사람인지 알겠습니다."

에이바는 계속 눈을 내리깔고 엄숙한 표정을 유지하며 온몸으로 뉘우치는 자세를 취했다.

"이에 집행유예 2년, 배상금 50만 달러를 선고합니다."

에이바는 참지 못하고 시선을 들어 판사와 눈을 마주쳤다. 뺨을 타고 보석처럼 눈물방울이 흘러내렸다. 예상했던 것보다 가벼운 형량이었기 때문이다.

"피고인이 다시 범죄를 저지르는 실수를 반복하지 않을 것이라 확신합니다. 내 판단이 옳았음을 증명해주세요."

에이바는 눈물을 흘리며 말했다. "그럴게요, 약속해요, 재판장님."

에이바가 전화기에 대고 외친다. "위니? 듣고 있어?"

"듣고 있어." 위니가 말한다. 무슨 말을 더 할까? 에이바는 한번 우등생은 영원한 우등생임을 증명해냈다.

위니는 기념으로 생필품이 아닌 쇼핑을 하기로 마음먹고 조금 더 떨어진 고급 와인 가게까지 걸어가 맛 좋은 샴페인을 한 병 산다. 그러다 돌아오는 길에 낯익은 거구가 아파트 경비원과 대화하는 모습을 발견한다. 위니는 버스정류장에 재빨리 몸을 숨기고 버스 시간표를 보는 척한다. 거구의 남자는 야구모자를 쓰고 있어 그때와 같은 인물인지 확신할 수 없다. 위니는 남자가 사라질 때까지 정류장에서 기다리다가 경비 초소로 다가간다.

"안녕하세요, 저우 씨. 식사하셨어요?" 경비원이 인사한다.

"네, 아저씨는요? 그나저나 아까 대화하던 남자는 누구예요? 어디서 본 얼굴이라서요. 고향에서 알았던 사람 같아요."

"어디 출신이신데요?" 경비원이 묻는다.

"샤먼요." 위니는 샴페인이 든 봉투를 다른 손으로 바꿔 든다.

"아, 그럼 그 사람은 아닐 거예요. 광둥 말투로 들리던데요."

팔에 닭살이 돋는다. "그렇군요. 무슨 얘기를 하던가요?"

"조경 사업을 하는데 정원 관리 업체를 구하고 있냐고요. 건물주에게 연락해보라고 했죠. 제가 뭘 아나요? 한낱 경비원이."

"그렇죠. 그러게요." 위니가 말한다.

이후 몇 주 동안 중국 언론은 막 회장이 자백을 강요받았다고 주장한다. 위니가 생각하기에는 좋은 징조다. 막 회장은 중국 정부를 등에 업었다. 막 인터내셔널은 적당한 벌금을 내고 명품 브랜드들을 달래기 위해 향후 몇 년간 엄격하지만 너무 가혹하지는 않은 조사를 받을 것이다. 그래, 단기적으로는 고객을 잃겠지만 시간이 흐르면 떠났던 브랜드들도 비용 절감의 유혹을 떨치지 못하고 돌아올 것이다.

위니는 에이바의 말을 듣기로 결심하고 SNS를 끊고 새 사업에 집중한다. 무익한 회의가 몇 번 더 이어진다. 개기름이 번들거리는 영업부장이 위니와 **좋은 친구**가 되면 예외적으로 거래를 하겠다고 암시하기도 한다. 하지만 위니는 마침내 규모는 작지만 성장 중인 다이아몬드 공장을 찾아 계약을 맺는 데 성공한다. 오래오래 동업 관계를 유지할 수 있으면 좋겠다고 생각한다. 위니 또래의 여자 영업부장이 개인 휴대전화 번호가 적힌 명함을 위니의 손바닥에 쥐여주며 "뭐든 필요하면 주저

말고 전화나 문자 주세요."라고 말하는 순간, 위니는 결정을 내렸다. 이 행동에 부적절한 의미는 전혀 들어 있지 않았다.

그렇게 거래처를 정한 후 위니는 미국으로 돌아갈 준비를 한다.

그곳에 거주할 마음이 없었다면 가상의 보석 회사를 굳이 뉴햄프셔주 홉킨턴에 세우지 않았을 것이다. 위니는 한 집에 가격을 제시한다. 전통적인 케이프코드풍 벽돌집이다. 단순하며 대칭을 이루고 있고(헨리에게 집을 그려보라면 이런 집을 그렸을 것이다) 강철과 유리로 된 LA 아파트와 차원이 다르다. 그 집은 스프루스 레인이라는 예스러운 마을에 있다. 위니는 저녁에 집 앞을 느긋하게 산책하며 이웃들에게 손을 흔드는 모습을 상상한다. 이웃들은 위니가 밀레니얼 세대 파이어족, 그러니까 경제적 자립과 조기 은퇴를 이룬 젊은이라 생각할 것이다. 계속 오해하게 놔두어도 되지 않을까? IT업계에서 돈을 많이 벌었지만 다시 전원생활로 돌아오고 싶어 이곳으로 이사했다고 말하면 되겠지. 직접 채소를 기르고 가축 잡는 법을 배우고 제로 웨이스트에 대한 블로그를 운영하는 거다.

뉴햄프셔에 가본 적도 없고 그 마을이나 집을 직접 볼 수 없다지만 뭐 어떠한가? 유쾌하고 활달한 부동산 중개인은 새 주인을 맞을 준비가 끝났다고 장담했고, 이웃들도 걱정할 필요가 없다고 했다. 위니가 오기 전에 철거할 수 있으니 현관문 옆 깃대는 걱정하지 말라는 말도 했다.

중개인에게 인정하지는 않겠지만 사실 위니는 현관문 옆에 박힌 미국 국기가 마음에 든다. 셰이커교(근면과 절약, 실용 사상을 강조한 기독교의 한 종파 – 옮긴이) 스타일의 수납장과 널빤지로 붙인 벽도 좋다. 전 주인에게 바닥까지 내려오는 친츠(꽃무늬가 염색된 면직물-옮긴이) 커튼을 가질 수 있냐는 부탁도 해두었다. 중개인은 집을 판 사람들이 옆 마을에 있는 호화 기숙학교에서 아이들을 가르치다가 은퇴한 교사 부부라고 했다. 위니가 생각하는 그들은 체크무늬 작업복 셔츠와 카키색 바지를 입고 정정하게 야외 활동을 즐기는 백발 노인이다. 부부는 함께 예쁘고 소박한 정원을 가꾸었다. 위니는 흐드러진 진달래와 무성한 층층나무를 관리하는 법을 배울 것이다. 위니는 평생 정원이라고는 가져본 적이 없다. 그 특권을 누릴 수 있다면 현금으로 36만 달러는 더없이 합리적인 가격으로 보인다.

그러는 동안에도 꼭 필요할 때만 아파트에서 나왔고, 낡은 닛산과 거구의 남자를 찾아 주위를 살폈지만 다시는 보이지 않았다.

어느 날 아침, 《뉴욕 타임스》 웹사이트를 보던 위니는 한 머리기사에 시선을 사로잡힌다. ***LVMH, 중국에서 철수하기로.*** 이어지는 기사에 따르면 최근 막 인터내셔널과 관련해 드러난 사실들 때문에 LVMH가 중국 공장과 거래를 끊겠다고 선언했고 다른 명품 브랜드들도 선례를 따르기로 했다고 한다.

동시에 중국 언론의 논조가 바뀐다. CCTV를 틀자 맨디 막의 사치스러운 생활을 폭로하는 뉴스가 나온다. 일등석을 타고 파리와 밀라노로 여행을 가고, 마놀로 블라닉 구두를 수집하고, 립스틱처럼 새빨간 테슬라를 뽑고…… 맨디는 모두가 볼 수 있는 곳에 과시해놓았다. 뉴스 채널에서 계속 내보내고 있는 사진은 맨디의 인스타그램 계정에 있던 것이다. 오렌지색 비키니를 입은 맨디가 산토리니를 상징하는 절벽 가장자리의 하얀 집들을 배경으로 반짝이는 요트 갑판에 누워 있는 사진이다.

웨이보는 즉각 분노한다.

막 회장 같은 부패한 재벌들은 국가 망신이라니까.

브랜드들은 이제 우리를 못 믿겠지. 다 그 욕심 많은 흡혈귀들 때문이야.

부자들은 자기가 뭘 해도 빠져나갈 수 있다고 생각하는데 전부 가둬버려!

위니는 《제팡르바오》에서 광저우 부시장이 위생국으로 좌천되었고 전직 경찰서장은 뇌물 수수 혐의로 수사를 받고 있다는 기사를 읽는다.

몇 주 만에 맨디의 SNS 계정을 확인한다. 가장 최근 게시물은 지난달 기자회견에서 찍은 사진으로, 아래에 이런 글이 적혀 있다. ***지지해주신 모든 분께 감사합니다. 아버지가 풀려날 때까지 저는 멈추지 않을 겁니다.*** 맨디 막은 자취를 감췄다.

아버지 구명에 집중하려고 SNS를 그만둔 걸까? 아니면 외부 세계와 차단된 외딴 리조트 호텔에 틀어박혀 있을까? 어느 쪽이든 대중의 심판이 기다리고 있다는 의미다. 맨디에게 책임을 전가하고 막 인터내셔널과 동업자들을 다시는 일어나지 못하게 만들 것이다. 그 안에는 위니도 포함되었다. 만약 당국이나 막 회장의 측근이 위니의 소재를 알아낸다면 위니는 끝장이다.

위니는 일을 의뢰한 그래픽 디자이너에게 계획이 변동되어 여권이 지금 당장 필요하다고 알린다. 머리에 스카프를 두르고 선글라스를 쓰고 아파트를 떠난다. 밖으로 나온 위니는 그동안 수도 없이 지나쳤던 길 끝의 작은 미용실로 들어간다. 휑한 내부는 지저분하고, 뽀글 파마를 한 중년 여성이 비닐 의자에 늘어져 있다.

"아가씨, 정말이야?" 위니의 주문을 듣고 원장이 묻는다.

"네, 몇 달 전부터 생각했던 거예요." 위니가 말한다.

"알았어, 그럼. 그냥 머리카락인 거, 알지? 다시 자랄 거야." 원장은 미심쩍은 투로 말하고 가슴까지 내려오는 숱 많은 머리를 만지작거린다.

위니는 30분 후 달라진 헤어 스타일로 알아볼 수 없는 모습이 되어 미용실에서 나온다. 본인의 스타일을 봐서는 믿음이 가지 않았지만 미용실 원장은 위니가 바라던 스타일을 그대로 구현해주었다. 시스루뱅을 이마 중간까지 자르고 숏컷을 자연스럽게 흐트러뜨린 스타일이다.

주말에 위니는 뉴워크로 가는 787 드림라이너에 탑승한다. 통로를 지나며 혹시 그 거구의 남자가 있지 않을까 비즈니스석을 훑는다. 기내 반입한 가방을 집어넣고 자리에 앉은 위니는 승무원이 이륙 전 음료수를 마시겠냐고 물었을 때 시선을 탑승구에 둔 채로 됐다고 말한다.

"긴장하지 마요. 비행기가 자동차보다 더 안전해요." 통로 건너편의 남자가 말한다.

미국인이다. 베이징에는 출장을 왔을 것이다. 새하얀 나이

키 운동화와 비싼 운동복을 봤을 때 IT업계 종사자 같다.

"비행이 무섭다고 누가 그래요?" 위니가 말한다.

낯을 가리지 않고 목소리가 큰 이 남자는 말동무를 찾고 있다. 크게 너털웃음을 짓지만 위니가 입꼬리조차 올리지 않자 조용해진다. 위니는 남자가 다시는 말을 걸지 않도록 창문으로 고개를 돌리고, 다행히 남자는 반대쪽 승객과 대화를 시작한다.

승무원이 다른 승무원, 파일럿, 게이트 담당 직원과 무슨 말을 할 때마다 위니는 좌석에서 몸을 움츠린다. **네가 어디 있는지 아는 사람은 나뿐이야. 나밖에 없다고. 아무도 몰라. 나만 알아. 나만.**

"저녁 식사 하실 건가요?" 승무원이 묻는다.

위니는 한 입도 넘길 수 없을 것 같지만 일단 그렇다고 고개를 끄덕인다.

"혹시 메뉴는 확인하셨어요?"

위니는 아니라고 고개를 젓는다. 혀가 생고기 덩어리가 된 듯 입안을 가득 채우고 있다. 위니는 힘겹게 발음하며 말한다. "뭐든 채식 메뉴요. 그거로 할게요."

결국에는 탑승객들이 안전벨트를 매고 문이 닫히고 승무원들도 자리에 앉는 때가 온다. 영겁과도 같은 시간이 흘러 비행기는 활주로 위를 천천히 달리다 속도를 내고 마침내 하늘로 떠오른다.

위니는 숨을 내쉰다. 12월 중순이고 아래의 회색 도시는 황량하다. 한 달 후 아침에 일어난 베이징 시민들은 땅이 눈으로 덮인 희귀한 광경을 볼 것이고, 아이들은 놀기 위해 거리로 쏟아져 나올 것이다. 한 달 후 맨디 막은 등관의 타운하우스로 돌아오는 사진이 찍힐 것이고, 모든 사기극의 주모자로 지목된 카이저 스는 경찰에 연행될 것이다.

하지만 지금 위니가 생각하는 것은 새 정원뿐이다. 서리 덮인 땅 밑에서 낮잠을 자고 있다가 봄의 속삭임이 들리면 가장 먼저 잠에서 깨어날 정원을 상상한다. 휴대전화 전원을 끄기 전, 위니는 에이바에게 짧은 문자를 보낸다. ***집에 가고 있어.***

epilogue

드디어 관할 구역을 벗어날 수 있게 된 날, 에이바는 아들에게 작별 키스를 한다. 준비물 목록을 몇 번이나 확인했지만 중요한 물건을 빠뜨린 것처럼 초조하고 불안하다. 집행 유예 기간 동안 에이바는 헨리와 차로 한 시간 이상 떨어본 적이 없었다. 하지만 어느새 다시 타일 장난감에 집중하는 것을 보면 헨리는 엄마처럼 불안하지 않은 듯하다.

2년 전 선고 공판 이후, 에이바는 이혼 절차에 들어가며 헨리와 로워 퍼시픽 하이츠에 있는 아파트로 이사했다. 처음에는 아들이 좁은 공간을 불편해할까 봐 걱정했다. 하지만 지금까지도 헨리는 부시 스트리트가 내다보이는 창가에 앉아 빠르게 지나가는 자동차들을 바라보며 몇 시간씩 보내곤 한다. 에이바는 근처 치과에서 접수원으로 일하고 있다. 취직은 집행 유예의 조건 중 하나였다. 전화를 받고 치과 진료를 보러 온 환자들의 접수를 받는 일이 싫지만은 않다. 사무적이고 무뚝뚝한 의사는 얼마 전 집에 가서 헨리 주라며 무설탕 막대사탕 한 봉지를 건넸다. 전과자인 에이바에게 일자리를 준 사람은 이 의사가 유일했다.

에이바는 아들 옆에 쭈그리고 앉는다. "동굴 만드는 거야?

자동차 경주 트랙인가? 롤러코스터?"

헨리는 플라스틱 타일에 또 다른 타일을 끼운다.

휴대전화를 확인하니 리프트가 도착하기까지 아직 몇 분 남았다. "엄마가 말을 걸 때 대답해주면 안 돼?"

"버스정류장이야, 엄마."

가슴이 찡하다. 에이바는 자부심을 느끼며 마리아를 본다. 어떻게 그러는지 모르겠지만 헨리는 매일 새 단어를 말하고 있다. 1년 반 넘게 매주 헨리를 보던 언어 치료사는 이제 한 달에 한 번만 와도 되겠다고 제안했다. 에이바는 아들의 정수리에 마지막으로 한 번 더 키스하고 일어난다.

"올리 번호는 냉장고에 있어." 에이바가 마리아에게 말한다.

"알아요."

"매일 저녁 6시에 전화할게."

"알았다고요."

"올리가 금요일 밤에 데리고 갔다가 일요일 밤에 데리고 올 거야."

"에이바, 이미 한 얘기예요." 마리아가 말한다.

"그래, 그래."

다시 돌아온 마리아에게는 평생 감사할 것이다. 처음에 헨리가 오후 1시까지 학교에 있으니 시간제로 일하라고, 보수는 정규 근무 수준으로 주겠다고 제안했을 때도 마리아는 흔들리지 않았다. 결국 에이바는 가족, 친구들, 면접관에게 했던 연설을 다시 꺼내 들었다. 멘탈이 약해진 틈을 타 위니가 자신을 조종해 범죄를 저지르게 만들었다고. 이제 힘든 시기는 다 지나갔다고. 심지어 마리아의 손을 양손으로 꼭 쥐고 이런 말도 했다. "다른 사람은 몰라도 너는 진짜 나를 알잖아."

마리아가 어떻게 반응했냐고? 마리아는 고개를 갸웃하고 에이바를 관찰했다. 잠시 후 어마어마하게 흥겨운 웃음소리가 방 안을 가득 채웠다. 벽에서 튕겨 나온 웃음소리는 에이바의 귀에 울려 퍼졌다.

뭐야? 뭐가 그렇게 우스워? 에이바는 묻고 싶었다.

마리아는 웃고 또 웃었다. 배를 움켜쥐고 숨을 몰아쉬고 휴대전화의 이모지처럼 눈가의 눈물을 닦아냈다. "에이바, 선한 이민자 이미지 메이킹이 백인들한테는 통할지 몰라도 나한테는 안 먹혀요." 마리아가 말했다.

평정을 찾은 마리아는 한 가지 조건을 제시했다. 에이바의 일, 하루, 감정에 대해 이야기하지 말 것. 헨리와 관계없는 사실이라면 알고 싶지 않다고 했다.

에이바는 가슴의 상처를 옆으로 제쳐두고 동의했다.

이제 마지막으로 헨리에게 또 키스한다.

"안녕, 엄마." 헨리가 로드 스튜어트처럼 거친 목소리로 말한다.

에이바는 구두를 신고 롤러보드 캐리어의 손잡이를 쥔다.

"만약 위니 이모 보면 내가 보고 싶어 한다고 전해줄 수 있어?"

에이바는 아들을 홱 돌아본다. 오래전 망가진 밍크 털 방울이 손가락에서 달랑거린다. 저걸 어디서 찾았지? 이사할 때 짐에 쌌나? "위니는 이제 여기 안 살아. 기억 안 나? 엄마랑 안 만난다고."

헨리가 털 방울을 반바지 주머니에 넣으며 말한다. "알아, 엄마. **만약**이라고 했잖아."

에이바는 당황해서 마리아의 눈치를 살핀다. 마리아는 거실을 분주하게 돌아다니며 땅에 떨어진 장난감을 줍고 있다. "빨리 나가요. 나 아무것도 못 들었어요." 마리아가 외친다.

터미널이 하나뿐인 맨체스터 공항은 초라하다. 카펫은 낡고 보안도 취약하다. 에이바는 입국장을 훑는다. 친구의 달라진 얼굴을 알아볼 수 있을까? 저기 있다! 침낭 같은 패딩으로 완전 무장 하고 숏컷을 털모자 안에 욱여넣은 위니는 온몸으로 넘치는 에너지와 호기심을 뿜어내던 옛 룸메이트로 돌아와 있었다.

눈이 마주친 순간, 에이바는 뺨이 따뜻해진다. 왠지 모르겠지만 수줍은 느낌이다. 에이바의 손이 귓불 바로 아래까지 싹둑 자른 머리카락을 매만진다. 위니는 아직 이 머리를 보지 못했다. 너무 마음에 들어 선고 공판 이후 계속 이 스타일을 유지하고 있다.

"머리 예쁘네." 위니가 말한다.

"얼굴 예쁘네." 에이바가 대답한다.

그리고 누가 먼저였는지 몰라도 두 친구는 서로를 끌어안고 에이바는 친구의 체취를 깊이 들이마신다. 비싼 오드투알레트 향수가 아니라 잔디, 비, 나무 훈연 냄새가 난다. 위니는 어떤 상황이든 진심으로 받아들이며 그에 따라 모습을 바꿀 수 있는 사람이다. 자신의 본질을 완벽하게 지키기 때문에 변화는 위니가 어떤 사람인지를 더 강조할 뿐이다.

에이바는 말한다. "우리가 여기 있다니 안 믿긴다."

"나는 믿겨." 위니가 말한다.

"왜 이래, 될 거라고 한 사람은 나야."

"하지만 네게 그런 면이 있다는 걸 알아본 사람은 나지." 위니가 에이바와 팔짱을 끼고 두 사람은 머리를 맞대고 웃는다.

주차장으로 가며 위니는 새집에 대해 이야기한다. 이웃들은 다 좋은 사람이고 위니를 따스하게 맞아주었다. 골든리트리버를 기를까 생각 중이다. 중심가에 있는 예쁜 골동품 가게를 빨리 보여주고 싶다. 에이바는 위니의 말을 들으며 혹시 조롱하고 비꼬는 투가 있는지 찾지만 아니었다.

위니의 집에 도착한 에이바는 현관 옆에 달린 미국 국기를 보고 키득거린다.

"왜? 집에 원래 있던 거야. 그리고 솔직히 난 마음에 들어." 위니가 말한다.

거실로 들어가 흰색과 파란색 줄무늬가 그려진 푹신한 소파에 앉는다.

에이바는 말한다. "며칠 전에 길을 걷다가 또 봤다고 생각했어." 기둥 뒤에 얼른 몸을 숨기고 떨다가 가까스로 진정했다고 설명한다.

위니는 카이저 스가 앞으로 4년은 더 가석방으로 풀려나지 못할 것이라 지적한다. 다른 사람들, 그러니까 맨디, 경찰서장, 부시장도 미국으로 오는 위험을 감수하지 않을 것이다. 정부의 철퇴를 맞고 아직 회복하지 못한 그들은 위니와 에이바의 자유를 시기하는 마음보다는 자신의 자유를 빼앗길까 두려워하는 마음이 더 크기 때문이다. 다 위니가 전에 했던 이야기다.

"알아, 알아. 하지만 내 잠재의식이 제멋대로 그런 생각을 하는걸." 에이바가 말한다.

"네 잠재의식한테 말해. 그쪽에서 원하는 사람은 나라고. 내가 어디 있는지 알아낼 수 있다면 말이지만."

에이바가 파스텔 색조의 꽃무늬와 어두운색 나무로 꾸민 거실을 훑어본다. "뭐, 이런 데 있을 거라고는 절대 상상하지 못하겠지."

위니가 피식 웃는다. "그 사람은 놀라지 않았을 거야." 이내 눈이 촉촉해진다. 물론 막 회장 얘기다. 막 회장이 세상을 떠난 지도 2년이 지났다. 체포되고 한 달이 지났을 때 그의 간은 마침내 기능을 멈췄다.

에이바는 서둘러 다가가 위니를 위로한다. "올리가 그러는데 마지막에 고통스럽지 않게 의료진이 최선을 다했대. 편안하게 갔어." 이것도 다 전에 했던 이야기다.

"새 약혼녀는 만났어?" 위니가 묻는다.

에이바는 고개를 좌우로 젓는다. "몇 주 전에 올리가 헨리 데리러 올 때 같이 왔는데 차에만 있었어. 올리에게 잘 맞는 여자 같아. 전보다 차분해졌고 화도 덜 내더라. 헨리도 좋대." 아들은 그 여자 이름인 미리엄을 줄여 미미라고 부른다. 처음 그 별명을 들었을 때는 마음이 불편했다. 질투는 아니었다. 그보다는 아들의 내밀한 세계를 엿봤기 때문이었다. 이제는 헨리의 삶에도 엄마의 역할이 없는 부분이 점점 늘어나고 있었다.

"당연히 화를 덜 내지. 여자가 레지던트 아니야? 자기한테 명령을 해도 가만히 있겠지."

"그만해." 에이바가 만류하지만 한편으로는 마음 써주는 친구가 고맙다.

위니는 피노누아를 한 병 꺼내 커다란 와인 잔 두 개에 술을 따른다. 두 사람은 나란히 앉아 와인을 홀짝이며 나무 모자이크 바닥에 길게 드리워지는 그림자를 바라본다.

"까먹을 뻔했다." 위니가 복도의 벽장으로 가서 무늬 없는 하얀 더스트백을 가지고 돌아와 에이바의 무릎에 내려놓는다.

"이게 뭐야?" 희미한 동물 냄새에 에이바가 코를 킁킁거린다. 맥박이 빨라진다. 재빨리 손가락으로 끈을 풀고 입구를 벌린 후 핏빛 악어가죽 버킨백을 꺼낸다.

마지막으로 봤을 때 이 가방은 국토안보부가 압수한 명품 가방들과 함께 이삿짐 트럭 뒤에 던져지고 있었다.

에이바가 묻는다. "어떻게 구했어?"

"경매에 나오기를 기다렸지."

에이바는 이쪽저쪽으로 가방을 돌려본다. 악어가죽은 여전히 깨끗한 거울처럼 반짝인다. 팔라듐 장식에 붙은 보호 테이프도 아직 남아 있다. "얼마나 냈어?"

"얼마를 냈든 무슨 상관이야? 추억이 깃든 물건이잖아." 위니가 낡은 쿠션으로 에이바를 때린다.

에이바는 친구가 돈에 대해 이렇게 무심하게 말하는 것을 처음 들었다. 위니에게 그렇게 말하자, 위니는 어깨를 으쓱한다. "그건 내가 소장품에 대한 애착이 없기 때문이지. 감정과 사연이 없으면 그냥 **물건**일 뿐이야."

에이바는 그 말뜻을 정확히 안다. 이 가방은 새것이었고 앞으로도 새것으로 남겠지만 부적처럼 영원히 간직할 것이다. 나도 한때는 두려움이 없었고 열정이 넘쳤다는 증거이니까. 전부 위니에게 배운 것이었다.

"나도 줄 거 있어." 에이바가 캐리어 지퍼를 열고 안에 완충

재를 덧댄 우편 봉투를 꺼내 위니에게 건넨다.

봉투 속 티슈페이퍼에 싸여 있는 것은 연구소에서 키운 손톱 크기의 3캐럿 원형 루즈 다이아몬드(연마 후 제품에 세팅되지 않은 다이아몬드 – 옮긴이)다. 보석은 위니의 손바닥에서 별똥별처럼 반짝인다. 에이바가 불을 켜고 위니는 감정용 확대경과 족집게를 꺼내 보석을 살핀다. 연구소에서 장담한 대로 완벽하다. 불규칙한 형태도, 흠집까지도 완벽하다. 우아한 플래티넘 반지에 박힌 천연 다이아몬드를 대신할 준비가 완료되었다.

이번에는 결혼 적령기 남자들을 고용하고, 두 사람에게만 보고하게 할 것이다. 잘생기고 훤칠한 쇼퍼들이 티파니나 쇼파드나 헨리 윈스턴에 걸어 들어가 약혼반지를 환불하겠다고 하자. 예비 약혼녀에게 거절을 당했다며 잔뜩 풀이 죽은 남자들을 돕지 않으려는 판매원이 있을까? 상처를 위로하고 문제를 해결해주고 싶지 않겠는가?

"진짜 정교하다. 다음 달에 보스턴부터 시작하자." 위니가 보석을 테이블에 내려놓으며 말한다.

스탠드 불빛을 받은 다이아몬드가 비밀을 간직한 소녀처럼 윙크한다.

에이바가 말한다. "알았어. 마지막으로 이건 말해줘. SAT 점수는 어떻게 산 거야?"

위니는 시트콤에 나오는 배우처럼 와인을 뱉을 뻔하더니 고개를 뒤로 젖히고 깍깍거리며 웃는다. 그것 말고는 입에서 쏟아져 나오는 날카로운 웃음소리를 달리 표현할 말이 없다. 에이바는 친구가 작은 마을에 갇혀 있다가 머리가 어떻게 된 건 아닌지 궁금해진다.

마침내 위니가 잔을 내려놓는다. "나는 돈 같은 거 안 줬어. 그 시험은 어린애 장난이야."

에이바는 괜히 말을 꺼냈다고 생각한다. 겨우 이런 말을 내뱉는다. "정말 미안해, 몰랐어…… 너희 아버지는…… 정말로 뇌졸중이었던 거야?"

"아니, 아빠는 건강했어. 그 태자당(중국 고위층의 자녀들을 이르는 말－옮긴이)들이 시험을 대신 쳐달라고 **나한테** 돈을 줬어. 그래서 만점을 받은 거야. 연습을 많이 한 덕분에. 그 돈으로 스탠퍼드에 다닐 수 있었고." 위니가 말한다.

"말도 안 돼."

"그런 일이 짭짤하거든. 신문 기사 안 읽었어?"

"네 장학금은 어쩌고? 이모는?"

위니가 과장스럽게 눈을 굴린다. "그 돈으로는 겨우 등록금만 낼 수 있지. 기숙사비, 식비, 교재비, 건강보험료는 어쩌고."

이번에는 에이바가 깔깔 웃는다. 그러고는 친구를 위해, 과거에도 현재도 미쳐 돌아가는 그들의 나라를 위해 건배한다.

처음에는 돌아오지 말라고 위니를 말리려 했다. 미국 아닌 곳에 남아 있는 편이 더 안전하고 간편하다고 생각했다. 제네바, 부에노스아이레스, 멕시코시티 같은 곳에. 꼭 둘이 같은 나라에 있을 이유가 없지 않은가. 하지만 위니가 전화해 이 집을 찾았다고 했을 때, 에이바는 다른 길이 없다는 것을 알았다. 위니는 막 회장을 사랑했고 에이바는 단 한 순간도 그 사실을 의심하지 않았다. 하지만 위니는 미국을 더 사랑했다. 미국이야말로 위니가 있어야 할 곳이었다. 누구보다 이상하고 누구보다 대담한 사람들과 함께. 에이바의 나라가 실제로 어떤 모습인지 보여준 사람이 위니였다. 미국은 화르르 번지는 산불이자 정면으로 충돌하는 힘이었다. 겁을 먹고 기수를 내동댕이친 말이자 운전하는 사람이 없는데도 미친 듯이 달리는 자동차였다. 그들 같은 괴짜, 장사꾼, 사기꾼, 유니콘, 여왕에게는 이 나라뿐이었다. 위니가 바로 아메리칸드림이었고, 다들 그래서 머리를 쥐어뜯고 미치려고 했다. 위니에게는 게임에 난입해 전부 승리할 뻔뻔함이 있었기 때문이다.

이번에는 위니가 뭐가 그렇게 우습냐며 에이바에게 물었다.

웃음을 다 쏟아냈지만 에이바의 몸은 충만함으로 가득했다. "우리가 해내서. 이 빌어먹을 게임에서 우리가 이겼어." 에이바가 말한다

두 친구는 잔을 부딪치고 와인을 마시고 일을 시작한다.

감사의 말

미셸 브로워, 제시카 윌리엄스, 단야 쿠카프카, 오레 아바제 윌리엄스, 줄리아 엘리엇, 앨리슨 워렌, 그리고 에비타스 크리에이티브 매니지먼트, 윌리엄 모로 출판사, 보로 프레스 출판사의 모든 분에게 감사한다. 킴 리아오, 베스 응우옌, 리즈 권, 에이미 판, 싱가포르 예술위원회, 난양 이공대학의 창의적 글쓰기 프로그램, 토지 문화센터에게도 감사하고 싶다. 이 소설을 완성하게 도와준 책들도 참 많다. 특히 데이나 토머스의 『사치품은 어떻게 광채를 잃는가』, 레슬리 T. 창의 『팩토리 걸: 시골 마을에서 변화하는 중국의 도시까지』, 버네사 뉴먼의 『피의 이익: 어떻게 미국 소비자들은 뜻하지 않게 테러리스트에게 돈을 대주게 되었는가』가 가장 많은 도움이 되었다. 캐시 스, 스티븐 린, 고(故) 이본 추아, 넬슨 루오, 에릭 저우, 셜리 니에, 시토이 그룹의 모든 분에게도 감사한다. 어느 장르든 독자의 반응을 예상해 주는 버네사 후아는 누구보다 먼저 원고를 보여줄 수 있는 사람이다. 나의 등대 매슈 살레세스, 부모님과 가족에게도 고마움을 전한다. 영원히 고마워할 야스민에게도.

모조품

1판 1쇄 인쇄 2023년 11월 15일
1판 1쇄 발행 2023년 11월 27일

지은이 커스틴 첸 **옮긴이** 유혜인
펴낸이 김영곤 **펴낸곳** (주)북이십일 아르테

책임편집 원보람 **디자인** 인수정
문학팀장 김지연 **문학팀** 권구훈
해외기획실장 최연순
출판마케팅영업본부장 한충희
마케팅2팀 나은경 정유진 박보미 백다희 이민재
출판영업팀 최명열 김다운 김도연
제작팀 이영민 권경민

출판등록 2000년 5월 6일 제406-2003-061호
주소 (10881) 경기도 파주시 회동길 201(문발동)
대표전화 031-955-2100 **팩스** 031-955-2151
이메일 book21@book21.co.kr

ISBN 979-11-7117-172-9 03840

아르테는 (주)북이십일의 문학 브랜드입니다.